Schaltjahre

Bibliografische Information der Deutschen Nationalbibliothek.
Die Deutsche Nationalbibliothek verzeichnet diese Publikation in der
Deutschen Nationalbibliografie; detaillierte bibliografische Daten sind
im Internet über http://dnb.dnb.de abrufbar.

Umschlaggrafik: Originalbild – Öl auf Leinwand – von Karin Bahrs
Satz, Umschlaggestaltung und Verlag: BoD – Books on Demand,
In de Tarpen 42, 22848 Norderstedt
Druck: Libri Plureos GmbH, Friedensallee 273, 22763 Hamburg

ISBN 978-3-7597-1787-0

INA DENTLER

Schaltjahre

Roman

Über die Autorin:

Ina Dentler wurde 1938 in Berlin geboren, wo sie auch heute noch lebt. Sie hat sowohl eine kaufmännische, künstlerische als auch sozialpädagogische Ausbildung und leitete, bevor sie sich ausschließlich dem Schreiben widmete, fünfundzwanzig Jahre die sozialpädagogische Abteilung und das Internat einer Ausbildungsstätte für gesundheitlich beeinträchtigte Jugendliche.

Die Autorin hat außer Erzählungen in Anthologien mehrere Romane veröffentlicht; zuletzt 2022 den biographischen Roman ‚Fremdes Kind, so nah‘.

Weiteres zu ihren Veröffentlichungen finden Sie unter *www.Inadentler.de*

Für Karin

während einer sein haus baut
legt ein anderer sich in sein grab
erinnerung und vergißmeinnicht
wachsen am wegesrand

Auszug aus dem Gedicht ‚Spaziergang*
von Cornelia Becker – PalmArtPress

I. Georg

Eben noch bin ich über Zäune gesprungen und schon bin ich alt. Georg steht hoch aufgerichtet mit zum Himmel gestreckten Armen im Garten und atmet die Winterluft tief ein. Seine Schultern heben und sein Oberkörper wölbt sich, als wollte er vom Erdboden abheben.

Gestern hat ihn Viola nach seiner Frühgymnastik ›Don Quichote‹ ›den Ritter von der traurigen Gestalt‹ genannt und dabei ihr neues wehmütiges Lächeln gezeigt.

Georgs Atem verströmt in einem Seufzer. Vorsichtig lässt er sich vornübersinken und bemüht sich, mit den Fingerspitzen die erstarrte Erde zu berühren. Vergebens. Langsam richtet er sich wieder auf. Er sieht die blattlosen Bäume hinter dem Rasenstück ins fahle Licht des aufziehenden Tages ragen. Kein Vogel ist zu hören. Georg setzt sich vorsichtig auf einen der Gartenstühle, die ihm, von Farbe und Rost grün-braun gefleckt, an Hinfälligkeit nicht nachstehen. Er wartet, dass seine Erinnerung einer Kamera gleich ein Bild der jungen Viola heranzoomt. Vergeblich.

Georg lehnt sich zurück und sieht den Staren nach. Sie scheinen ein schwungvolles Schriftbild in die tief hängenden Wolken zu schreiben, das ihn an seine Notizbücher denken lässt, die ihn seit 67 Jahren begleiten. Der aktuelle Kalender von 2012 hat ein kleineres Format als die der vielen Jahre zuvor, damit er ihn immer bei sich tragen kann. Viola hat einen gefunden, bei dem mit einer Schlaufe ein Stift beigegeben ist. Eine Suchaktion weniger. Früher hat er die Seiten mit aktuellen Begebenheiten und Gedankenfetzen gefüllt, auch mit Ideen für den Roman, an dem er gerade schrieb. Neuerdings hält er darin nur noch fest, was er erledigen muss. Die Zettelwirtschaft zuvor hat ihn zunehmend verwirrt, statt ihm zu helfen, mit seinem beschädigten Kurzzeitgedächtnis fertigzuwerden. Liegen die Erlebnisse weit genug zurück, gelingt es ihm fast immer, sich daran zu erinnern, ohne in einem seiner alten Notizbücher nachschlagen zu müssen. Zumeist jedenfalls, verbessert er sich, denn bei einem Gespräch am letzten Heiligabend, das weiß er noch sehr genau, hatte Viola von einer Begebenheit gesprochen … er weiß nicht mehr, worum es ging, weiß es schon wieder nicht, nur noch, dass diese sich 1980 zugetragen hat, in dem Jahr, als er Viola näher kennenlernte und ihre Affäre begann, die ein Jahr später zur Trennung von Hanna führte. Wie schlecht es ihm damit ging. Das Gefühl eines unersetzbaren Verlustes hat sich gleichermaßen in Seele und Gedächtnis eingebrannt, denn er hat nicht aufgehört Hanna zu lieben – trotz der Liebe zu Viola. Diese Empfindungen haben seinem geschwächten Gedächtnis nichts anhaben können. Nur gut, dass seitdem kein offenbar so gravierender Erinnerungsverlust mehr aufgetreten ist. Oder hat er es nur nicht bemerkt? Wie soll er das wissen? Was er weiß, ist, dass das Jetzt, das eben Gewollte, zunehmend in den Windungen seines Gehirns verloren geht, bevor er handeln kann. Und vor allem, dass es ihm immer schwerer fällt, seinen Zustand vor Viola zu verbergen. Wenn sie etwas für ihn Unverständliches sagt, verhält er sich wie ein Schwerhöriger. Er schweigt, wartet ab. Oft reicht schon ein unbestimmter Laut von ihm oder eine Handbewegung, um einer Antwort auszuweichen.

Wenn es aber um geplante Vorhaben geht, was gottlob selten geschieht, bleibt nur, Violas Gesicht und ihre Handlungen so genau wie möglich zu beobachten, um daraus das von ihm Erwartete abzuleiten. Schlimmer ist eine Situation wie die augenblickliche. Er wollte etwas erledigen, weiß, dass es etwas Bestimmtes, Wichtiges war, doch von dem Gedanken ist nur eine unbestimmte, aber bedrängende Ahnung geblieben. Dazu das Wissen, dass er das Vorhaben bewusst nicht in den neuen Kalender geschrieben hat.

Am besten ins Haus zurückgehen und sehen, ob ihm irgendein Gegenstand seine Absicht verrät, die ihm eben noch lebenswichtig war. Seine Überlegungen umkreisen das Wort lebenswichtig, was ihm absurd erscheint, sich aber in seinem Hirn festzurrt, regelrecht verankert. Alle Sinne angespannt, läuft er ins Haus. Hinauf in sein Schlaf- und Arbeitszimmer im ersten Stock. Er schaut sich suchend um, ohne dass sich irgendeine Vorstellung davon einstellt, was er Lebenswichtiges hat tun wollen. Georg geht über den Flur ins Bad, um erst einmal zu duschen. Sein Blick bleibt auf dem Medikamentenschrank haften. Ach ja, die Schlaftabletten abholen. Das ist es! Erleichtert betrachtet er in den Spiegeltüren des Schrankes sein kantiges zerfurchtes Gesicht unter dem üppigen weißen Haar. Blass sieht er aus. Verblasst auch das Blau seiner Augen. Selbst die Lippen fast farblos. Don Quichote. Violas Vergleich mit dem langen, ausgezehrten Kerl trifft auf mehr als sein Äußeres zu. Auch der Kampf um seine geistige Gesundheit ist verloren. Er ist entschlossen nicht abzuwarten, sondern sein Geschick wie gewohnt selbst in die Hand zu nehmen, solange das noch möglich ist. Wie bestätigend hockt ihm wieder die Angst im Genick, bereit, sich sofort mit Herzrasen und eisigen Schauern auf ihn zu stürzen.

In sein Schlafzimmer zurückgekehrt, starrt er verärgert auf die Kleidungsstücke – weißes Hemd, dunkle Hose und Blazer, die ihm Viola neben Wäsche und Strümpfen zurechtgelegt hat.

Als er zum Frühstück in den Wintergarten kommt, ist er mit einer schwarzen Cordhose und einem gleichfarbigen Rollkragenpullover bekleidet. Darüber trägt er eine weinrote Strickweste. Eine Zusammenstellung, wie er sie seit mehr als einem Jahr Tag für Tag trägt. Selbst im Sommer. Er hat darum kämpfen müssen, dass seine Sachen nicht von der Waschmaschine verschluckt am Morgen durch andere Kleidungsstücke ersetzt wurden. Um sich bei Viola durchzusetzen, hat er sogar einige Tage in seiner Kleidung geschlafen. Erst dann hat er den Kampf für sich entscheiden können. Mittlerweile gibt es mehr als ein halbes Dutzend der von ihm bevorzugten Kleidungsstücke.

»Diese alten Sachen, an deinem Geburtstag«, protestiert Viola schwach und versucht, seinem heftigen Kopfschütteln einen vermeintlichen Trumpf entgegenzusetzen: »Heute, wo Hanna kommt.«

»Warum sollte sich Hanna an meiner Kleidung stören?«, gibt er störrisch zurück, greift nach einem Brötchen und verstreicht mit dem Messer unablässig Butter, bis ihm Viola den Honigtopf zuschiebt. Als er ihr seine Kaffeetasse entgegenhält, sieht er ihr in die Augen, die ihn anschauen, als sei etwas Schreckliches geschehen. Er ist verwirrt. Fühlt sich schuldbewusst. Die Hand, in der er die Tasse hält, beginnt zu zittern.

»Ist doch alles gut, oder?«, fragt er und berührt, als er die Tasse abgestellt hat, mit bebenden Fingerspitzen Violas Hand und lächelt sie ebenso verständnislos wie tröstend an.

»Das mit der Kleidung war nur so eine Idee«, erwidert sie mit unsicherer, aber zärtlicher Stimme und zündet eine dicke rote Geburtstagskerze an.

Ausufernd wie sonst durfte die Frühstückzeit allerdings nicht sein. Zeitunglesen muss er heute ohne Viola, die sehr bald in der Küche verschwindet, um noch notwendige Vorbereitungen für die Geburtstagsfeier zu erledigen. Als Georg seine Kaffeetasse in die Küche bringt, scheint ihre kleine, zarte Gestalt in der flirrenden Hitze des Herdes zu vibrieren. Ihr Gesicht ist hochrot.

»Ich geh dann mal ein Stück«, sagt er und fragt, ob er etwas mitbringen soll.

»Nein, nein, geh nur«, murmelt sie geistesabwesend und erhebt erst die Stimme, als er schon auf dem Weg zur Haustür ist. »Bleib nicht zu lange fort.«

Violas Worte klingen eindringlich. Mit leiserem, vorsichtig fragendem Ton fügt sie hinzu, »Du weißt doch, dass Hanna gegen zwölf Uhr kommt?«

»Natürlich«, sagt Georg ein wenig gereizt, wie könnte er das vergessen?

Er greift nach einem der langen Schirme, denn das Wetter hat sich noch nicht entschieden. Der Schirm würde ihm erlauben sich abzustützen, wenn er ermüdet. Einen Stock zu nehmen, weigert er sich entschieden. Man darf sich nicht gehen lassen, und schließlich erfreut er sich bester Gesundheit. Einer ungewöhnlich guten sogar, hatte ihm seine Hausärztin erst vor Kurzem versichert, und das mit bald achtzig Jahren.

Heute ist es so weit!

»Herzlichen Glückwunsch! Wie fühlt man sich so mit achtzig?«, fragt die sicher dreißig Jahre jüngere Nachbarin mit schmetternder Stimme, macht einen Knicks wie ein Schulmädchen in alten Zeiten und greift dann in den Briefkasten an ihrer Gartenpforte.

»Gut, sehr gut sogar«, entgegnet Georg und verbeugt sich lächelnd, als wolle er sie zum Tanz auffordern. Er mag das Geplänkel mit der drallen Lotti Lehmann. Lässt sich dafür gerne von Viola aufziehen. Ja, sie hat ganz recht, so albern es ist, er fühlt sich dann ein wenig verjüngt. Georg schwingt den Schirm elegant wie einst Maurice Chevalier sein Stöckchen und macht sich auf den Weg. Er muss sich beeilen. Hanna kommt. Er freut sich seines beschleunigten Herzschlags.

An der nächsten Straßenkreuzung hält er unsicher inne. Gegenüber ist ein Bistro mit Backwaren. Aber die Apotheke?

Muss er den Weg nach rechts oder links einschlagen? Er geht zum Bistro hinüber, tritt ein. Als er den Duft nach Brot, Kaffee und krossem Blätterteiggebäck wahrnimmt, fühlt er sich auf sicherem Terrain.

»Überraschungsbesuch? Da reichen die Brötchen wohl nicht?«, fragt die Verkäuferin. Georg zuckt zusammen. Natürlich, heute hatte ausnahmsweise Viola die Frühstücksbrötchen geholt.

»Nein, nein, ich brauche nur noch einen Cappuccino, um in die Gänge zu kommen.«

Nach dem Weg zur Apotheke fragen, hier, wo ihn jeder kennt? Unmöglich. Er stellt sich an einen der runden Stehtische zu zwei Steinsetzern, die gerade Pause machen.

»Gut, dass die fehlenden Steine ersetzt werden. Das waren richtige Stolperfallen«, sagt er, als er seinen Becher auf die Resopalplatte stellt. Die Männer brummen etwas und kauen weiter ihre üppig belegten Baguettes. An der Straße wird seit Wochen gearbeitet. Sicher kennen sich die beiden hier aus.

»Die nächste Apotheke, wo finde ich die?«, fragt er beherzt. Sie schütteln fast synchron die Köpfe, dann schnellt einer der Arbeiter herum und ruft zur Verkäuferin an der Theke hinüber.

»Eine Apotheke, wo kann er die finden?«, fragt er und zeigt auf Georg.

»Links am Geschäft vorbei und immer geradeaus, dann nochmals einen Schwenk nach links bis zur nächsten Straßenecke«, gibt die Verkäuferin Auskunft. Die Peinlichkeit lässt Georg schwitzen.

»Jaja, natürlich«, sagt er, drückt die Spitze seines Schirms fester auf den Boden, und verlässt das Bistro so schnell er kann. Erst als er die Apotheke erreicht hat, bleibt er stehen. Das Rezept. Er durchsucht seine Taschen. Vorsichtshalber hatte er es schon gestern eingesteckt. In die Mantel- oder Hosentasche?

Georg durchsucht die Taschen und findet nicht nur ein, sondern zwei Rezepte. Ganz richtig. Eines ist hier in der ihm bekannten Apotheke vorzulegen, das andere in der in Dahlem-Dorf. Die ›Schleichersche Buchhandlung‹ gegegenüber sucht er bei seinen Spaziergängen oft auf. Er nimmt die Verschreibung der Hausärztin in die Hand, nachdem er die zweite von dem mit ihm befreundeten Urologen wieder in seine Manteltasche gesteckt hat. Die Schachtel mit den Tabletten, die für besseren Schlaf sorgen sollen, stopft er gleich darauf in die Innentasche des Mantels.

Stärker geht es nicht, und nur immer eine, hatte die Ärztin gesagt, als er sich über die mangelhafte Wirkung beklagte. Sollte ein altes Gehirn wie das meine nicht besonders anhaltend ausruhen dürfen, hatte er vergeblich argumentiert und sich schließlich seit einiger Zeit zusätzlich ein Rezept von seinem Freund erbeten. Der kennt seine wahren Gründe ebenso wenig wie Viola, die ihn sofort zu einem Facharzt geschickt hätte, obwohl es gegen eine Demenz, welche Form auch immer es sein mag, keinerlei langfristig wirkende Medikamente oder Behandlungen gibt; bestenfalls aufschiebende. Wozu also! Deshalb geht er den weiten Weg die Grunewaldstraße entlang, die irgendwann Königin-Luise-Straße heißt und bis zur Dahlemer Apotheke führt. Diesen Straßenabschnitt haben die Arbeiter schon fertiggestellt. In der Mitte sind große Gehwegplatten verlegt; seitlich kleine Randsteine. Kantig und handgerecht, erinnern sie Georg an die Straßenkämpfe der APO in den ›68er Jahren‹. Dafür war er als 36-Jähriger schon zu alt gewesen. Doch gerade im richtigen Alter, um sich in seine Hanna zu verlieben, als sie ihren Bruder Jürgen im eingemauerten Berlin besuchte. Jürgen gehörte zu den Wehrdienstverweigerern, die sich nach Berlin absetzten, und wohnte bei ihm im Haus. Zusammen mit seiner Schwester Hanna war er der Einladung zu seiner Geburtstagsfeier am 29. Februar 1968 gefolgt und damit einem Ritual, wonach jeder eingeladene Gast eine allen unbekannte Begleitperson mitzubringen hatte.

Dadurch war dafür gesorgt, dass diese Geburtstagstreffen, mit denen er sich zu den Schaltjahren bei seinen Freunden, Bekannten und Kollegen für deren Einladungen in den vergangenen vier Jahren bedankte, nicht in eingefahrene Bahnen gerieten. Es gab interessante Gespräche und heftige Diskussionen, sodass sich die einander wohlbekannten Gäste nach dem Austausch über den Ist-Stand nicht in immer wiederkehrende Erinnerungen ergingen.

Heute zu seinem 80sten Geburtstag hat Georg erstmalig von dieser Art der Zusammenkunft abgesehen. Außer Hanna, die gegen Mittag von ihrer Krankenstation in Uganda nach Berlin zurückkehrt, wird niemand kommen. Mit viel Glück vielleicht noch ihr gemeinsamer Sohn Martin. Viola war seine Entscheidung für diese kleine Runde sehr recht gewesen. Wie er vorhin beim Blick in die Küche feststellen konnte, fällt es ihr wie immer schwer genug, auch nur für drei oder vier Personen etwas Festliches auf den Tisch zu bringen. Doch seine Hilfe lehnt Viola kategorisch ab. Unter seinen Augen würde sie nur noch nervöser sein, behauptet sie. Anders als in den Jahren mit Hanna, waren sie bei großen Zusammenkünften auf ein Catering angewiesen gewesen. Nun ja, Viola mischt lieber Klänge als Zutaten für einen Kuchen. Sie feilt lieber an Tonschöpfungen als an Kartoffeln und Möhren. Die Musik ist ihr das Wichtigste, der unverzichtbare Teil ihres Lebens. Ihre Besessenheit fasziniert ihn noch ebenso wie zu der Zeit, als sich Freundschaft in Liebe wandelte. Dieses zierliche, oft weltentrückte Wesen, ausgestattet mit ungeahnter kreativer Kraft, hatte ihn dazu gebracht, sein Leben zu ändern, es nach und nach regelrecht von den Füßen auf den Kopf zu stellen.

Aus dem Soziologen und Philosophen, der als Abteilungsleiter in einer sozialen Einrichtung arbeitete, ist ein erfolgreicher Autor sozial- und gesellschaftskritischer Kriminalromane geworden. Georg ist sicher, dass ihm das ohne Violas Vorbild, ihre Disziplin und ihre Energie, kaum gelungen wäre. Damit war er schon bald so gut im Verlagsgeschäft angekommen, dass er zu seiner Erleichterung den Nebenerwerb als Supervisor und Unternehmensberater in der Versicherungsbranche aufgeben konnte. Damit rückte er seinem Traum, der der Belletristik galt, näher. Er begann an einem Familienroman zu arbeiten. Doch der ist in Zettelkästen steckengeblieben. Es ist ihm nicht gelungen, über die kleine Form der Erzählung hinauszukommen. Immer war er erfolgreich gewesen. Doch gerade hier sein Versagen. Das peinigt und schmerzt ihn zutiefst. Ihm ist, als habe er den Sinn seines Leben verfehlt.

In den letzten Monaten ist sein Rückzug an den Schreibtisch zur Farce geworden, die es aber braucht, um Viola nicht zu beunruhigen. Er bringt nichts mehr zustande. Den Sinn dessen, was er an einem Tag notiert, kann er am Tag darauf oft nicht mehr erfassen. Und all die fehlenden Wörter. Er sucht sie aus verschiedenen Wörterbüchern zusammen, freut sich an ihrer Vielfalt, ohne dass er danach noch weiß, wofür er sie braucht.

Georg hält inne. Obwohl er nicht schnell gelaufen ist, fühlt er sich abgehetzt. Er ist froh, dass es nur noch wenige Schritte bis zur Apotheke sind.

Danach schaut er flüchtig ins Schaufenster der Buchhandlung.

Aktuelle Neuerscheinungen liegen neben denen vom Vorjahr: von Eugen Ruge ›In Zeiten des Lichts‹, von Judith Schalansky, einer ihm bisher unbekannten Autorin, ›Der Hals der Giraffe‹ und das Buch ›Der alte König in seinem Exil‹ von Arno Geiger, einem noch jungen Autor. An den Inhalt der ersten zwei Bücher kann er sich nicht mehr erinnern, umso intensiver an Letzteres. Nicht dass er den Inhalt wiedergeben könnte, doch die Betroffenheit, die er beim Lesen empfand, ist sogleich wieder da, als er den Umschlag betrachtet. Eine Empfindung, die gleichzeitig guttut und wehmütig macht; zunehmend aber auch zornig. Der amnesiekranke König war in diesem Buch von seinem Sohn beschrieben worden. Der einfühlsame Ton hatte Georg nicht darüber hinweggetäuscht, dass hier ein Demenzkranker vorgeführt, bloßgestellt wurde. So jedenfalls hatte er den Text aufgenommen. Im Namen dieses alten Mannes fühlte er sich gekränkt. Er war ihm so nahegekommen, hatte ihn zutiefst bedürftig empfunden – anrührend geradezu. Und dabei so ausgeliefert der Beobachtung der anderen und deren Hilfe, vor allem seines Sohnes. Der hatte sich ehrlich um einfühlsame Beschreibungen dessen, was der Vater tat und sprach, bemüht, um die Würde des alten Königs zu bewahren. Aber war ihm das gelungen? Das Bemühen des Autors erkennt Georg an, aber er glaubt ihm nicht. Im Gegenteil, der Text hat ihn von der Richtigkeit seiner Entscheidung überzeugt. Als so ein ›alter König‹ will er sich weder Viola noch Hanna zumuten. König. Er stolpert über das Wort. Ja, so hat er sich wohl häufig aufgeführt. Auch Martin gegenüber. Seine Vorstellung von dem, was für sie gut war, hat sein Handeln bestimmt. Doch dabei ging es nicht nur um sie, gesteht er sich ein. Er wollte geliebt und bewundert sein und vor allem unentbehrlich. Der Gutmensch schlechthin. Das Wort hat in der letzten Zeit einen verächtlichen Beigeschmack bekommen, den er heute für sich akzeptiert. Viola ist dadurch, dass er alles was zu tun war, selbst in die Hand genommen hat, in formalen und alltäglichen, praktischen Dingen unerfahren. Das war ihm nur recht gewesen, aber jetzt macht ihn das besorgt. Doch da ist Hanna, auf sie ist Verlass. Sie wird Viola helfen. Das ist sein Plan. Und wieder weiht er weder Hanna noch Viola ein. Natürlich nicht! Sein Entschluss steht fest, er will seinem zunehmenden Gedächtnisverlust zuvorkommen. Das Buch über diesen verschrobenen, aber liebenswerten König hat ihm eindrücklich vor Augen geführt, dass beide Frauen bald in einer Welt leben werden, die nicht mehr die Seine sein wird. Sie werden zu ihm nicht mehr vordringen können.

Er hat das Buch heimlich gelesen, um Violas möglichen Ahnungen keine Nahrung zu geben.

Als könnte er seinen Gedanken damit Einhalt gebieten, betritt er die Buchhandlung, wendet sich an die junge Frau Schleicher, die er gut kennt, und bittet um das Buch ›Der Hals der Giraffe‹. Das mit diesem wunderbaren Einband, der erhabenen Abbildung. Mit geschlossenen Augen ertasten seine Fingerspitzen den Hals der Giraffe, ihren Rumpf, die Beine. Und dieses intensive haptische Erleben löst in ihm eine tiefinnerliche Empfindung aus – ein dankbares Glücksgefühl.

»Hat es Ihnen so gut gefallen, dass Sie es nochmals verschenken wollen?«, fragt die Buchhändlerin. Georg schaut sie erstaunt an. Er ist froh, dass sich Frau Schleicher bereits dem Buch widmet und es in Geschenkpapier einschlägt.

»Das freut mich natürlich, dass Sie mit ihrem Weihnachtsgeschenk den Geschmack Ihrer Frau so gut getroffen haben. Grüßen Sie sie ganz herzlich von mir.«

»Dank ihrer Beratung, danke«, stammelt Georg, bezahlt und nimmt die Tüte mit dem Buch entgegen. Unter dem freundlichen Blick von Frau Schleicher bleibt er unsicher, meint sich erklären zu müssen.

»Für eine gute Freundin«, sagt er und denkt an Hanna.

Von wo wird sie anreisen? Aus Namibia? Sierra Leone? Oder war es Uganda? Afrika, das ist sicher, aber von wo dort? Georg kommt nicht darauf. In den gespeicherten Mails von ihr könnte er es nachlesen. Das muss er unbedingt tun, bevor sie kommt, damit sie nicht gleich eines dieser Löcher in seinem Gehirn entdeckt. Sie würde erschrecken, und ihm wäre es peinlich.

Ein ganzes Jahr hat er sie nicht gesehen. Telefoniert haben sie bisweilen, aber vor allem haben sie sich Mails geschrieben. Eine Erfindung, wie geschaffen für ihn. Er weiß das zu schätzen, und das, obwohl er dann auf ihre warme, einfühlsame Stimme verzichten muss, die sie ihm nahe heranholen kann, als säße sie neben ihm.
Doch statt am Telefon herumzustottern, während er seinen Gehirnwindungen richtige Antworten zu entlocken sucht, kann er seine Mail mehrfach lesen, sie immer wieder überprüfen, bevor er sie abschickt. Das geht ihm, anders als andere Texte, noch gut von der Hand. Notfalls kann er ein Stichwort, wenn auch nur ein schemenhaftes, für die Begebenheit speichern, die er ihr unbedingt mitteilen möchte. Und erst Hannas Mails. Er kann sie wieder und wieder lesen. Wenn er sie vergisst, kann er sie erneut aufrufen. Er lächelt – er liest sie immer wie zum ersten Mal. Es beruhigt ihn, dass er sich auf diese Weise stets aufs Neue mit ihrem Leben verbinden kann.

Inzwischen ist er langsam und mit vor Anstrengung zitterndem Arm, mit dem er sich auf dem Schirm abstützt, bis zum Kiosk gegenüber der U-Bahn-Station Dahlem-Dorf und der Bushaltestelle gegangen. Georg fühlt sich vom langen Laufen, aber auch vom Nachdenken erschöpft. Er lässt sich auf die Bank neben dem Kiosk fallen, legt die Tüte mit dem Buch neben sich, stützt seine Ellenbogen auf den Oberschenkeln ab und lässt den Kopf in seine Hände sinken. Er schließt die Augen. Nur für einen Moment. Er spürt Schweiß auf der Stirn, im

Nacken. Es rauscht in den Ohren, im Kopf, der schwerer und schwerer wird, dumpf und taub.

Als er aufschreckt, spürt er, dass jemand eng neben ihm sitzt. Georg nimmt wie aus weiter Ferne Straßengeräusche wahr. Riecht die Alkoholausdünstungen des Menschen neben sich und den Geruch vom Kiosk: brandiges Fett. Curryschwaden. Ekel steigt in ihm auf. Er will aufstehen, aber seine Beine sind erstarrt unter dem feucht gewordenen Hosen- und Mantelstoff. Es hat geregnet. Der Mann neben ihm reicht ihm seine Weizenkornflasche.

»Das bringt dich mir nix, dir nix wieder uff de Beene«, sagt er, und sieht Georg besorgt an. »Zier dir nich«, ermuntert er ihn, und schiebt ihm schließlich den Flaschenhals zwischen die Lippen. Georg versucht ihn abzuwehren, aber er muss dreimal schlucken, bevor der Mann von ihm ablässt.

»Und jetzt nisch wie ab zu Muttern«, sagt der und deutet auf die Bushaltestelle vor ihnen. Georg zeigt auf die andere Straßenseite. Er ist dankbar, dass der Mann ihn unterhakt und bis dorthin begleitet.

Seine Beine sind fühllose Stöcke, und der Schirm rutscht auf dem nassen Straßenbelag weg. Georg angelt in seiner Manteltasche nach dem Geld, das er in den Apotheken zurückbekommen hat, und gibt es seinem Begleiter. Der zählt ihm das Geld für einen Fahrschein in die Hand, bevor er den Rest in seiner Jackentasche verschwinden lässt. Getreulich wartet er dann, bis der Bus kommt und Georg eingestiegen ist.

Ein Taxi wäre besser gewesen, denkt Georg, als er aussteigt und sich des noch vor ihm liegenden Weges erinnert, aber das war ihm nicht in den Sinn gekommen und seinem betrunkenen Begleiter schon gar nicht.

»Georg!« Ein ängstlicher Ruf, als er die Haustür öffnet. »Wo bleibst du nur? Warst mehr als drei Stunden fort.« Viola nimmt ihm den Mantel ab, umarmt ihn, streicht ihm durchs feuchte Haar.

»Bist völlig durchnässt«, stellt sie mit besorgter Stimme fest, »nur gut, dass der Februar so mild ist. Du hättest bei einer deiner Pausen im Freien einschlafen und erfrieren können.«

Erfrieren. Nicht mehr denken. Keine Worte mehr suchen. Georg hat einmal von einer Frau gelesen, die sich, als es zu schneien begann, im Wald ein Bett aus Moos und trockenem Laub bereitet hat und dort eingeschlafen ist. Als man sie unter der Schneedecke fand, war sie tot. Ein ganz natürlicher Tod, anders als nach einem womöglich qualvollen Tablettencocktail. Doch heute ist kein Neuschnee zu erwarten.

»Hanna kann jeden Augenblick da sein«, hört er Viola sagen.

Georg hat die Stirnfalten hochgezogen, hebt und senkt ergeben die Schultern und schaut Viola um Verzeihung bittend an.

»Ich weiß, ich weiß, hab's nicht vergessen.«

Bei dem Gedanken, er hätte das vergessen können, spürt er einen schmerzhaften Druck in der Kehle. Genau so würde es sein – bald schon. Er würde sie beide vergessen. Nicht mehr erkennen. Sie für immer verlieren. Georg presst die Zunge gegen den Gaumen. Tränen? Ja, ist er denn völlig senil? Er stellt so energisch den Schirm in den Metallständer, dass es scheppert. Dann folgt er Violas Rat, ins Schlafzimmer hinaufzugehen, um sich eine trockene Hose anzuziehen.

»Muss nach dem Essen sehen«, ruft sie ihm hinterher.

Als er umgezogen in der Küche erscheint, hört er Wasser in den Kessel laufen.

»Ich mache dir einen Ingwertee, der wird dir guttun«, sagt Viola. Georg setzt sich an den Tisch. Auf dem Weg zum Kühlschrank bleibt sie hinter ihm stehen und legt ihre Hände auf seine Schultern. Georg lehnt den Kopf zurück.

»Das mit der Verspätung tut mir leid, aber wenn ich so in Gedanken bin, dann …«

Der Wasserkessel pfeift. Viola huscht fort von ihm, gießt den Tee auf. Dann blickt sie lächelnd zu ihm hinüber. Er antwortet mit einem Augenzwinkern.

Diesen alten Pfeifkessel lieben sie beide. Er ist noch aus dem winzigen Hausstand, den Viola einst zu ihrem gemeinsamen beitrug. Dazu gehört auch eine von ihrem leiblichen Vater bemalte Teeschale. Ihr einziges Erbe aus dem Haushalt der Mutter. Sie stellt den Tee vor Georg ab, als ein Klingelzeichen ertönt: zweimal kurz, einmal lang. Hanna.

Viola geht eilig voraus, um die Haustür zu öffnen. Georg folgt ihr.

»Schön, wieder hier zu sein«, hört Georg Hanna sagen, die ihn über Violas Schulter hinweg ansieht.

»Warst lange fort, lass dich anschauen«, sagt Viola und tritt einen Schritt zurück. »Ganz wie immer, nicht wahr! Sogar etwas gebräunt, und das mitten im Winter«, wendet sie sich an Georg.

»Ganz wie immer«, nimmt er ihre Worte auf und blickt Hanna prüfend an; liebevoll, aber auch furchtsam. Unverändert, äußerlich und innerlich, so hofft er, denn davon hängt alles ab. Er nimmt Hanna in die Arme, küsst ihre Wangen und zieht sie weiter in die Diele hinein.

Wie schlank sie geworden ist, fast mager. Ausgezehrt von afrikanischer Hitze? Vom Alter? Auch sie, die er im Innern noch so jung wie am Tag ihrer ersten Begegnung bewahrt, ist älter geworden. Georg greift nach ihrem Gepäck und staunt wieder einmal, wie wenig sie für ihre langen Auslandsaufenthalte mitnimmt. Viola ist mit dem Ruf »Ich mach dann mal schnell noch einen Tee für dich« in der Küche verschwunden. Georg stellt Koffer und Tasche neben der Flurgarderobe ab, wo Hanna in der Zwischenzeit ihren Mantel aufgehängt und Schal und Handschuhe abgelegt hat. Gleich darauf liegt ihre Hand in der seinen, um ihm zu gratulieren.

»Zum Zwanzigsten«, sagt sie. Ihre Stimme ist mit einem Lächeln unterlegt. Der Umrechnungsscherz durfte an diesem 29. Februar 2012 nicht fehlen.

»Hand aufs Herz, möchtest du noch mal zwanzig sein?«, fragt sie?

»Um Himmels willen«, lacht er sie an, »aber auch nicht achtzig«, entgegnet er mit einem Seufzer. Hanna streicht über sein dichtes weißes Haar.

»Geht es dir gut?«

Georg nickt und sagt, als ihr Blick forschend auf ihm ruhen bleibt, dass es hier und da ein lächerliches Zipperlein gebe, was nicht der Rede wert sei. Dabei hat er sie am Ellenbogen gefasst und in die Küche begleitet. Es duftet nach Braten und allerlei Kräutern. Angenehme Wärme entweicht dem eben geöffneten Backofen.

Viola schaut auf die Uhr.

»Zwölf, in einer Stunde ist das Essen fertig«, sagt sie und schließt die Ofentür wieder. »Lasst uns erst einmal Tee trinken, zum Auspacken ist immer noch Zeit.«

»Wie steht es aktuell um deine Krankenstation«, fragt Georg. Seine Stimme verrät, dass er sie dort in größter Gefahr glaubt.

»Deine Sorge ist unbegründet. Ich kann mich nur wiederholen, es geht voran und ist völlig gefahrlos. Kein Vergleich zu früher, wenn Ärzte in die verwüsteten Dörfer gerufen wurden, in denen die Luft vom Geruch verbrannter Menschenhaut oder Blut gesättigt war. Die Zeit Adi Armins, des ›Schlächters von Uganda‹ …«

Schlächter … Schlacht … Blut … Georgs Brustkorb dehnt sich, als würde er Schmerzenslaute in sich aufnehmen. Unerträglich die quälende Spannung, bis die Schreie, die er hört, schwächer werden, abgedämpft, weit weg.

Die Erde hatte geschwankt. Eine Druckwelle hatte Klaus und ihn zu Boden geworfen. Vornübergebeugt pressten sie das Gesicht in Sand und Geröll. Metallteile der gesprengten Brücke wirbelten durch die Luft. Ein fingerlanger, spitzer Stab bohrte sich in Klaus‹ Rücken.

»Her … aus … zieh … en«, stammelte er. Blut quoll hervor. Angstschweiß bedeckte Georgs Körper, doch seine Hände griffen zu, zogen. Von Blut besudelt, wankte er zurück. Erbrach sich. Klaus war auf die Seite gefallen. Gekrümmt lag er da – wie leblos. Georg stand breitbeinig über ihm, griff unter seine Schultern, drehte ihn ein wenig, schleifte ihn zwei, drei Meter über das Geröll. Hielt inne. Klaus‹ Blut bildete eine Lache, violettrot, fast schwarz. Er musste Hilfe holen. Aber wo? Die Berliner Germelmannbrücke über den Teltowkanal war von den Bombern zerstört. Georg lief in die entgegengesetzte Richtung die Alarichstraße entlang. Die Luft war grau von Staub und Sand. Seine Augen brannten. Glassplitter knirschten unter seinen Schuhen. Kein Sanitätswagen, kein Militärfahrzeug in Sicht. Nur herumirrende, verstörte Menschen. Greise und Frauen mit kleinen Kindern. Er rannte. Konnte gar nicht anders. Blieb erst am Attilaplatz stehen, als ihm sein Atem fast den Kehlkopf abschnürte. Auch hier war kein Fahrzeug zu sehen. Kein Soldat oder Polizist, den er um Hilfe hätte bitten können. Sein Herz raste, und seine Beine fühlten sich bleischwer wie seine Arme an, die fremd an ihm herabhingen. Er ließ sich in den Rinnstein fallen. Starrte auf seine mit Blut verschmierten Hände. Ein gurgelndes Schluchzen stieg in ihm auf. Er weinte, wie er nur als kleines Kind geweint hatte. Und so fühlte er sich auch, trotz seiner dreizehn Jahre. Klaus und er waren unzertrennlich gewesen: im Kindergarten, in der Schule, dann als Pimpfe. Und nun bei Hitlers letztem Aufgebot für die Schlacht um Berlin.

Hilfe holen! Er sprang wieder auf die Beine und lief nach Hause, ohne nachzudenken. Wenn nur die Mutter schon da wäre. War sie aber nicht. Er lief dem Blockwart, dem er sonst aus dem Weg zu gehen wusste, direkt in die Arme. Der verstand seine keuchend hervorgestoßenen Wörter nicht.

Unsanft von ihm auf die Stufen gedrückt, brauchte es zwanzig, dreißig Sekunden, bevor er stammelnd berichten konnte. Und während Georg noch auf die ochsenrot gestrichenen Stufen starrte … Ochsenblut … Blut … zerrte der Blockwart ihn hoch und in seine Wohnung, neben das Telefon an der Wand, und brüllte die von Georg gemachten Angaben in den Hörer, die er dabei nach und nach noch einmal von ihm erfragte: Ort, Zeit, Verwundung. Hilfeleistung. Dann führte ihn der Blockwart mit festem Griff zum nächsten Polizeirevier. Wieder die gleichen Fragen. Dazu die, warum er nicht bei seinem Kameraden geblieben sei. Dass er Hilfe holen wollte, das war ganz in Ordnung, sagte ein Beamter, als er bemerkte, wie verstört Georg vor ihm stand. Die sei jetzt auf dem Weg, versuchte er ihn zu trösten. Er habe alles gut und richtig gemacht, fügte er mit scharfem Blick auf den Blockwart hinzu. Diese Sätze hallten in Georg nach, doch seine Erinnerung sprach eine andere Sprache, die ihn beharrlich ins Kreuzfeuer nahm und tagelang kaum schlafen ließ.

Am Tag nach Klaus' Beerdigung musste er mit dessen Mutter zu der Stelle gehen, an der Klaus verblutet war. Er sollte ihr zeigen, wo und wie Klaus dort gelegen hatte. Georg sah den Abdruck von Klaus' Körper vor sich, obwohl das Blut versickert und mit Asche bedeckt war. Mit Asche? Verbrannt, Klaus? Wie paralysiert folgte er den Anweisungen der Frau, kauerte wie der

Freund auf dem Boden, ließ sich fallen, krümmte sich, zog die Beine einem Embryo gleich an den Leib. Stille ringsum. Nur das Weinen. Seines? Das von Klaus‹ Mutter? Die Erde schien nachzugeben, ihn aufzunehmen wie Klaus in seinem Grab. Tröstlich für einige Sekunden, doch dann war das Grauen wieder da, das ihn aufspringen und mit dem gleichen Tempo davonrennen ließ wie an dem Tage, an dem er Hilfe für Klaus holen wollte. Vergebens – jetzt auch für ihn. Wie in den letzten Nächten schlug er stundenlang den Kopf gegen die Wand. Lieber den Schmerz spüren, als die Gedanken und Gefühle ertragen.

Am Tag blieb er stumm, fühlte sich wie hinter Mauern. Es gab niemanden, dem er etwas zu sagen hatte. Nicht einmal seiner Mutter. Wozu auch? Seit der Vater gefallen war, funktionierte sie, als hätte man eine Puppe aufgezogen. Grau und vergrämt ging sie ihrer Arbeit nach. Seitdem Georg mit den Pimpfen im Einsatz war, stand sie statt seiner nach Brot, Milch oder anderem an. Sie kochte, wusch und bügelte. Scheuerte wie besessen die Böden, auch wenn sie gar nicht schmutzig waren. Wenn er bei Fliegeralarm daheim war, schickte sie ihn und seine kleine Schwester Marie in den Keller. Er sollte auf sie achtgeben, wie immer, wenn die Mutter nicht da war.

Georg stöhnt auf. Er hatte sie vor einem frühen Tod so wenig wie Klaus schützen können. Ganz im Gegenteil war es ihr zum Verhängnis geworden, ihn auf der gegenüberliegenden Straßenseite zu sehen. Ihn, nicht den Lastwagen. Weder den Fahrer noch Marie hatte sein Entsetzensschrei warnen können.

Georg spürte dem Augenblick nach, als die Mutter von Maries Unfall erfuhr. Schon nach des Vaters Tod war ihm seine Mutter unnahbar erschienen. Nach Maries Tod nur noch schemenhaft, wie durch eine Milchglasscheibe von ihr getrennt. Er konnte sie sehen, ihre zunehmende Hinfälligkeit, ihre Trauer – doch sie sah ihn nicht mehr.

Auch deshalb hatte er Klaus gebraucht. Tag für Tag schaute Georg das Foto an, das er hinter seinem Schreibtisch an die Wand gepinnt hatte. Es zeigte sie beide als Hitler-Pimpfe vor einem Zelt bei einer Übung im Brandenburgischen. Für sie eine Art ›Karl May-Zeit‹. Freundschaft fürs Leben.

Für einen Augenblick tat es Georg gut daran zu denken. Doch gleich darauf sprangen ihn erneut Selbstvorwürfe wie räudige Hunde an. Er hatte es nicht geschafft, rechtzeitig Hilfe zu holen. Hätte er zurücklaufen sollen, um Klaus nicht allein sterben zu lassen? Doch ans Sterben hatte er nicht gedacht. Das Blut, das viele Blut … Blutsbrüderschaft hatten sie einander geschworen … immer wieder war da dieser Gedankenwust, der sich verheddete und ruhelos in die eine oder andere Richtung drehte.

Um zur Ruhe zu kommen, griff Georg nach einem leeren Schulheft, trug Klaus‹ Todestag ein und machte eine Skizze von der Stelle, an der Klaus gestorben war. Er zeichnete seinen eigenen matten Schatten dazu. So musste es ausgesehen haben, als sie noch lebend beieinanderhockten. Ein Versuch, seine immer wiederkehrenden Selbstvorwürfe zu stoppen. Anders seine Empfindungen, an die klammerte er sich. Nur so konnte er Klaus weiterhin nahe sein. Er redete mit ihm, doch auch dann überschlugen sich Gedanken und Gefühle, uferten aus, und alles begann von vorn. Er hatte sich wieder der Zeichnung zugewandt. In dieses Heft zu schreiben, darin zu zeichnen, den Seiten alles anvertrauen zu können – auch unaussprechlich Schreckliches – tröstete ihn. Die Mutter hatte ihm verboten zu grübeln. Freunde solle er sich suchen, Kameraden, nicht immer allein sein.

›Ich brauche niemanden außer Klaus‹, schrieb er mit Großbuchstaben auf die erste Seite und auf den Heftdeckel die Jahreszahl 1945.

Von diesem Tag an schrieb er alles, was er erlebte oder bedachte, auf. Nach dem ersten Schulheft in Jahreskalender, von denen 66 auf einem Regal am Fenster stehen. Die Aufzeichnungen waren besser als Selbstgespräche! Immer wieder richtete er seine Worte an Klaus: Weißt du noch? Oder: Du hättest bestimmt genau so gedacht, gefühlt, gehandelt wie ich. Wenn ihm die Worte für Erlebnisse und damit verbundene Empfindungen fehlten, ersetzte er sie durch kleine Federzeichnungen, abstrakte, reale oder beides, und versuchte mit einem Hauch Tusche seine Stimmung auszudrücken.

Was hat Hanna gesagt?

»... helfen oder den Koffer auspacken?«

»Genau das machst du, Koffer und Tasche sind schon oben«, sagt Viola, die unter dem Vorwand, Post aus dem Briefkasten zu holen, in der Zwischenzeit das Gepäck in Martins ehemaliges Kinderzimmer getragen hat.

Dankbar und erleichtert darüber, dass Hanna gekommen ist, geht Georg wieder sein Plan durch den Kopf. Alles ist gewissenhaft vorbereitet. Die Tabletten würden ausreichen. Der Whisky stand bereit. Er konnte getrost abtreten. Unterstützt von Hanna würde es Viola mit Haus und Garten schaffen und auch mit den Papieren zurechtzukommen. Und auf die Musik setzt er ganz besonders. Die hat nie ihre Wirkung auf Viola verfehlt. Zuerst würde sie trösten, dann zu neuen Kompositionen inspirieren. Nicht umsonst hatte er seine Verbindungen spielen lassen und den Vertrag für die Filmmusik zu einem lang angelegten Werbeprojekt unterschriftsreif für Viola auf seinem Schreibtisch liegen; auch den Auftrag für die Musik zur Produktion des Filmes ›Der König in seinem Exil‹. Sozusagen sein Testament, das ihn mit Genugtuung erfüllt; dazu einige

Rücklagen, die er in seinem Zimmer aufbewahrt, damit sie halbwegs versorgt ist. Halbwegs.

Er seufzt. Warum nur hat er ihr nachgegeben? Hätten sie geheiratet, würde Viola eine gute Rente bekommen, aber … Georg hört Hannas Stimme von weither. Wie erschöpft sie aussieht. Nun ja, die Anforderungen in diesem Buschhospital, die Hitze, dazu der lange Flug. Doch sie gibt sich so tatkräftig wie eh und je. Er ist sicher, sie wird die gewünschte Unterstützung für Viola sein.

Die Tabletten sind noch in der Manteltasche. Er muss sie mit hochnehmen und wie die anderen mit dem Mörser zerkleinern, sie zu Mehl zerreiben.

Wenn nur Martin zu seinem Geburtstag käme. Er will ihn anhören. Sich mit ihm aussprechen. Der Junge – darf man ihn mit fast Fünfzigjahren noch so nennen? – hat sich ohne jede Begründung von Viola und ihm zurückgezogen. Konnte es sein, dass Martin ihn, erfolgreich wie er war, als zu dominant erlebt hat? Aber er hat ihn doch nicht beherrschen, sondern sein Förderer, sein väterlicher Freund sein wollen. Sie haben so viele Interessen geteilt: die Musik, Martin als Ausführender, er als Zuhörer. Das Zeichnen und Malen, das sich zu ihrer beider Leidenschaft entwickelte und für Martin zum Beruf, zur Berufung wurde. Georg fällt nichts ein, was so bedeutend sein könnte, dass es Martins Rückzug rechtfertigt – nun schon etwa drei Jahrzehnte lang. Sein berufliches Wissen, seine Erfahrungen, all das hat ihm in dieser persönlichen Krise nichts genützt. Er war gescheitert. Sie waren gescheitert. Auch Hanna konnte am Ende kaum mehr in Martins Welt vordringen. Dabei lieben sie ihn, den sie als verstummten Sechsjährigen adoptiert haben.

Ein kleines Kind, gar ein Neugeborenes, wollte das Jugendamt ihnen nicht anvertrauen. Er weiß noch, wie Hanna unter dieser Kränkung gelitten hat. Und all das nur, weil sie der mütterlich wirkenden Sozialarbeiterin gegenüber offen und ehrlich nicht nur ihren Wunsch nach und ihre Freude an einem Kind ausgedrückt, sondern auch eine gewisse Besorgnis, dieser Aufgabe nicht genügen zu können, formuliert und darüber gesprochen hatte, dass es sicher einige Zeit brauchen würde, um sich daran zu gewöhnen, nicht mehr zu arbeiten, sondern sich allein um das Kind zu kümmern. Die Kollegen würden ihr sicher fehlen, der Austausch. Hanna hatte der Sozialarbeiterin gegenüber nicht erwähnt, dass sie seit einem Jahr als Fachärztin in der Gynäkologie arbeitete. Sie hatte darauf bestanden behandelt zu werden wie jede andere Frau, nicht womöglich ihres Berufes wegen bevorzugt zu werden. Nachdem Georg von Hannas Gespräch auf dem Amt gehört hatte, überraschte ihn die Absage nicht. Doch eine Begründung fehlte. Bei einer mündlichen Rücksprache stellte sich heraus, dass man Hanna für zu zaghaft und zweifelnd hielt, um ihr einen Säugling anzuvertrauen. Wohl aber für geeignet, kaum sechs Monate später den bald siebenjährigen Martin, einen in tiefes Schweigen gehüllten verhaltensauffälligen Jungen, zu erziehen. Absurd war das gewesen. Ebenso unverständlich wie der langsame Rückzug Martins nach seiner Scheidung von Hanna.

Georg hat ihn nach seinem achtzehnten Geburtstag nur noch einmal gesehen. Oder bildet er sich das ein? Er sieht sich in einem schemenhaften Geschehen.

Die Buchhandlung. Rundum Buch an Buch. Köpfe. Reihenweise neben- und hintereinander. Augen, die ihn, der in einem Sessel unter einer grellen Lampe saß, erwartungsvoll ansahen. Sein aufgeschlagenes Buch in der Hand, hielt er den Blicken stand. Lange, um die Zuhörer für eine Stunde an sich zu binden. Wie ein Schauspieler vor einem ausladenden Monolog atmete er mehrfach tief durch, spürte, wie die Spannung stieg, jede Bewegung innehielt. Seine Lippen formten noch stumm

31

das erste Wort, als er Martin in der letzten Reihe bemerkte. Sein Gesicht, ein blasses Oval in lockiges Haar gerahmt. Der Bart war ihm fremd.

Georg stand auf, beugte sich vor, um sich zu vergewissern. Fast synchron folgte seiner Bewegung eine im Hintergrund des Raumes. Stühle wurden gerückt. Köpfe wandten sich um. Unruhe vibrierte. Zerstört war die Spannung. Verschwunden Martins Gesicht. Oder das eines Fremden? Georg drückte die Schultern ein wenig zurück. Blick in Blick mit den Zuhörern hob er die Hände. Seine ihnen zugewandten Handflächen, eine begütigende und zugleich entschuldigende Geste, ließen die Unruhe verebben. Den Kopf geneigt, setzte er sich wieder und griff nach einem Glas Wasser, das neben der Lampe stand. Er schluckte langsam, um seiner Verzweiflung Herr zu werden. Und wie zuvor bei seinen tiefen Atemzügen konzentrierte sich das Publikum wieder auf ihn, der sich fragte, ob er auch nur ein einziges Wort würde hervorbringen können? Er konnte es, denn in dem Buch vor ihm stand das geschrieben, was er empfand:

»Die glückliche Zeit von einst gibt es nicht mehr …«

*

II. Viola

Viola sieht Hanna die ersten Stufen nehmen, während sich Georg irgendwie ratlos in der Diele umsieht. Mit Rücksicht auf ihn hat Hanna vermutlich noch nicht nach Martin, ihrem ›verlorenen‹ Sohn gefragt, ob er zum Geburtstag eingeladen wurde und zugesagt hat.

Am Tag zuvor hatte Viola alles versucht, ihn zum Kommen zu bewegen. Ihr Herzschlag beschleunigt sich erneut wie bei dieser Begegnung. Augenblicklich taucht sie darin ein, als geschehe es gerade eben.

Sie klopft gegen die Metalltür, aber er öffnet nicht. Es bedarf eines Engels denkt sie, und schon erscheint er und stoppt sein sonnengelbes Gefährt mit der Aufschrift ›DHL‹ vor Martins Atelier, schwingt sich vom Fahrersitz, eilt zur hinteren Wagentür und umschlingt mit seinen goldgelben Armen flügelgleich ein riesiges Paket. Der Postbote klopft zweimal schnell hintereinander gegen die riesige Metalltür. Der dumpfe Nachklang, der dem einer Glocke ähnelt, lässt Viola aufhorchen. Offenbar ein vereinbartes Zeichen, denn anders als nach ihrem Klopfen, wird die jetzt Tür geöffnet.
    Dem Himmel sei Lob, jubelt es in Viola. Erschrocken legt sie einen Zeigefinger gegen die Lippen, um ihre Euphorie zu dämpfen und die Situation mit Vernunft zu nutzen. Während Martin das Paket entgegennimmt, schlüpft sie an den Männern vorbei in sein Atelier, das von leiser Musik erfüllt ist.

Wie oft hatte sie seinem Vater zuliebe Kontakt zu ihm gesucht. Doch Martin hatte stets wortlos den Telefonhörer aufgelegt, die Annahme von Briefen verweigert oder wie heute seine Ateliertür nicht geöffnet. Es war ihrem Schuldgefühl zuzuschreiben, dass sie diese Kontaktversuche so lange fortsetzte, denn sie war es – so würde es Martin wohl sehen –, die die Ehe seiner Eltern zerstört hatte. Irgendwann hatte sie ihre erfolglosen Bemühungen dann aber doch eingestellt.

Doch morgen wird sein Vater seinen achtzigsten Geburtstag feiern. Deshalb hat sie sich entschlossen, noch einmal ein Gespräch mit dem Sohn zu suchen. Wie lange meint er noch warten zu können, um Differenzen mit ihm – welche auch immer – zu besprechen und möglichst auszuräumen. Auch seiner Mutter Hanna gegenüber, die als Gynäkologin seit einigen Jahren mit einem Projekt in Uganda befasst ist, hat Martin sich zunehmend verschlossen und wortkarg gezeigt.

Er schließt hinter dem Postboten die Tür und stellt das Paket daneben ab, bevor er sich umdreht und Viola stumm anschaut. Sie sieht in dem 47jährigen sofort wieder ihren hoch aufgeschossenen Geigenschüler von einst. Die hohe Stirn. Den schmalen Mund, den jetzt wie Jahresringe tiefe Falten begrenzen. Dunkelbraune Augen beherrschen sein Gesicht, die scheu und zugleich aufmerksam auf sie gerichtet sind. Wie schon als Jugendlicher trägt er einen obligatorischen dunkelblauen Rollkragenpullover zu seinen Jeans. Alles sauber. Ohne Spritzer, obwohl der intensive Geruch von Ölfarbe und Terpentin verrät, dass ihn der Paketbote direkt von der Staffelei weggeholt hat. Sein tadelloses Äußeres ist nicht ungewöhnlich für ihn. Hanna hat zu Recht und voller Stolz behauptet, dass ihr Sohn im Smoking vor der Staffelei stehen und malen und anschließend tipptopp, ohne jeden Farbspritzer in der Philharmonie erscheinen könne. Einzig sein krauses helles Haar ist nach wie vor nicht zu bändigen. Mit seinen sensiblen Gesichtszügen ähnelte schon der Heranwachsende dem jungen Frederic Chopin, dem sich Martin während der Geigenstunden hingebungsvoll widmete. Und nicht nur das. Er hatte sich in sie, die mehr als fünfundzwanzig Jahre ältere Frau, verliebt, ohne zu ahnen, dass sie die Geliebte seines Vaters war.

Schließlich wusste er es dann eher als seine Mutter, denn er nahm auf der Geburtstagsfeier seines Vaters am 29. Februar 1980, wie könnte sie dieses Datum je vergessen, mit seiner neuen Kamera zufällig ein Bild von Georg und ihr auf. Die Kamera, ein Geschenk seines Vaters, war von außerordentlicher Qualität, denn Martin hatte mit ihr sogar im dunklen Buschwerk des Gartens ihre Umarmung unverkennbar festhalten können.

Mittlerweile ist Martin fast so alt, wie es sein Vater damals war. Konnten die Folgen, so verstörend sie auf den Halbwüchsigen gewirkt haben mochten, noch immer so gravierend sein, dass sich daraus sein anhaltender Rückzug erklärte? Mit solchen psychologischen Feinheiten kennt sich Viola nicht aus. Und es geht ihr auch nicht in erster Linie um ihn. Ihr geht es um Georg, ihren Mann. Er soll Ruhe finden, bevor seine sich andeutende Demenz so weit von ihm Besitz ergreifen würde, dass keine Aussprache mehr möglich wäre.

»Was willst du?« Martins Stimme klingt rau, fast tonlos, als habe er seit Tagen mit niemandem gesprochen. Genauso wird es sein, denkt Viola, und das tut überraschend weh.

»Dein Vater wird morgen achtzig«, sagt sie.

Martin starrt sie ungläubig an, murmelt: »Ach so, deshalb ...«

Viola hält seinem Blick stand, obwohl sie sich ihm ausgeliefert fühlt und in dem wattigen Grau, das sich um sie legt, zu schwanken meint. Nur jetzt keine Schwäche zeigen.

Während Martins Augen sie noch immer fixieren, atmet sie tief bis unter die Fußsohlen. Wie mag er sie wahrnehmen? Mit ihren zweiundsiebzig Jahren ist sie noch immer sehr schlank, wirkt agil, doch die grauen Strähnen im kurzen dunklen Haar, tiefe Furchen seitlich der Wangenknochen und die Falten auf der Stirn, von denen Gesicht und Halspartie noch verschont geblieben sind, verraten ihr Alter.

Martin ist zur Staffelei hinübergegangen. Leinwände bestücken Regale auf beiden Seiten der sicher fünfzehn Meter langen Fabrikhalle; auf der Erde stehende Bilder lehnen dagegen. Zumeist großformatige aus verschiedenen Schaffensperioden: viele Porträts, Surreales und Abstraktes neben Gegenständlichem. Auffallend die erstaunliche Vielfalt der Farbkompositionen, von Erdfarben bis zu fast durchscheinend hellen, zumeist blauen Bildern, Meer und Himmel in vielen Facetten. Daneben Leinwände mit Farben von unglaublicher Intensität und übermalte Titelbilder zum Thema ›Afrika‹; vermutlich eine Serie. Geradezu brennende Bilder in Rot und Orange, die von safranfarben skizzierten Gestalten bevölkert und von schwarzen Konturen unterbrochen, eine Sogkraft entfalten, die Viola in sie hineinziehen.

Die Musikerin in ihr kann sich dem nicht entziehen. Töne wirbeln auf, stoßen einander an, verbinden sich zu einer ungewöhnlichen Tonfolge, die Viola zu verankern sucht. Diese Bilder brennen sich ihr ein, lassen Melodien aufflammen. Abrupt tritt sie einen Schritt zurück, mahnt Distanz an, wendet sich von den Bildern ab. Martin würde ihr Verhalten womöglich übergriffig finden. Viola fragt sich, ob er eine neue Ausstellung plant. Sie nimmt sich vor, zu Hause im ›tip‹ nachzusehen.

Die Leinwand auf der Staffelei ist noch unberührt. Mit dem Rücken zu ihr rührt Martin in einem Topf mit Farbe. Goldocker, unter das er Titanweiß mengt. Sie weiß aus der Zeit, als sie sich noch in seinem Elternhaus begegneten, dass er damit die Leinwand grundierte. Er würde mit dem Pinsel von rechts nach links über die Fläche gehen, von oben nach unten, längs und quer, um später die getrocknete Leinwand so lange zu drehen, bis für ihn etwas erkennbar wurde, was seine Aufmerksamkeit auf sich zog. Gemalt sein wollte. Musste. Offenbar stimuliert ihn diese Methode noch immer, dazu die klassische Musik, die verhalten aus den neben der Staffelei abgelegten Kopfhörern zu vernehmen ist. Das Blub von Ölfarbe ist zu hören. Das Öffnen einer Flasche. Wasserähnliche Flüssigkeit fließt in die Farbe, die mit einem Rundholz verrührt wird. Es riecht nach Terpentin.

Als Martin endlich davon ablässt und sich zu ihr umdreht, quietschen seine Schuhsohlen auf dem grau glänzenden Betonboden, auf dem sie weder Flecken noch Staub entdeckt. – Martin, noch immer so pingelig wie einst.

»Du solltest zum Geburtstag deines Vaters kommen«, sagt Viola in die angespannte Stille hinein.

Martins Oberkörper strafft sich, als wäre sie ihm zu nahe getreten.

»Warum sollte ich?«

»Weil es nicht mehr lange Gelegenheit für eine Aussprache gibt.«

»Und wofür soll die gut sein?«

»Damit ihr das, was auch immer zwischen euch steht, endlich aussprecht und möglichst ausräumt. Frieden schließt. Euch vielleicht wieder näherkommt. Wenn ich das hier sehe … «

Viola zeigt mit einer Armbewegung rundum auf die gerahmten Leinwände in den Regalen und die aufgestellten Bilder.

»Das hat doch auch mit ihm zu tun.«

»Du meinst, dass ich ihm das verdanke?« Ganz gegen seine Gewohnheit hat Martin die Stimme erhoben, was Viola erschreckt. Seine Worte hallen in dem hohen Raum. Um sich zu beruhigen, lässt sie ihren Blick suchend durch das Atelier schweifen, als wolle sie sich irgendwo festhalten, um ihr Gleichgewicht zurückzugewinnen. Erst jetzt sieht sie in einer der Ecken eine Liege und einen schmalen Metallschrank, gegen den ein Cello gelehnt ist. Sie ist nicht überrascht, dass es keine Geige ist.

Gegenüber stehen ein Tisch, ein Stuhl, ein 50er-Jahre-Sideboard, darauf ein zweiflammiger Gaskocher. Hier malt Martin also nicht nur, hier lebt er auch. Der Geruch von Ölfarbe, Terpentin, Fixierer und nach Zigaretten scheint jede ihrer Poren zu durchdringen. Ein Hustenanfall schüttelt sie. Tränen treten ihr in die Augen.

Sie hört Wasser in ein Glas laufen. Martin zeigt auf den einzigen Stuhl nahe der Staffelei. Er reicht ihr das Glas, angelt mit dem Fuß nach dem Barhocker, der vor der Staffelei steht, zieht ihn zu sich heran und schiebt sich, während sie das Wasser trinkt, ihr gegenüber darauf. Bis ihr Husten nachlässt, starrt er auf sein rechtes Bein, das in der Luft baumelnd leicht vor- und zurückschwingt.

Der Raum ist angefüllt mit kalter Stille. Erneut ergreift Viola leichter Schwindel, der sie zwingt, sich an den Armlehnen des Stuhles festzuhalten. Die unterschiedlichen Leuchtröhren an der Decke, die natürliches Licht simulieren und dem trüben Winterlicht vor dem Fenster keine Chance geben, blenden sie.

»Noch Wasser?«, hört sie Martin fragen. Sie schüttelt den Kopf, fängt sich wieder. Er nimmt ihr das leere Glas ab.

»Verstehe mich bitte nicht falsch, natürlich hast du all das allein geschaffen. Du bist nicht nur talentiert, sondern auch fleißig, sehr fleißig sogar …« Sie fährt sich mehrfach mit den Händen durchs Haar, während sie die richtigen Worte sucht.

»Was ich meine ist, dass dich Georg auf den Weg gebracht hat ... ihn bereitet ... begleitet ... schon als Kind mit dir gezeichnet und gemalt hat. Museen, Ausstellungen besucht ... welcher Heranwachsende ...«

»Ja, ja, Georg, der Supervater.« Martin lässt ein höhnisches Glucksen in der Kehle hören und beginnt in dem großen Raum hin und her zu laufen. Schließlich bleibt er vor Viola stehen und winkt, als sie etwas sagen will, unwillig ab.

»Ich weiß, ich weiß, hat sich von unten hochgearbeitet. Ein verdienter Aufsteiger. Ein Erfolgstyp durch und durch. Selbst nachdem er seinen guten Posten auf den Mist warf und seine Frau und mich dazu, um Bücher zu schreiben. Einen Krimi nach dem anderen. Erfolgsautor aus dem Stand. Gegen so einen ist nicht anzukommen.«

Martin schüttelt sich, scheint etwas abzuschütteln, von sich zu weisen.

»Habe eben nicht seine Gene. Bin aus dem Nichts gekommen, aus einem schmutzigen, schrägen, schrillen Nichts.«

Die ›Sch‹ überdeutlich zwischen den Lippen hervorzischend, hat er sich mit Blick auf die Leinwände einmal um die eigene Achse gedreht.

»In seinen Augen bin ich ein Nichts geblieben. Habe seine geliehene Vaterschaft nicht mit meinem Durchbruch krönen können.«

Martin schlägt kopfüber die Hände ineinander, lacht höhnisch, lässt dann abrupt die Arme fallen und schiebt sich wieder auf den Barhocker. Sitzt da mit gesenktem Kopf, als habe er sich völlig verausgabt.

Martins Worte treffen Viola. Von wegen ein Nichts. Nachdem sie durch einen Zufall vor etwa vier Jahren mitbekommen hatte, dass er sich Martin Nolden nannte, hatte sie Informationen zu seinen Ausstellungen verfolgt und sie besucht. Um Martin nicht zu begegnen, allerdings nie eine Vernissage.

Sein ablehnendes Verhalten war zu verletzend gewesen. Gewiss, es waren keine bekannten Galerien dabei und auch nur selten Einzelausstellungen, aber selbst im Ausland hatte er seine Arbeiten präsentiert. Einmal in Amsterdam. Darüber hatte sogar die ›Zeit‹ berichtet. Eine sehr gute Rezension war es gewesen. Dazu ein großer Farbdruck. Viola hatte an einen Durchbruch geglaubt, doch der war bislang ausgeblieben.

»Warum nennst du dich nicht mehr Winkler, sondern Nolden?«, fragt sie unvermittelt.

Martin fährt hoch, schaut sie an, bleibt aber stumm. Auch Viola, die die Frage wie ein Mobile in der Luft schweben lässt. Endlich ringt Martin mit einer Wort für Wort hervorgestoßenen Antwort um eine Erklärung.

»Internet. Google. Gleich nach Nolde …«

Vergeblich lauert er auf eine Reaktion von ihr.

»Marketing eben, … aber auch, … ich wollte seinen Namen nicht mehr … wollte ihn … und Georg loswerden.«

Ach Martin, denkt Viola und atmet tief durch. Da lehnt er sich gegen seinen Adoptivvater auf, bringt sich aber in die Nähe eines berühmten Leihnamens.

»Um dich nicht länger aufzuhalten: Kommst du morgen zu Georgs Geburtstag? Eine große Feier wie sonst wegen des Schaltjahres musst du nicht befürchten. Nur deine Mutter reist aus Uganda an. Wäre doch schön, wenn … Sie würde das bestimmt freuen.«

Viola denkt, dass sie besser ihr diesen Besuch überlassen hätte, aber die mehrfachen Versuche, sie in ihrem Buschkrankenhaus zu erreichen, waren in den letzten zwei, drei Wochen erfolglos gewesen. Mittlerweile hatte sie den Eindruck gewonnen, dass Hannas Kollegen ihren Fragen auswichen, wenn sie immer wieder versicherten, dass Hanna unterwegs sei. Es war so gar nicht ihre Art, nicht wenigstens eine Nachricht zu hinterlassen. Erst vor drei Tagen dann die Mitteilung ihres Ankunftstermins. Morgen, an Georgs Geburtstag, da blieb für Hanna keine Zeit mehr, um mit dem Sohn zu sprechen.

Viola hört, wie Martin seine Mutter mit Albert Schweitzer vergleicht, nennt ihn einen Menschenfreund und Erfolgsmenschen – und sie in seinen Fußstapfen. Ein knappes Auflachen wie ein Luftschnappen folgt, bevor sich seine Worte fast überschlagen, als habe er Angst, sie auf dem Weg über die Lippen zu verlieren:

»Für ihre afrikanischen Kinder, die gerettet werden müssen, lebt sie wie ihr großes Vorbild. Nicht in der Familie, überhaupt Familie – aus, weg, Neuanfang. So einfach war das.«

Die Vorwürfe stimmen nicht. Doch nur nicht widersprechen. Jetzt geht es einzig um das Zusammentreffen von Vater und Sohn, ermahnt sich Viola. Deshalb stellt sie noch einmal die Frage, ob er zu Georgs Geburtstag kommen wird.

»Versteh doch … er ist alt, hinfällig …«

»Klingt nach Erpressung.«

»Du hast ihm einiges zu verdanken.«

»Gar nichts … nicht so viel.« Martin schnippt mit den Fingern. »Versorgen, kleiden, das alles ist selbstverständlich. Schließlich wollte er mein Vater sein, hätte mich nicht adoptieren müssen.« Eine kurze Pause, bevor er vor sich hin murmelt: »Hätte es besser gelassen.«

»Georg wollte es, weil sich Hanna ein Kind wünschte.«

»Tolle Entschuldigung für sein Versagen.«

»Und meines …«

»Stimmt, aber du warst allein. während er seiner Familie davongelaufen ist, weil er nicht nur dich, sondern auch ein anderes Leben haben wollte.«

»Deine Mutter hat ihn davon nicht abgehalten.«

»Ich habe ihre Reaktion nicht vergessen«, hört Viola Martin sagen. »Keine Kompromisse und vor allem keinen Streit. Keine

Aussprache. Tränen hinter verschlossenen Türen. Harmonie um jeden Preis. Dem konnte ich ruhig geopfert werden. Ihr habt alle nur an euch gedacht, nicht an mich, der ich gerade erst sechzehn Jahre alt war.«

Vorwurfsvolle, bittere Worte, besonders gegen seinen Vater gerichtet, aber auch an seine Mutter. Missbilligende gegen sich hat Viola erwartet, aber nicht das. Sie fragt sich, ob heute, wo Martin älter und Hanna, Georg und sie alt geworden sind, trotzdem eine Aussöhnung möglich sein könnte. In einem rücksichtsvollen, dabei aber offenen Gespräch kann sie sich das vorstellen. Sie wird mit ihnen um eine Klärung ringen, das hat sie sich ebenso wie diesen Besuch vorgenommen. Georgs 80ster Geburtstag ist dafür der richtige Zeitpunkt.

Martin lässt Viola nicht aus den Augen, während er von seinem Hocker rutscht und mit einer heftigen Armbewegung durch die Luft fährt: »Schluss damit.«

»Überleg es noch einmal in Ruhe. Immerhin … Georg wird achtzig. A c h t z i g «, sagt Viola mit Nachdruck.

Wie gerne hätte sie ihm sein Glück vor Augen geführt, noch einen Vater zu haben, während sie den ihren schon als Vierjährige verlor. Doch so verschlossen und unwirsch Martin mittlerweile wirkt, ist dafür jetzt nicht der geeignete Moment.

»Gib dir einen Ruck und komm««, sagt Viola, während sie sich der Tür zuwendet.

»Eher nicht«, entgegnet er schnell. Ein erleichterter Seufzer folgt, als er an ihr vorbei zur Tür eilt, um sie zu öffnen, als wollte er dafür sorgen, dass sie keinen Augenblick länger in seinem Atelier bleibt.

Martin macht keine Anstalten, ihr die Hand zu reichen. Viola nickt ihm zu und geht. Die Tür, die schnell hinter ihr geschlossen wird, quietscht heiser in den Angeln. Ein erbarmungswürdiger Ton, der zu ihrer trostlosen Stimmung passt. Und zu der Brache, in der die aufgegebenen Fabrikhallen stehen.

Viola dreht einen Eimer um, der dafür bestimmt ist, Regenwasser aufzunehmen. Setzt sich darauf. Starrt gedankenleer vor sich hin. Sieht Bauwagen und einen Kran auf dem riesigen Gelände, dessen Metallarm die graue Wolkendecke zu durchtrennen scheint. Flüchtet in Erinnerungen.

Das Metallgestänge, ein kunstvoller, präziser Aufbau, bevor es das riesige rote Zirkuszelt hielt. Gespannt mit zig Seilen … der Eingang mit einer Girlande … eine bunt schimmernde Lichterkette … am Abend die Kapelle … Zuschauer anlockend … sie wäre stattdessen gerne davongelaufen, doch wohin? Sie war erst vierzehn Jahre alt.

Seltsam, überlegt Viola, im Alter zwischen dreizehn und sechzehn Jahren wurden sie alle von Erlebnissen erschüttert, die sie für ihr ganzes Leben geprägt haben.

Martin war fünfzehn, sechzehn gewesen, als seine spät gewonnene, aber umso wichtigere heile Welt mit der Trennung seiner Adoptiveltern verloren ging; und auch seine erste Liebe – sie, Viola, die ihn als zwölfjährigen Pilzkopf kennenlernte.

Lang aufgeschossen stand er da, ihr künftiger Geigenschüler. Mit zwölf Jahren schon so groß wie sein Vater. Seine Mutter, eine Frau mit warmherziger Ausstrahlung, die Viola sofort gefiel.

»Schön, dass Sie so bald Zeit hatten«, sagte sie und forderte Martin auf zu erzählen, was er bisher auf der Geige gelernt hatte. Viola war froh, dass sie das von seinem bisherigen Geigenlehrer schon wusste, denn der Junge sprach leise und stockend.

»Es würde mich freuen, wenn du Lust hättest, mir etwas vorzuspielen«, hatte Viola ihn aufgefordert. Als sie merkte, wie unsicher Martin war, hatte sie hinzugesetzt, dass er eines seiner Lieblingsstücke auswählen könne.

Er spielte das Violinkonzert G-dur von Mozart. Fehlerlos und einfühlsamer, als sie es von einem Zwölfjährigen erwartet hatte. Zweifellos hatte sein bisheriger Lehrer für eine gute Grundlage gesorgt. Darüber hinaus hatte er unbedingt gewollt, dass Martin bei ihr den Unterricht fortsetzte. Der Junge habe nicht nur das ›absolute Gehör‹ und Talent, wie er versicherte, sondern er brauche die Musik, um Emotionen zum Ausdruck zu bringen. Ihr Kollege hatte ihn ihr regelrecht ans Herz gelegt, und Martins Spiel überzeugte sie nicht nur, es ging ihr nahe.

»Wir sollten es miteinander versuchen, was meinst du? Werden ja sehen, ob wir uns aneinander gewöhnen«, wandte sie sich an den verlegenen Jungen, der nach dem Vorspiel nervös im Notenheft herumblätterte.

»Komm‹, setz dich zu uns«, sagte seine Mutter und schob eine Keksschale über den Tisch in seine Richtung.

»Können Sie ihn zweimal in der Woche unterrichten?«, fragte Martins Vater, der bisher noch nichts zur Unterhaltung beigetragen hatte, was Viola als zurückhaltend, aber nicht als unhöflich empfand.

»Ja, gerne«, sagte sie und nickte in Martins Richtung.

»Aber ist es nicht zu aufwendig für Sie, hier bei uns den Unterricht abzuhalten? Martin könnte selbstverständlich auch zu Ihnen kommen«, fuhr er fort.

»Ich unterrichte meine Schüler grundsätzlich bei sich zu Hause, damit habe ich gute Erfahrungen gemacht«, antwortete Viola und dachte an ihre winzige Einzimmerwohnung, die mit schweren dunklen Möbeln vollgestopft war, dazwischen-geklemmt noch ihr Klavier.

Eine alte Dame, die aus gesundheitlichen Gründen zu ihrer Tochter gezogen war, hatte sie ihr für zwei Jahre möbliert vermietet.

Martin begann ohne jeden Übergang von seiner Leidenschaft für das Cello zu sprechen. Verstummte gleich darauf ebenso unerwartet und holte einige Aufnahmen berühmter Cellisten, die er vor Viola auf den Tisch legte.

»Dieses riesige Instrument. Den Transport hätte er als Sie-benjähriger nicht alleine geschafft, doch wir sind beide be-rufstätig. Die Fahrt zum Unterricht und zurück konnten wir nicht leisten. Deshalb die Entscheidung für die Geige«, erklärte Martins Vater.

»Ich verstehe dich sehr gut, Martin«, sagte Viola, »das Cello kommt der menschlichen Stimme am nächsten, doch die Pro-bleme deiner Eltern sind nachvollziehbar.«

Sie hatte sich dem Jungen zugewandt, spürte aber den Blick seines Vater, der leise für sich die Worte ›der menschlichen Stimme am nächsten‹ wiederholte, und als sich Viola zu ihm umdrehte, sie nachdenklich, fast verstört ansah. Sie wusste sein Verhalten nicht einzuordnen.

Bevor sie ging, einigten sie sich auf Tage und Uhrzeit für den Geigenunterricht, ohne zu ahnen, dass sie damit eine Verbin-dung herstellten, die sie lebenslang durch Höhen und Tiefen führen würde.

Ein Lastwagen nähert sich. Der Fahrer winkt Viola zu, die noch immer auf ihrem Platz vor dem Atelier verharrt, bevor er in Richtung des Krans abbiegt. Dessen weitreichender Arm hat in der Zwischenzeit eine Last aufgenommen, ein dunkles Bündel, das auch ein Mensch sein konnte, und jetzt zwischen

Himmel und Erde schwebt und sie erneut an den Zirkus und damit an ihre Jugendzeit dort erinnert.

An die Artisten, die sich nicht allein auf ihr Können verlassen, sondern ebenso auf den unter ihnen, der die Rolle des Fängers innehat und überlebenswichtiges Vertrauen genießt. An die vierzig Jahre ist Georg dieser Fänger für sie. Doch nun, behindert durch einen sich verstärkenden Gedächtnisverlust, muss er diesen Part aufgeben, abgeben – an wen, wenn nicht an sie. Wäre da nicht Hanna …

Der metallene Arm des Krans zeigt gefährlich schräg nach unten. Das Bündel neigt sich vor, als würde es in die Tiefe stürzen. Doch der Kranführer senkt es sacht dem Erdboden entgegen und legt es unbeschadet ab.

Sie steht auf, schüttelt die nasse Kälte ab und geht unbegründet zuversichtlich davon.

*

III. Hanna

Da waren sie wieder, die Krähen hoch oben im Wipfel der Kiefer hinter Georgs Haus. Als wären sie ihr vorausgeflogen und wie zu Urzeiten zuerst vor Ort. Doch anders als ihre Artgenossen in Uganda werden die Rabenvögel in Deutschland nicht verehrt. Dennoch hatte ihnen Hanna versöhnlich zugenickt, denn deren vermeintliche Eigenschaft, den Tod anzukündigen, gehörte schließlich zum Leben dazu. Manchmal schien er entfernter, manchmal näher. Manchmal wünschte man ihn sogar herbei.

Bei ihrem Abflug hatte Hanna deren Verwandte, zwei der heiligen, afrikanischen Hornraben, auf einem Eukalyptusbaum neben dem Flughafengebäude von Entebbe gesehen. Unbewegt, und obwohl weitab von dem silbern glänzenden Flugzeug, schienen sie riesengroß. Als sie erstmals in Uganda gelandet war, war deren Anblick beängstigend gewesen. Sie hatte sich vorgestellt, dass sich deren weitgefächerte Schwingen um sie legen würden und sie mit ihnen zum Horizont aufsteigen würde. Inzwischen weiß sie, dass die Hornraben am Boden leben und sich nur in die Luft erheben, wenn Gefahr droht. Verehrt werden sie, weil sie Schlangen und Heuschrecken verzehren. In Uganda ein unverzichtbarer Schutz für Mensch und Landschaft.

Auf diese Vögel war acht Jahre zuvor ihr erster und nun vor etwa vierzehn Stunden ihr letzter Blick gefallen, nachdem sie den ganzen Tag gebraucht hatte, um sich von den Frauen in Kitulikizi zu verabschieden. Diesmal nicht, um eine der Regenzeiten statt in Uganda in Berlin zu verbringen, sondern, um für immer dorthin zurückzukehren.

»Das Gepäck ist schon oben,« hört sie Viola zu Georg sagen, der noch unschlüssig vor der Treppe steht. Hanna ist wenige Treppenstufen hinaufgegangen und in Gedanken gleichzeitig einige Schritte zurück. Doch Violas Stimme hat Georg aufgeschreckt, der ihr jetzt folgt. Als er sie fast erreicht hat, gerät Hanna ins Schwanken. Ihr Absatz ist im Teppichboden hängen geblieben. Sie fängt die Bewegung auf, kann sich am Treppenlauf festhalten und zieht den Fuß aus dem Schuh, Georg den Absatz aus dem Sisal.

»Mein Gott, das hätte schiefgehen können«, hört sie ihn sagen und lächelt ihm über die Schulter hinweg beruhigend zu.

»Nichts passiert.« Sie nimmt ihm den Schuh aus der Hand und beugt sich vor, um ihn wieder anzuziehen. Georg atmet hörbar, und Hanna sieht, wie sich Erleichterung auf seinem Gesicht ausbreitet. Und da ist sie wieder, diese Empfindung von vor mehr als dreißig Jahren:

Mit Georg, Viola und dem 16jährigen Martin war sie im Schloßparktheater gewesen. Welches Stück es gegeben hatte, weiß sie nicht mehr. Wohl aber, dass sie diesen Weihnachtstag kaum anders miteinander hätten verbringen können, denn die Trennung von Georg lag erst ein Dreivierteljahr zurück. An einer unebenen Stelle des Gehsteigs, vom Wurzelwerk einer riesigen Kastanie angehoben, war sie der Länge nach auf das Pflaster gestürzt. Ihrem Empfinden nach in Zeitlupe, begleitet von einem lang gezogenen Ton, mit dem Georg ihren Namen rief. Der Klang seiner Stimme war es, der sie einen Herzschlag länger als nötig am Boden verharren ließ, bevor er und Martin ihr aufhalfen. Ein aufgeschlagenes Knie, mehr war ihr nicht geschehen. Den restlichen Weg bis zum Auto war sie schweigsam geblieben, hatte noch immer Georgs Stimme nachgelauscht. Darin hatte sich Besorgnis und verloren geglaubte Liebe ausgedrückt und ihr die Gewissheit geschenkt, dass seine Gefühle ebenso wie die ihren fortbestanden, und das obwohl … unumkehrbar Georgs Geständnis, dass er ein Verhältnis mit Viola hat.

Dieser Schmerz! Wie eine dunkle Wolke hatte er sie nach und nach umhüllt und ihren Körper in eisiger Luft erstarren lassen. Ihren Hals verengt. Die Pupillen mit fester Haut überzogen, festgezurrt, um Tränen zurückzuhalten. Ihr Körper hatte zu beben begonnen, als wäre sie einem Sturm ausgesetzt gewesen. Aufgesprungen war sie, hatte die Füße fest auf den Boden gestemmt und ihren Rücken gestrafft, um wieder Luft zu bekommen. Sie begann Worte zu suchen. Fand stumme, die sich eines an dem anderen entzündeten und in ihr brannten. Sie hätte zuschlagen mögen. Sein beklommenes Lächeln zerschlagen. Ihre Hände umklammerten die Tischplatte. Die Knöchel traten weiß hervor. Es gelang ihr, ihren Zorn niederzuzwingen, bis Georg um den Tisch herum auf sie zukam. In unbändiger Wut trommelten ihre Fäuste gegen seinen Brustkorb, bevor sie vor sich, vor ihm, vor ihrem Zornausbruch floh und die Tür ihres Schlafzimmers hinter sich zuschlug.

Erst am nächsten Morgen standen sie sich wieder gegenüber. Eine Umarmung, ein Abschiedskuss wie sonst, bevor er zum Dienst fahren würde? Einige Sekunden schien es so. Georg trat nahe an sie heran. Hanna einen Schritt zurück, irritiert von seinem Blick, indem sie ihren eigenen Schmerz zu entdecken meinte.

„Unser gemeinsames Leben, eine Fortsetzung kann es nur geben, wenn du Viola nie mehr siehst", stieß sie hervor.

Hat sie das wirklich so gesagt, wie Georg behauptet? Und wenn nicht, wäre dann alles anders gekommen? Aber wie? Hannas Erinnerung ist, angestoßen von ihrem Stolpern, bis ins Jahr 1981 zurückgegangen. Sie schüttelt heftig den Kopf, versucht, die dunklen Gedankenfetzen zu vertreiben, die sie aufgeschreckten Insekten gleich umschwirren.

Sie haben damit ihren Frieden gemacht - alle drei. Schon lange. Spätestens, als Hanna etwa fünf Jahre nach der Scheidung mit ihren Urlaubseinsätzen bei ‚Ärzte ohne Grenzen' und ähnlichen Organisationen begann. Sie hatte ihren Weg gefunden, der dem Leben wieder Sinn gab; sogar ihr Fernweh war zu seinem Recht gekommen. Als Hanna ihren Ruhestand schließlich mit der Entscheidung für einen langfristigen Einsatz in Uganda verband, hatten ihr Georg und Viola für ihre Erholungszeiten in Deutschland angeboten, bei ihnen zu wohnen. Mit den Jahren war zwischen ihr und Viola eine verständnisvolle Freundschaft entstanden, wie sie zu Georg immer fortbestanden hatte. Hanna hatte deren Angebot gerne angenommen und ihre Wohnung aufgegeben. Die ersparten Mietkosten waren für ihre Arbeit in Uganda sehr willkommen, denn selbst wenn es ihr durch die Kontakte zu Kollegen immer wieder gelang, ausgemusterte oder von der Verwaltung abgeschriebene Krankenhausbetten und vor allem medizinische Geräte für ihre Arbeit in Uganda zu bekommen, waren die Transportkosten mit Containern hoch und die Beschaffung von Medikamenten nicht einfach, auch wenn sie kurz vor der Ablauffrist sein durften. Manch Teures musste dennoch gekauft werden.

Hanna ist diesmal besonders froh, erst einmal bei Georg und Viola wohnen zu können. Doch sie hat vor, sich eine eigene Bleibe zu suchen, obwohl sie vermutet, dass ihr Georg und Viola anbieten werden, die zweite Etage zu beziehen. Nach den vielen Jahren, die sie in dem winzigen Gästehaus einer christlichen Organisation nahe ihrer Krankenstation in Kitulikizi zugebracht hat, sehnt sie sich nach einer eigenen Wohnung. Das Gästehaus, indem sie auch versorgt wurde, war eine gute Lösung gewesen, zumal sie durch die ständig wechselnden Besucher nicht vom Weltgeschehen abgeschnitten war. Doch nach acht Jahren und einer gerade überstandenen Krebsoperation in Kampala sehnt sie sich jetzt nach der Ruhe eines eigenen Zuhauses. Ohne die Belastung einer Chemotherapie und zahlreicher Bestrahlungen, wird sie das sicher noch gut ein Jahr genießen können. Gegen Schmerzen weiß sie sich zu helfen.

Aus ihren Gedanken auftauchend, stößt Hanna fast mit Georg zusammen, der an ihr vorbeigegangen ist und die Tür zu Martins einstigem Kinderzimmer im ersten Stock geöffnet hat. Sie freut sich, dass Viola dieses und nicht wie in den vergangenen Jahren eines im Dachgeschoß hergerichtet hat, denn das Treppenlaufen strengt sie an. Und ein eigenes Bad hat sie auch hier.

Hanna setzt sich in den Korbsessel am Fenster, der unter ihrem Gewicht knackt und knarzt. Ein anheimelndes Geräusch, als wollte er sie begrüßen. Sie bückt sich, streift die Schuhe ab und massiert ihre Füße. Als sie sich endlich aufsetzt und streckt, genießt sie den weiten Blick bis zur Kiefer, die sich unter tief hängenden Wolkenschichten zu ducken scheint. Weiterer Regen kündigt sich an.

Den Koffer auspacken? Später. Sie ruht lieber ein wenig aus. Der Flug war endlos. Aber schon zuvor waren der Abschied von den Frauen und die dreistündige Anfahrt zum Flughafen anstrengend gewesen. Noch einmal galt es, mit dem Pick-up die ausgewaschenen Wege bis zur Autostraße zurückzulegen und einen letzten Blick auf das Elendsviertel rund um Entebbe zu werfen. Es auszuhalten, keine Zukunft für diese Menschen zu sehen.

Sie möchte vor sich hindämmern, sich Erinnerungen überlassen – nur guten. Nicht an den Georg denken, der so hinfällig geworden ist, lieber an den jungen, den ihres ersten Zusammentreffens in lebensfroher Runde, in die sie ihr Bruder eingeführt hatte. Typisch für das Jahr 1968 in Berlin. Auch die Wohngemeinschaft, in der Jürgen seit kurzem mit noch vier anderen Studenten in Georgs Haus lebte. Allerdings gehörten keine Frauen dazu, es war also keine Nachahmung der ›Kommune I‹. Hier ging es nicht um freie Liebe, sondern um Gedankenaustausch und Zeckmäßigkeit. Statt Miete zu zahlen, gab es gemeinsame Bauaktionen, um das Haus bewohnbarer zu machen. Gerade dafür aber hätte es nach Hannas damaliger Meinung – sie war sich der feministisch unkorrekten Ansicht bewusst – gut einer oder zweier Frauen bedurft, die nicht nur selbst Hand angelegt, sondern die Männer auch auf Trab gebracht hätten. Danach schrien jedenfalls schmutziges Geschirr und Wäscheberge; ganz zu schweigen vom Zustand der Bäder. In der Küche wiesen mit Reißzwecken an die Innenseite der Küchentür angebrachte Listen auf Wäsche-, Küchen- und Baddienste hin, nach denen sich aber offensichtlich niemand richtete. Vielleicht weil man die Listen nur selten sah, denn die Tür stand meist offen.

»Warum sind hier keine Frauen, Zimmer gibt es doch genug«, fragte sie ihren Bruder.

»Frauen?« Jürgen zog das Wort wie eine Girlande in die Länge. »Um Himmels willen! Das kann nicht dein Ernst sein.« Er zwinkerte ihr zu, als wollte er sagen ›womöglich eine wie du‹, bevor er erklärte, dass die sie nur herumkommandieren würden, statt ihnen Arbeit abzunehmen.

»Männer!« Hanna kopierte Jürgens Ton, um dann ernsthaft fortzufahren: »Frauen würden sicher etwas mehr auf Reinlichkeit achten.«

Jürgen winkte ab.

»Auch Schwule, habe ich mir sagen lassen«, versuchte sie den Bruder zu provozieren. Warum vertraute er sich ihr nicht endlich an? Wie konnte er sich einbilden, dass sie die Blicke, die er mit Charles wechselte, nicht zu deuten wusste. Die immer wieder gesuchte Nähe. Die scheinbar zufälligen Berührungen. Doch Jürgen wich wieder einmal aus. Zeigte auf die Illustrierte, die aufgeschlagen auf dem Tisch lag.

»Den Krach um diesen Kleinkram gibt es überall. Und trotzdem, mein großbürgerliches Schwesterlein, ist eine Schmuddelgruppe mit klaren Köpfen wichtiger als ...« Er deutete auf die ganzseitige Reklame für ein Waschmittel. ›Fort mit dem Grauschleier!‹, hieß es dort in großen Lettern. Auf der gegenüberliegenden Seite die Überschrift

›Die Nazivergangenheit Kanzler Kiesingers‹.

»Passt doch, oder?«

»Schachmatt«, gab Hanna lachend zu, rümpfte aber dennoch demonstrativ die Nase, als sie an der Kiste mit schmutziger Wäsche vorbei wieder in den riesigen Wohnraum zurückgingen.

Schon wenige Tage später erfuhr sie am Telefon von Georgs ›Verrat‹ an der Gruppe, wie Jürgen den Vorfall mit süffisantem Tonfall nannte.

»Der alte Herr hat derartige Diskussionen aufgegeben, du weißt schon, die wegen der Sauberkeit. Er hat ein Zimmer im zweiten Stock mit eigenem Bad für sich reklamiert. Hinter der Zimmertür steht ein Kühlschrank, der mit einem Zweiplattenkocher bestückt ist; darüber etwas Geschirr, ein Topf, eine Pfanne. So komfortabel lebt nun der privilegierte Hausherr«, fuhr Jürgen mit ironischem Unterton fort, um dann schließlich lachend nachzuschieben: »Kann ihn nur zu gut verstehen. Alles okay. Und er sowieso.«

»Aber ein Mann wie er in einem ruhigen Villenviertel, wie ist er zu so einem Haus gekommen?«, hatte Hanna wissen wollen.

»Dahinter steht eine ganze Familiengeschichte.« Hanna erbat sich eine Kurzfassung.

»Ich versuch's. Also, Georgs Großvater väterlicherseits, ein bekannter Bildhauer, hat das Haus so um das Jahr 1910 gebaut. Der liebte die Gesellschaft anderer Künstler, auch solcher, die er förderte und die bei ihm wohnten. Deshalb wurde, ganz ungewöhnlich für die Zeit, jede Etage mit zwei Bädern ausgestattet, was uns jetzt zugutekommt.

Georg hatte durch einen Zwist, den die Familie mit seiner Mutter austrug, bis nach deren Tod nichts von diesem Erbe gewusst, aber nun erweist er sich als artverwandter Nachkomme, indem er das Haus mit uns teilt.«

Bei ihrem ersten Besuch in Berlin war Hanna bei einer Cousine ihrer Mutter untergekommen. Die Berichte über politische Auseinandersetzungen an der Universität und Krawalle auf der Straße hatten sie angezogen, aber auch ratlos gemacht. Ein wenig kannte sie das aus München. Doch sie hatte sich bisher ausschließlich darum gekümmert, ihr Medizinstudium abzuschließen. Außerdem hatte sie während des Studiums Pflegedienste übernommen, um nicht von ihrem Vater, einem Richter mit Nazivergangenheit, abhängig zu sein. Auch Jürgen hatte sich aus eben diesem Grund mit dem Vater überworfen, weshalb Hanna dessen Geschichts- und Soziologiestudium von Beginn an unterstützte. Zu dieser Zeit begann glücklicherweise gerade ihr Jahr als Medizinalassistentin, sodass sie über ein festes Einkommen verfügte.

Wie Jürgen hätte sie Grund genug gehabt sich politisch zu engagieren, aber woher hätte sie die Zeit nehmen sollen? Auch nach dem Studium und der Zeit als Medizinalassistentin, erst recht jetzt als Assistenzärztin mit den vielen Nachtdiensten –

unmöglich. Letzteres würde sich auch als Fachärztin nicht ändern. Also war es Jürgens Sache, sich politisch für sie mit ins Zeug zu legen. Sein Freund Georg, der an diesem Tag sechsunddreißig Jahre alt wurde, gab in dieser Gruppe wesentlich Jüngerer den ›weisen alten Mann‹.

Für Jürgen war Hanna der fremde Gast, den jeder aus Georgs näherem Umfeld zu seinem Schaltjahr-Geburtstag mitzubringen hatte, um für Abwechslung zu sorgen. Als ihr Bruder davon sprach hatte er sie auch eindringlich gebeten, auf ihre konservative Medizinerkluft aus einem Kostüm oder dem kleinen Schwarzen zu verzichten. Was sich der liebe Herr Bruder vorstelle, hatte Hanna ihn gefragt, denn natürlich wollte sie ihn nicht blamieren. Sie sieht noch, wie er sich in gespielter Verzweiflung durch seine lange Mähne fuhr, bevor er fand, dass sie einfach bleiben solle, wie sie sei, in ihrer Freizeitkluft, Jeans und schwarzes T-Shirt. Aus Anlass der Party verschönte sie das Oberteil mit einem geknoteten bunten Tuch statt einer Kette. Auf dem Weg zur Geburtstagsfeier hatte Jürgen voller Bewunderung von Georg gesprochen, der während des Studiums noch in seinem erlernten Beruf als Versicherungskaufmann gearbeitet habe und einer der wenigen Berliner sei, der schon Anfang der 60er Jahre mit sogenanntem Begabten-Abitur studierte. Sobald die Möglichkeit bestanden habe, sei er vom Fach Betriebswirtschaft auf Soziologie und Philosophie umgestiegen. Richtungen, die nach wie vor kaum Berufschancen boten, schon gar nicht, wenn man nicht wissenschaftlich arbeiten wolle.

Georg habe den Kontakt mit Menschen in den Mittelpunkt seiner Arbeit gerückt. Also habe er nach dem Studium eine gehobene Stelle in einer sozialen Einrichtung angenommen, für die er weit überqualifiziert sei. Einen glühenden Menschen, hatte ihn ihr Bruder genannt. Sie hatte gedacht, dass es so einen idealen Selfmademan, wie Jürgen ihn sah, gar nicht geben konnte, doch dann …

Schwere schlurfende Schritte im Nebenzimmer holen Hanna den heutigen Georg vor Augen. In den elf, zwölf Monaten, in denen sie ihn nicht gesehen hat, ist er stark gealtert, wirkt geradezu hinfällig und irgendwie abwesend. Die Bilder des jungen und des alten Georg vermischen sich. Nehmen die schmerzhafte Schärfe. Lassen nichts Hässliches zu. Vielleicht ist das ein Geschenk an die, die einem Menschen sehr nahestehen und ihn lange kennen. Diese Vorstellung überflutet sie für Sekunden mit einer warmen, mitfühlenden Welle, die ihr Tränen in die Augen treibt.

Damals bei ihrer ersten Begegnung erschien ihr der bald zehn Jahre ältere Georg – ein schlanker, hochgewachsener Mann mit markanten Zügen – ungemein dynamisch. Ihr Bruder, der geradezu für das brannte, was der Freund sagte und tat, hatte ihn ganz richtig geschildert. Als brave Tochter aus gutbürgerlichem Milieu faszinierte sie Georg vom ersten Moment an. Als habe er das bemerkt, glitt sein aufmerksamer Blick immer wieder zu ihr hinüber. Hannas Herzschläge beschleunigten sich. Sie verfolgte die Diskussion, die sich an verschiedenen Themen entzündete, wie eine szenische Darbietung: heftig gestikulierende Teilnehmer, aufbrausender Protest, überschrien von den Beatles: »It›s getting better all the time …«

Immerhin konnte Georg in dieser wild durcheinandergewürfelten Gesellschaft von Kollegen, Studenten und Freunden überhaupt Einwände gegen radikale Auswüchse antiautoritärer Erziehung vorbringen. Er machte deutlich, wie unabdingbar notwendig für Kinder Orientierung sei, forderte von allen Erziehenden Verantwortung ein, denn nicht selten würde die antiautoritäre Theorie missbraucht, um es sich dahinter bequem zu machen.

Anderswo hätte man ihn längst niedergeschrien. Hier hörte man ihm zu, und das nicht nur, weil er der Gastgeber war. Allerdings sparte man auch nicht mit Kritik, opponierte, versuchte, sich mit zeitgemäßen Sichtweisen Gehör zu verschaffen; vor allem die Studenten. Georg hörte sich deren Beiträge an, bevor er sie mit Fragen konfrontierte.

»Kennt ihr die Arbeiter und Angestellten, die ihr vertreten wollt, überhaupt? Habt ihr sie gefragt, ob sie von euch vertreten werden wollen?«

Er gab die Antwort gleich selbst: »Nein, wollen sie nicht! Die sind stolz auf das, was sie geschafft haben. Auf ihren Fernseher. Ihren Kühlschrank, der endlich gefüllt ist. Ist doch klar, die sind der Regierung dankbar für die gute Wirtschaftslage.

Nichts da mit Revolution. Sie wollen in Ruhe gelassen werden, wollen vorankommen. Sparen auf ein Auto. Eine Reise. Was denn sonst! Sie sind noch nicht so weit, kritische Fragen zu stellen.«

Ein ohrenbetäubendes Geschrei erhob sich. In einem anderen Kreis wäre Georg jetzt wohl unfein vor die Tür gesetzt worden, aber den Anwesenden war bekannt, dass der deutlich Ältere wusste, wovon er sprach, auch wenn er – klugerweise, wie Hanna fand – nicht von eigenen Erfahrungen im Krieg, nichts von Trümmerbergen, Hungerzeiten und Wiederaufbau sagte. Davon hörten junge Leute schon zu Hause mehr, als ihnen lieb war. Ein Schlagabtausch folgte. Aufschläge. Rückschläge. Der Ball wurde immer wieder mit aller Härte aufgenommen – kurz, kurz, lang, kurz, lang pariert. Immer noch begleitet von den Beatles: »... I admit it›s getting better ...”

Erst nach und nach gelang es Hanna, einzelne Stimmen und Meinungen herauszufiltern, zumeist widerständige kluge, die zu neuem Kontra herausforderten. Doch bei all dem Aufbegehren spürte sie keine Aggression, sondern den Willen, sich zu verstehen, zu verständigen, mindestens den

Andersdenkenden zu tolerieren. Georg ging darüber hinaus, er akzeptierte sie, obwohl er immer wieder mit ihnen rang – auf Augenhöhe.

Irgendwann ebbte die Erregung ab. Friedenspfeifen fluteten den Raum mit dem Duft von Marihuana. Joints machten die Runde. Und schließlich brachten die Rolling Stones alle – singend, allein oder zusammen tanzend – mit »In another land where the breeze and the trees and flowers were blue, I stood and held your hand …« in Bewegung. Diesen musikalischen Höhepunkt verdankten sie Jürgens Freund Charles. Der hatte das neueste Album aus England oder Amerika mitgebracht.

Warum ausgerechnet dieser Charles? Hanna wünschte sich für Jürgen einen warmherzigen, weniger snobistischen Mann. Sie war besorgt, wich Charles Blicken so gut sie konnte aus. Betrachtete stattdessen aufmerksam die mageren Twiggy-Mädchen mit ihren schwarz umrandeten Augen, die in ihren engen kurzen Lederröcken oder Kleidern, die Kinderkleidchen ähnlich sahen, ihr das eigene Alter vor Augen führten; einige aber trugen auch Hosen und Polo-Shirts wie sie und fast alle der jungen Männer. In Hannas Münchner Umkreis trugen die noch Anzug und Krawatte.

Georg und sie waren in dem Durcheinander von Stühlen, Sesseln und Matratzen sitzen geblieben. Sie sahen sich an. Lächelnd. Mit einer kleinen Geste hatte Georg zwar eine Aufforderung zum Tanz angedeutet, es schien ihm aber sehr recht zu sein, als sie fast unmerklich den Kopf schüttelte. Bruchstückhaft hörten sie dem Song von einem träumenden Träumer und blauen Bäumen und Blumen zu, vor allem aber hingen sie den eigenen Gedanken nach. Die ihren galten Georg, der, wie sie von ihrem Bruder wusste, so viel mehr als sie in ihrem behütenden bayerischen Elternhaus erlebt hatte.

Rückwirkend betrachtet, waren die Anwesenden wirklich eine seltsame Mischung. Diejenigen, die Georg besonders nahestanden, waren keine Hippies, waren nicht typisch für die ›Love and Peace Generation‹. Sie wirkten ernsthafter und aktiver. Ein Beispiel dafür war Jürgen, der mit Vehemenz von den Gründen für die autoritären Erziehungsmethoden der Eltern gesprochen, ihnen Verständnis entgegengebracht hatte – ausgerechnet er.

Sie hat Dias vor Augen, die sie vor der Entsorgung aus der Mülltonne gerettet hat. Sieht wieder die Lichtbündel im dunklen Raum. Hört das Rauschen des Projektors. Ein leises Kratzgeräusch, bevor es klickt. Bild für Bild: Jürgen, der Knirps, mit vor Entsetzen aufgerissenen Augen, bibbernd unter der kalten Dusche. Der Erstklässler, der sich im Morgengrauen reckte und streckte. Ertüchtigte, wie der Vater das nannte. Im Garten. Mit nacktem Oberkörper. Bei jedem Wetter. Der Schüler, der vor dem Vater strammstand, als er ihm sein Zeugnis überreichte, das die Aufnahme ins Gymnasium begründete. Der Abiturient, der ein letztes Mal in des Vaters Kamera sah. Herausfordernd, mit wildem Haarschopf. Keine Aufnahme vom Tag darauf oder später.

Jürgen war verschwunden. Der Vater suchte ihn vergeblich. Ließ ihn heimlich suchen. Nur kein Aufsehen erregen. Schweigen, ihn künftig verschweigen, denn der Vater, der Nazi-Arzt, wollte kein Versagen eingestehen; auch dieses nicht; war und blieb lebenslang blind dafür. Auch für Jürgens Weg in ein selbstbestimmtes Leben, das ihn von Job zu Job durch ganz Europa und schließlich für ein Jahr in einen Kibbuz in Israel führte. Jürgens Versuch einer Wiedergutmachung dessen, was der Vater unter Hitler getan und zu verantworten hatte. Danach sein ernsthaftes Studium: Geschichte und Soziologie.

»Die Entscheidung für das Geschichtsstudium war schon lange klar. Aber Soziologie als Ergänzung, darauf hat mich Georg gebracht. Ohne ihn hätte ich keine Ahnung von den Hintergründen aktueller Probleme, wüsste nichts davon, wie wichtig Alltagsprobleme sind, welchen Einfluss sie haben können. Schon gar nichts von praktischen Lösungen. Meine wirkliche Uni ist Georgs Haus, er mein Professor«, hatte Jürgen auf der Herfahrt gesagt. Sie hatte das für schwärmerische Übertreibung gehalten, doch bald darauf verstand sie ihn.

Nach diesem Geburtstag im Schaltjahr 1968 sollten bedeutsame Dinge geschehen, von denen sie alle in dieser Nacht noch nichts wussten: Nichts vom ›Prager Frühling‹, der vor der Tür stand. Nichts von der Ermordung Martin Luther Kings und wenig später dem Attentat auf Rudi Dutschke, der Ermordung von Robert F. Kennedy und der Anti-Vietnam-Bewegung. Und, und, und … Und dem Beginn ihrer Liebe.

Georg und Hanna waren der dröhnenden Musik entflohen, den kreisenden Chiantiflaschen und Joints. Der Zigarettenqualm hatte Hannas Augen gerötet und schließlich tränen lassen. Als die Haustür hinter Georg und Hanna zufiel, verschwand der Lärm keineswegs völlig. Auch der dichte Nebel verschluckte ihn nicht. Hier und da rissen Nachbarn Fenster auf. Wütende Stimmen überschlugen sich, blieben hinter ihnen zurück. Aus der Eckkneipe am Taxistand schickte die Musikbox Peter Alexanders Stimme über die Straße: ›Das tu ich alles aus Liebe zu Dir, das tue ich alles aus Angst …‹ Die Tür schloss sich hinter einem alten Mann, der dem einzigen Taxi entgegentorkelte.

Georg grinste zufrieden, als es davonfuhr. Auch Hanna war es gleich, wann das nächste kommen würde. Sie liefen vom Taxistand zum Haus und zurück, wieder und wieder. Eng unter Georgs Mantel aneinandergedrängt, trotzten sie der Nachttemperatur nahe dem Gefrierpunkt. Er hatte ihr den Mantel überlassen wollen, aber das kam für Hanna nicht infrage. Schließlich hatte sie sich zu leicht angezogen. Gedankenlos war das gewesen – und sie war es wohl in diesem Augenblick erneut.

Nur so konnte sie sich später erklären, dass sie mit dem ihr noch unbekannten Georg diese Nähe hatte teilen können. Er war ihr von Anfang an vertraut, und sie spürte, dass es ihm ebenso ging. So tauschten sie Stunde um Stunde ihre Lebensgeschichten aus, hießen die morgendlichen Schatten willkommen und spürten die ersten Regentropfen, gerade als sie sich zum Abschied küssten. Ihr Beisammensein war ohne jeden Gedanken an Trennung gewesen, sodass sie über ein Wiedersehen gar nicht gesprochen hatten, obwohl Hanna wenige Stunden später nach München zurückfliegen musste.

Der Geruch nach Ingwer und Zimt zwängt sich durch die Türritzen ins Zimmer. Die Gerüche wecken andere, die nach Kiefernholz und Beize. Sie erinnern Hanna daran, dass bis zu ihrem Einzug in Georgs Haus die Außenwände und Decken zur Wärmedämmung, aber auch, um die Hinfälligkeit des Gebäudes zu verbergen, mit Kiefernholzlatten verkleidet worden waren. Die Dielen waren von rostroter Ölfarbe befreit und geschliffen worden. Deshalb roch das ganze Haus damals nach frisch geschlagenem Holz. Georg und sie mochten das sehr. Erst im Laufe der Jahre, als das Holz zunehmend nachdunkelte, fühlten sie sich wie in einem Hundezwinger, wussten aber nichts dagegen zu tun. Auf ihren Adoptivsohn Martin fixiert, hatten sie fast ohne Anregung von Außen gelebt. Nach sechs, sieben Jahren des gemeinsamen Lebens stagnierte Martins positive Entwicklung. Statt in der Pubertät aufmüpfig zu werden, zog er sich immer mehr in sich zurück. Zur gleichen Zeit hatte Georg mit einer Intrige in seinem beruflichen Umfeld zu kämpfen. Beide Probleme beherrschten seinen und Hannas Alltag. Ihr Miteinander franzte nach und nach aus wie ein alter Mantel, wurde dünner, löchrig, bot nicht mehr die nötige Wärme, den schützenden Rückhalt. Eine freudlose Zeit, in der Martin nur noch der Geigenunterricht bei Viola emotional zu erreichen vermochte – und schließlich auch Georg.

Ach ja, Viola, sie war dem nachgedunkelten Holz später mit weißer Farbe zu Leibe gerückt; eimerweise hatte sie davon gebraucht.

Hanna geht ins Bad. Zum Duschen reicht die Zeit nicht mehr. Im Spiegel schaut ihr ein graubraunes, sehr schmales Gesicht entgegen, das die große Nase entschieden zweiteilt. Die Seitenspiegel zeigen im Profil einen energischen Ausdruck. Die andere, freundlichere Seite gefällt Hanna besser. Sie verteilt getönte Feuchtigkeitscreme auf dem gereinigten Gesicht, versucht die violetten Schatten unter den Augen damit abzudecken, färbt die Lippen und Augenbrauen zurückhaltend, tupft einige Tropfen Chanel Nr. 5 hinter die Ohrläppchen. Georgs Lieblingsparfüm, das sie immer noch mag.

»Hallo ihr Zwei, Mittagessen«, ruft Viola aus der Diele hinauf. Und nach kurzer Pause nochmals:
»Ich warte auf euch, und die Pute auch!«
Vor dem Braten, der im geöffneten Römertopf dampft, gibt es eine Kürbissuppe. Olivenöl, Balsamico, allerlei Gewürze, Rotkohl und Klöße stehen bereit, auch Rotwein. Stuhlbeine schurren. Gläser klingen. Hanna bemerkt, dass Georg sein Besteck mehrfach hin und her schiebt, bis Viola ihm einen Löffel in die Hand legt, und seinen Daumen fest auf den Griff

drückt. Sie hebt den Blick und lächelt Hanna mit leichtem Achselzucken zu.

Mein Gott! Hanna möchte aufspringen, Viola bei den Schultern packen und schütteln. Wie lange mag das schon gehen? Kein Wort von Viola, wenn sie gelegentlich am Telefon war.

Hanna kann ihre Augen nicht von Georgs Händen lassen, die trotz der Altersflecken noch immer kräftig sind, zupackend wirken. Nachdem er den Löffel aus der Hand gelegt hat, sind seine Finger unruhig bewegt, als wären sie dabei, die fehlenden Worte zu suchen, mit denen er bald darauf Violas Kochkunst lobt. Zu Recht, wie Hanna findet, denn alles ist gut gelungen, obwohl die Hausfrauenrolle so gar nicht zu Viola passt, die jetzt stolz ihren Hals aus dem engen Kragen emporreckt. Georg nickt ihr begütigend wie einem Kind zu. Seine Hände liegen ineinander verschränkt im Schoß. Sein Blick ist trüb, nach innen gerichtet.

»Was macht das Schreiben«, fragt Hanna, um seine Augen wieder leuchten zu sehen.

Doch da ist nur ein kurzes Aufflackern, das in wässrige Traurigkeit abstürzt, dann eine abwinkende Handbewegung.

»Nichts von Bedeutung«, sagt er.

»Bis Martin kommt, muss der Geburtstagskuchen auf uns warten.«

Violas Stimme ist anzuhören, dass sie das Thema wechseln möchte, aber auch, dass sie fest mit Martins Kommen rechnet.

Wo nimmt sie diese Sicherheit her, fragt sich Hanna. Nach ihrer Scheidung ist Martin, wenn es nur ging, jedem Zusammentreffen mit Georg ausgewichen. Nach dem Abitur lehnte er jeden weiteren Kontakt mit ihm ab. Drei Jahrzehnte ist das her. Auch der Kontakt zu ihr ist mittlerweile gering, was sie bedauert, aber für nicht ungewöhnlich hält. Martin hat eben sein eigenes Leben. Und wie ist der Kontakt zu Viola? Gibt es den überhaupt?

Die ist dabei, auf Georgs Teller das Fleisch und einen Kloß mundgerecht zu schneiden – und Hanna ins Herz.

»Uganda. Aids. Ebola«, sagt Georg ohne jeden Übergang, als seien ihm die Wörter gerade eingefallen und er sorge sich, dass sie ihm gleich wieder entgleiten könnten. Er streicht leicht über Hannas Hand.

»Aids hat man dort ganz gut im Griff, anders als zum Beispiel in Mali und vielen anderen Ländern. Ein Verdienst der ugandischen Regierung, das Einzige«, geht Hanna auf Georg ein, der verständnislos den Kopf schüttelnd fragt, warum sie noch immer das Abenteuer suche, in ihrem Alter.

»In meinem Alter«, wiederholt Hanna scheinbar entrüstet, und setzt sich sehr gerade auf, ohne Georg aus dem Blick zu lassen.

»Du hast ganz recht.« Hanna lächelt ihm zu. Sie ist erleichtert. Das ist der richtige Moment, um darüber zu sprechen, dass sie nicht mehr nach Afrika zurückkehren wird.

»Das war mein letzter Einsatz«, sagt sie nachdrücklich, als müsste sie sich selbst noch einmal davon überzeugen, dass ihre Zeit in Afrika beendet ist. »Vielleicht im Notfall oder, wenn der neue Arzt Urlaub machen will«, fügt sie an, leise, als spräche sie zu sich selbst, und denkt an ihre Urlaubszeiten, als sie im Auftrag verschiedener Organisationen in Asien und Afrika eingesetzt war.

Begonnen hatte sie damit, nachdem Martin sein Studium aufnahm und nicht mehr bei ihr wohnte. Damals hatte sie sich Inge, einer befreundeten Krankenschwester und Hebamme, angeschlossen und war bis zu ihrem Ruhestand dabeigeblieben. Die Entscheidung für Uganda war einem Zufall und Vernunftsgründen geschuldet. Auf der Suche nach einer langfristigen Aufgabe war sie acht Jahre zuvor im Internet auf das Projekt eines wohlhabenden Rentnerehepaares gestoßen, das auf eigene Kosten dabei war, aus dem Ort Kitulikizi ein Musterdorf zu machen. Heidi und Franz hatten Hanna mitgenommen. Und es zeigte sich, dass sie dort die gewünschten Bedingungen für ihr Vorhaben fand; dazu in einem Klima, das trotz der Nähe zum Äquator gut verträglich ist.

Ihre aktuelle Situation ist jedoch eine ganz andere: Keine Krankenstation kann eine kranke Ärztin gebrauchen. Ihr bösartiges Mamakarzinom hatte sie noch in Kampala entfernen lassen, um in Deutschland nicht gleich ins Krankenhaus zu müssen. Wie hätte sie den Grund dafür vor Georg verheimlichen können? Die Krebsoperation war gut verlaufen. Chemotherapie und Bestrahlungen sollten den Erfolg absichern, hatte man ihr nahegelegt. Doch wer, wenn nicht sie, hatte gelernt, dem Unabänderlichen ins Auge zu sehen. Machte es Sinn, sich mit einundsiebzig Jahren den Behandlungen auszusetzen; der Krebs hatte schon gestreut. Wofür? War es nicht besser, die verbleibende Zeit ohne diese Eingriffe zu leben?
Auf keinen Fall sollte Georg davon erfahren; besser auch gegenüber Viola schweigen, um ganz sicherzugehen. Er würde sich Sorgen machen; zu viele vermutlich.

Doch nun ist alles ganz anders. Sollte ihr Eindruck stimmen und Georg an einer Demenz leiden, gilt es, sich um ihn zu kümmern und alles zu tun, damit er sich behütet fühlen kann. Allein ist Viola damit überfordert. Sie könnte ihr helfen. Aber wie lange? Und dann gäbe es zwei Kranke im Haus.

»Dass du in Afrika Schluss machst, ... sehr vernünftig.« Georg nickt erst Hanna, dann Viola zu, bevor er die Worte ›sehr vernünftig‹ voller Überzeugung wiederholt.

»Bleib einfach hier, der ganze zweite Stock steht leer«, sagt Viola. »Dann wird Georg endlich zustimmen, einen Fahrstuhl bis nach oben und nicht nur einen Treppenlift bis zum ersten Stock einbauen zu lassen.« Sie steht auf, zieht eine Lade des Küchenschrankes heraus und kommt mit einem Plan zum Tisch zurück, auf dem der Einbau skizziert ist.

»Die Diele ist groß genug«, Viola deutet auf die Abbildung, »und die Kosten, alles schon berechnet, sind erschwinglich. Das Haus ist lastenfrei und ein Bausparvertrag zuteilungsfähig, um den Umbau zu finanzieren.«

Hanna staunt und ist zugleich erleichtert. So voller Elan in einer praktischen Angelegenheit hat sie Viola bisher nie erlebt. Sie muss sich schon länger damit beschäftigt haben. Hanna unterdrückt den wieder aufkommenden Ärger über ihr Schweigen. Georg scheint ebenfalls verwundert zu sein, obwohl er von dem Vorhaben bereits wissen muss, es ja schließlich irgendwann abgelehnt hat. Sein Gesichtsausdruck ist weich und nachgiebig.

»Können wir ja noch einmal gemeinsam überlegen«, lenkt er ein, »wenn es um zwei Etagen geht, wäre es vielleicht wirklich nicht falsch, an einen Fahrstuhl zu denken, denn jünger werden wir alle nicht.«

Kaum ist das gesagt, fällt Georg in sich zusammen und sitzt wie abwesend da.

»Wie wahr«, sagt Viola, die das noch gar nicht wahrgenommen hat, mit triumphierender Stimme. Sie faltet den Plan sorgfältig zusammen, legt ihn dann aber nicht in das Fach zurück, sondern lässt ihn am Rand des Tisches deutlich sichtbar und griffbereit liegen. Hanna meidet Violas Blick, den sie auf sich gerichtet spürt. Nur jetzt nichts entscheiden müssen, in nichts hineingezogen werden, dafür hat sie keine Kraft. Die Wohnungsfrage muss sie erst einmal für sich klären.

»Leg dich bis zum Nachmittagskaffee noch ein wenig aufs Ohr«, fordert Viola Georg auf, »während wir«, sie zeigt auf Hanna und sich, und ihr rechter Arm schwingt dabei durch die verkramte Küche, »uns unterhalten und Ordnung schaffen.«

So haben sie es immer gehalten, wenn Hanna bei ihnen pausierte. Und heute muss Georg Kräfte sammeln, um nach all den Jahren eventuell wieder mit Martin an einem Tisch zu sitzen und womöglich eine Aussprache durchzustehen.

Hanna ist erleichtert, als die Arbeit erledigt ist, denn sie ist erschöpft und möchte sich ausruhen. Viola, die allein in der Küche zurückbleibt, tut sehr geheimnisvoll mit ihren Vorbereitungen für den Geburtstagskaffee. Die Frage, ob Martin kommt, steht unausgesprochen zwischen ihnen. Ihre Gedanken an Martin nimmt Hanna mit hinauf in ihr Zimmer. Sie hat ihm geschrieben und ihn darum gebeten zu kommen, aber wann hatte er je auf sie gehört? Doch diesmal geht es um Georgs 80sten Geburtstag. Wie lange würde es noch Gelegenheit geben, Missverständnisse auszuräumen? An Georgs Tod mochte Hanna nicht denken, obwohl: sein Alter, seine Gebrechlichkeit, das Nachlassen seiner geistigen Kräfte … Wird er ihr noch raten können? Die ihr verbleibende Zeit will gelebt werden, und sie hat nicht einmal ein Dach über dem Kopf. Wäre ein Seniorenheim mit einer Pflegestation nicht das Beste für sie?

Lieber würde sie selbstständig leben, in einer eigenen Wohnung. Aber was soll der Gedankenwust, die Situation hat sich schlagartig geändert. Georg ist krank.

Womöglich schon bald ein Fall für eine Rundumbetreuung. Kann er überhaupt noch schreiben oder hat er das, worum es ihm ging, verloren – und damit alles verloren? Unsinn, er hat Viola. Hat er Angst, dass sie mit seinem langsamen Verfall nicht umgehen kann? Hanna fällt Violas Plan ein. Der Umbau, ein aufwendiges Vorhaben, das nur für einen Fahrstuhl statt eines Treppenlifts Sinn machte, wenn auch das Dachgeschoß bewohnt werden soll. Doch Viola hat nicht gewusst, dass sie in Berlin bleiben würde. Wie kam es also zu diesem ausgereiften Plan? Hat Viola an die Aufnahme von Pflegepersonal gedacht? Dafür aber reicht der Platz im ersten Stock. Hanna sieht Viola wieder vor sich, wie sie den Plan ausbreitete. Mit einem Eifer, den sie bisher nicht an ihr kannte, es sei denn, es ging um Musik. Sie weiß um den starken Wille, mit dem Viola ihr Ziel, Geigerin und Komponistin zu werden und zu sein, verfolgt hat.

Hanna hat nie daran gezweifelt, dass Viola auch ohne Georg davon nicht abgelassen hätte, trotz ihres Mangels an Verbindungen. Selbst finanzielle Engpässe hätten Viola davon nicht abgehalten. Sie ist der einzige Mensch, den Hanna kennt, der materielle Wünsche überhaupt erst entwickelt, wenn sie die Mittel dafür besitzt. Und das war ihrem Eindruck nach selten gewesen. Als Georg sich Viola zuwandte, war es von deren Seite nicht um Sicherheit gegangen. Das war Hanna immer klar gewesen. Viola hatte Georg ebenso faszinierend gefunden wie sie.

Warum hat Viola Georgs gesundheitliche Probleme verschwiegen? Hanna weiß, dass sich eine solche Erkrankung anschleicht, so langsam, dass man die Diagnose immer wieder abwehrt. Die Menschen ringsum sind nicht hilfreich mit ihrem Gerede, dass doch alles ganz normale Vergesslichkeit sei wie bei all denen, die alt und älter werden, auch bei ihnen. Vermutlich waren die Zeichen geistigen Zerfalls erst in den letzten Wochen gravierender geworden. Und da wusste Viola schon, dass sie bald kommen würde, früh genug, um Georg noch so leidlich beieinander anzutreffen. Natürlich hatte Viola ganz richtig angenommen, dass sie bei einer Mitteilung am Telefon ihre Zelte in Afrika sofort abgebrochen hätte. Wem hätte das genützt? Die Operation läge noch vor ihr. Doch was plant Viola? Sie hat so zielgerichtet und entschlossen gewirkt, als ginge es um mehr, als nur darum, ein technisches Problem anzugehen. Und da war wieder Violas Hinweis, dass Hanna der ganze zweite Stock zur Verfügung stünde. Warum sollte sie mehr als ihr jetziges Zimmer brauchen? Die Aufnahme einer Pflegeperson würde hilfreich sein, und selbst eine Gynäkologin wie sie für den Notfall nicht verkehrt. Das war sie aus Uganda gewohnt, wo es vor Ort keinen anderen Arzt gab. – Ein logischer und zugleich bedrängender Gedanke.

Um sich abzulenken, beginnt Hanna erneut Kleidungsstücke in den Schrank zu hängen. Alle viel zu dünn für die Jahreszeit, wie ein Blick aus dem Fenster zeigt. Die Wolken haben die Spitze der Kiefer verhüllt. Der Rasen ist von grau-weißem Griesel bedeckt.

*

IV. Viola

Viola hält in ihrer Arbeit inne, lauscht auf Hannas schwere, langsame Schritte. Vor wenigen Minuten ist sie in ihr Zimmer hinaufgegangen, um bis zum Geburtstagskaffee ihren Koffer auszupacken und zu duschen. Es scheint ihr nicht gut zu gehen. Sie ist erschreckend dünn geworden. Wiegt vermutlich kaum mehr als sie, Viola. Und das bei Hannas Größe. Ihr Gesicht – die Wangenknochen bis zu den Mundwinkeln hinab durchfurcht – lässt die Wärme vermissen, die es sonst ausgestrahlt hat. Lebensbejahend hat die stattliche Hanna immer gewirkt, so als könne sie die ganze Welt umarmen, jedem eine Stütze sein. Angenommen und geborgen hat sich jeder in ihrer Nähe gefühlt – selbst Viola. Und das, obwohl sie die Ursache dafür war, dass sich Georg von Hanna trennte.

Viola hat bei Georg das lang ersehnte innere und äußere Zuhause gefunden. Doch wenn er ihrer überdrüssig geworden wäre, sie nicht mehr geliebt hätte? Ohne es zu wollen, hat sie ihm immer wieder Grund dazu gegeben, war ihm nicht die zärtliche Partnerin, die er sich wünschte und die sie nur zu gerne gewesen wäre. Intimität und all das Drumherum war nicht ihre Sache. Ein wenig hat das vielleicht mit ihren Erfahrungen im Zirkus zu tun; in jeder Weise eine Schule fürs Leben, disziplinierend und desillusionierend zugleich, wenn der betörende Rausch der Vorstellung mit den Scheinwerfern erlosch.

Zu Violas Verwunderung und Glück sind Georg und sie zusammengeblieben, sind in liebevollem Miteinander alt geworden, auch wenn Blessuren nicht zu vermeiden gewesen waren. Hätte er sich jemals von ihr trennen wollen, sie wäre ohne zu zögern gegangen. Wohin auch immer, das hätte sich ergeben. Viola hatte früh gelernt, ohne Liebe zu leben, wusste um den Verlust von Menschen, von Gefühlen. Sie dachte an ihren verstorbenen Vater und die einst sehr geliebte und bewunderte Mutter. Die Musik hat ihr geholfen, vieles zu ertragen. Alles ist gut, wenn sie Geige spielt oder ein, zwei begabten Heranwachsenden Unterricht gibt, um sie auf die Aufnahmeprüfung an der Musikhochschule vorzubereiten; das tut sie noch immer. Doch als ganz besondere Stunden gelten ihr die, wenn sie Filmmusik komponiert, mit der sie sich einen Namen gemacht hat. All das verdankt sie dem Clown Chico, der sich ihrer geradezu an Vaterstelle annahm, während sie mit ihrer Mutter dem Zirkus Krone angehörte.

Ihr leiblicher Vater war jung und unerwartet aus ihrem Leben verschwunden. Kein Weihnachten, seit Viola ihn verloren hat, ohne sich an diesen Heiligabend ihrer Kindheit zu erinnern, als man ihn verhaftet und nach Sibirien verschleppt hat.

Im Spätherbst letzten Jahres hat Georg ihre mageren Erinnerungen daran als Erzählung zu Papier gebracht. All die zerknüllten Seiten in seinem Papierkorb zeugten davon, wie schwer es ihm gefallen war. Es war sein letzter zusammenhängender Text gewesen, den er am Ende jedoch verworfen hat. Viola hat die Erzählung vor der Vernichtung gerettet, hat sie aus dem Papierkorb herausgefischt. Der Gedanke treibt ihr erneut Röte ins Gesicht. Georgs Schreibtisch war immer tabu gewesen; auch den Papierkorb leerte er selbst. Gegen diese stillschweigende Regel hatte sie verstoßen, um sich seines geistigen Zustandes zu vergewissern, eines immer häufiger verwirrten, der ihr Angst machte.

Der Text war längst nicht so ausgefeilt wie frühere, aber vollständig erhalten. Viola hatte Georg von dem für sie verstörenden Weihnachtsfest 1945 erzählt, um ihm einen Anstoß

zum Schreiben zu geben, denn ihm schien nichts mehr einzu-
fallen. Ihr Vorhaben war gelungen.

Viola zieht die Bestecklade des alten Küchenschrankes weit
heraus. Hinter dem Besteckkasten, wo zuvor ihr Plan vom Auf-
zug gelegen hat und noch eine weitere Skizze für einen Umbau
versteckt ist, holt sie die Blätter mit der Weihnachtsgeschichte
hervor. Da Georg fortwährend etwas sucht, ist ein solcher Ge-
heimplatz notwendig, auch wenn sie sich dafür schämt.

Bevor sie Hanna die Erzählung gibt, will Viola sie selbst
noch einmal lesen. Sie bereitet sich einen Cappuccino zu. Bei
dem lautstarken Geräusch der neuen Maschine erschrickt sie
und fragt sich, ob Hanna das herunterlocken oder Georg in
seinem Nachmittagsschlaf stören würde. Doch es bleibt ruhig
im Haus. Auch in ihr, als sie erneut mit dem Gefühl, es wäre
Georgs Hand, über die Seiten streicht.

Das Weihnachtsgeschenk – 1945

Woher kam das Krächzen? Schräg hinter ihm bimmelte die
Türglocke. Darüber bauschte sich das Gefieder eines Papageis,
schrillbunt, passend zu seinem Geschrei.

Das ist es. Mein Weihnachtsgeschenk für Viola, freute sich
ihr Vater.

»Türe zu! Komm' Se rinn.« Der Alte hinter dem Ladentisch
stampfte mit den Füßen auf den Steinboden und schlug die
Arme übereinander, um sich warmzuhalten.

»Wat woll'n Se denn? Obst oder Jemüse?« Mit theatralischer
Geste wies er auf halbleere Regale. Mit einem höhnischen Lachen blies er luftige weiße Schwaden vor seinen Mund.

Der Vater schloss die Ladentür hinter sich und zeigte auf

den Papagei. Der gurgelte, blähte sein Gefieder auf und sah würdevoll auf ihn herab.

»Was kostet der?«, wollte er wissen.

Der Alte schüttelte den Kopf. Nicht abweisend, eher fassungslos. Oder hatte er ihn nicht verstanden?

Der Papagei krächzte etwas, was wie ›Äpfel‹ klang.

»Ich brauche ihn«, sagte der Vater mit fester Stimme.

»Brauchen?«, grummelte der Alte. Unter struppigen Brauen verengten sich die Augen und betrachteten sein Gegenüber. Ein geschäftsmäßiges Grinsen klebte in den Falten seines Gesichts. Dies und die wirren Borsten, die sich aus den Nasenlöchern herab mit dem Oberlippenbart vereinten, gaben ihm ein schlitzohriges Aussehen.

»Für meine Tochter. Als Weihnachtsgeschenk.«

»Weihnachten. Ach so, jaja.« Die Pupillen des Alten weiteten sich. Speichel sammelte sich in den Mundwinkeln. Sein Geschäftssinn war erwacht.

»Nee, vakoofen tu ick den nich.« Er wedelte abwehrend mit den Händen durch die Luft, was den Papagei zu einem Glucksen veranlasste.

»Ausjeschlossn.«

Zu viel der Abwehr. Des Vaters Zuversicht, dass das Geschäft zustande kommen würde, wuchs. Das Grau seines Gesichts zerrann unter einem aufkeimenden Lächeln, das er sofort wieder zurücknahm. Noch war er nicht am Ziel.

»Wenn, denn ›Chanel Nummer 5‹. Und nich so 'n kleenet Fläschchen, 100ml müssen schon drin sinn«, forderte der Alte, nachdem er lange geschwiegen hatte. Seine Augen waren zusammengekniffen, als würde er pokern. Ja, es ging ihm um die schöne Inge. Die Frau seines Nachbarn, die sich nicht mehr mit Apfelsinen oder Bananen begnügen wollte, doch schon die konnte er nur unter der Hand organisieren.

Der Vater stand mit hängenden Schultern da. Benommen

schob er das schneenasse Haar zurück, zog die Stirnfalten hoch, riffelte sie wie ein Waschbrett. Wollte der Alte wirklich nicht verkaufen? Schließlich zischte er:

»Wohl verrückt geworden.«

»Das sin Se«, gab ihm der Alte recht, nickte und drückte bestätigend das Kinn vor.

»50 ml Eau de Toilette. Keinen Tropfen mehr«, sagte der junge Vater ohne jede Vorstellung, wie er das beschaffen sollte.

Irrwitzig, dachte er und wusste gleichzeitig, dass er den Papagei haben musste. Unerwartet war das zu einer Überlebensfrage geworden. Ein Sog wirbelte auf, drängte und zerrte an ihm. Doch anders als sonst, wenn es um seine unverkäuflichen Ölbilder ging, war er nicht deprimiert, sondern fühlte sich angetrieben, geradezu emporgetragen.

Der Alte war zusammengezuckt. Nur 50ml und auch kein Parfüm, aber selbst damit hatte er nicht gerechnet. Er fuhr mit der Zunge über die Lippen, als schmecke er seine angebetete Inge.

»Abjemacht«, stöhnte er, als gäbe er sich bereits der betörenden Frau oder sie sich ihm hin.

Die Männer schlugen die Hände ineinander, besiegelten das Geschäft.

Ein Schwarzhändler, dachte der Alte und ärgerte sich, sobald der Mann gegangen war, dass er nicht bei seiner ersten Forderung geblieben war. Auch zog er Schlüsse aus den eleganten Lederschuhen, die der Mann getragen hatte. Allerdings kamen ihm sogleich wieder Zweifel. Das Wetter sprach eher für warme Stiefel. Egal. Chanel ist Chanel. Und Inge ist Inge. Die kennt den Unterschied von Parfüm und Eau de Toilette bestimmt nicht. Er schnalzte, rollte die Augen und atmete bis in den Betonboden hinein. Dann ließ er den Kopf bedächtig von einer Seite auf die andere fallen und nagte an seiner Unterlippe.

Es galt Chancen und Risiken abzuwägen. Er dachte an die Schnüffler überall.

Der Vater hastete, das Krächzen herausfordernd im Rücken, davon.

»Wirst schon sehen, bald lernst du bei Viola das Sprechen«, murmelte er gegen den Schal, den er bis über den Mund hochgezogen hatte. Die Kälte biss ihm in die Wangen. Die Erregung ließ sie fiebrig glänzen, täuschte Fülle vor. Die eiligen Schritte knirschten auf dem verharschten Schnee, der, vermengt mit Streusand und Schotter, stumpf und grau war. Er kam gut voran, seinem Freund Peter entgegen, der ihm hoffentlich helfen würde. Plötzlich geriet er auf eine glatte Eisspur. Er schlidderte, paddelte mit den Armen, um nicht zu fallen. Seine Bewegungen gleichen einem Tanz, grazil und leicht, verrieten die Jugend unter der unförmigen Kleidung. Das Gleichgewicht zurückerobernd, hatten sich die Gesichtszüge verändert, zeigten Lebensfreude.

»Viola, du sollst ihn haben«, keuchte er heiser, den Papagei imitierend. Passanten blieben stehen. Er sah es und lachte ihnen ins Gesicht.

Kurz darauf stand er Peter gegenüber. Nur er, der Chauffeur bei einer der neuen Ostzonen-Größen, der ab und zu allein in dessen Auftrag über die Berliner Sektorengrenze fahren und etwas im Westen besorgen durfte, konnte ihm helfen. Und tatsächlich hatte Peter am Vormittag des Heiligabends einen Auftrag im KaDeWe zu erledigen. So nannten sie den Femina-Tanzpalast in der Nürnberger Straße, wo anstelle des weitgehend abgebrannten Kaufhauses der Verkauf stattfand. Welch ein Glück, der Vater konnte es kaum glauben, und Verbindung zu einem Juwelier hatte Peter auch.

In die Wohnung unweit des Friedrichstadtpalastes zurückgekehrt, tilgte die Niedergeschlagenheit seiner Mutter und seiner Frau alle Zuversicht. Unter ihren Blicken wurden seine leeren Hände schwer. Er hatte eine Gans und andere Lebensmittel besorgen und dafür zuvor ein wertvolles Schmuckstück zu Geld machen sollen. Mutter und Ehefrau vertröstete er auf den kommenden Tag. Er erklärte nichts, denn sie würden seine Meinung nicht teilen. Liebe und Freude – danach war ihrer Ansicht nach nicht die Zeit.

Violas erwartungsvoll strahlende Augen schliffen sein schlechtes Gewissen in Sekundenschnelle flach und matt. Außerdem würde vom Geld für das Schmuckstück bestimmt genug bleiben, um noch einige der gewünschten Besorgungen zu machen.

Bevor der Vater am Heiligabend das Haus verließ, hob er die Tochter für einen Abschiedskuss hoch, stemmte sie über seinen Kopf empor. Schrecken und Lachen wechselten sich ab, aber dann lachte sie doch und strahlte ihn an. Sein Herz schlug im Hals, als wollte es zu ihr hinauffliegen.

»Bis bald«, sagte er mit krächzender Stimme, den Papagei nachahmend. Als er schon im Türrahmen stand, drehte er sich um und kniff ein Auge zu.

»Bis bald!« Violas Stimme schwang sich erwartungsvoll wie die eines Singvogels auf. Denn so viel hatte sie gespürt. Der Vater ging ein Weihnachtsgeschenk für sie holen. Bisher hatte es keinen Hinweis auf ein Geschenk gegeben. Keine Lade war verschlossen. Keines der Zimmer zu betreten verboten.

Viola versuchte, sich ein Geschenk vorzustellen: Buntstifte und Zeichenpapier, damit sie malen konnte wie der Vater, dessen Bilder ringsum jede freie Stelle der Wände bedeckten, auch in den anderen Zimmern und auf dem Flur, und da waren noch die vielen in der Ecke hinter der Tür.

Viola war froh, dass niemand sie kaufte, wie es sich Mutter und Großmutter wünschten, denn sie kannte zu jedem die Geschichte, die der Vater ihr erzählt hatte.

Für die Eltern und die Großmutter hatte sie jeweils ein Bild mit einem Gegenstand gemalt, den sie ihnen gerne schenken würde. Dem Vater warme Stiefel und Mütze und Handschuhe aus Fell. Der Großmutter eine Strickjacke und der Mutter einen Hut wie jenen, den die vor einiger Zeit in einer Zeitschrift als ›Pariser Modell‹ bewundert hatte.

Als der junge Vater am Nachmittag in den Laden kam, hatte der Alte das Geschäft überdacht. Er war sicher, dass er einen Schieber großen Stils vor sich hatte. Seine Angst überwog seine Habgier. Schon 25ml Eau de Toilette Chanel Nummer 5 wären ein Wunder gewesen, aber damit hätte er leben können. Doch 50ml dieser Marke? Nein, mit Gangstern dieser Größenordnung wollte er nichts zu tun haben! Womöglich war es sogar eine Falle. Er dachte an seine kleinen und großen Geschäfte unter der Hand. Das schien ihm am Ende am wahrscheinlichsten. Also besser ihn denunzieren, um damit selbst aus der Schusslinie zu kommen.

Es war später Abend, als es an der Wohnungstür der Familie klingelte.

»Der Vater«, rief Viola, lief an den anderen vorbei zur Tür und öffnete. Ein dunkles Gurren aus rot-grün-gelber Federbrust überraschte sie. Viola jauchzte, klatschte in die Hände und suchte mit den Augen den Vater, doch der alte Obsthändler kam allein, denn er hatte für seine Sicherheit gesorgt und die Polizei benachrichtigt. Der junge Mann hatte seine Adresse gerufen, als er abgeführt wurde, und gebeten, seiner Familie Bescheid zu geben.

Überwältigt von sentimentaler Weihnachtsstimmung und

auch, um sein Gewissen zu beruhigen, war der Alte hierher-
gekommen.

Viola hatte auf den Vater gewartet, aber am Weihnachtsabend
noch mehr auf das Geschenk. Wie der freundliche alte Mann
sagte, war der Papagei vom Vater. Warum aber hatte er so
plötzlich verreisen müssen?

»Womöglich ist er bei den Russen in Oberschöneweide«,
schluchzte die Mutter.

Das musste sehr weit weg sein. Jahre entfernt, denn wer dort hin-
fuhr, kam so bald nicht zurück. Davon hatte Viola tuscheln hören.

»Dummer Kerl. Überlebt den Krieg, und nun das«, murmelte
die Großmutter, die kerzengerade hinter einem Stuhl stand.
Ihre Hände hielten die Lehne umklammert. Die Mutter lief
sinnlos hin und her und trocknete unentwegt die Hände an
der Schürze ab.

»Willste Äppel?«, kreischte der Papagei, als der Obsthändler,
der sich beeilte fortzukommen, die Tür hinter sich zuschlug.

»Willste Äppel?« Viola lachte. Als habe der Vogel darauf gewartet, schrie er immer lauter: »Willste Äppel? Willste Äppel?«
Viola schlug die Hände vor den Mund, als könnte sie damit
ihr Lachen und das Geschrei des Vogels ersticken. Denn die
Großmutter starrte ihn Böses sinnend an, während die Mutter
wortlos die Schleife ihrer Schürze aufriss und sie über den Käfig
warf, um ihn abzudunkeln und den Papagei zum Schweigen
zu bringen. Der plusterte sich empört auf. Die Käfigstangen
klirrten. Beleidigt und trotzig gurgelte es noch einmal tief in
seiner Kehle, dann schwieg auch er.

*

Viola staunt erneut, was sich Georg alles hat einfallen lassen,
um aus ihrer Erinnerung an einen buntfiedrigen Papagei, sei-

nem Geschrei, ihren gemalten Geschenken und der unerwarteten Reise des Vaters ohne Wiederkehr diese Geschichte zu schreiben. Und wie war er gerade auf Chanel Nr. 5 gekommen? Jetzt erinnert sie sich, dass die Mutter später von einem Sack Zucker gesprochen hat, um den es bei der Verhaftung gegangen sei. Und von wegen Schmuck, den hatte es in ihrer Familie nie gegeben. Viola weiß auch nichts von einem köstlichen Essen am Weihnachtsfest, erinnert sich aber an das Weihnachtsgebäck. Alle Jahre wieder! Wie die Großmutter zu den Zutaten kam? Sicherlich durch Tauschgeschäfte, wie sie nach dem Krieg üblich waren: Silberbesteck, Tischdecken und Bettzeug aus Leinen gegen Eipulver, Butter, Mehl und Zucker – . den, der für den Vater zum Anlass seiner ›Reise‹ wurde.

Die Mutter hatte nach der Verhaftung des Vaters an den Weihnachtsfeiertagen wie immer auf der Bühne gestanden. Um ihr nahe zu sein, hatte sich Viola seitlich in den samtenen Falten des geöffneten Bühnenvorhangs versteckt. Sie war tieftraurig gewesen, die Mutter an diesen Tagen auf der Bühne zu sehen, sich dem Applaus entgegenbeugend, um die zugeworfenen Rosen aufzuheben und lächelnd ans Herz zu drücken, als wäre nichts geschehen. Tränen rannen Viola übers Gesicht, und ihre Hände wehrten die Mutter ab, als sie hinter die Bühne kam und ihr übers Haar streichen wollte.

Heute weiß Viola, dass die Mutter froh sein musste, als Solotänzerin beim Ballett des Friedrichstadt- Palastes bleiben zu dürfen.

Zehn Jahre später, 1955, kam ein Kamerad des Vaters aus Workuta zu ihnen, um die Nachricht von dessen Tod zu überbringen. Völlig entkräftet war der Vater auf dem Rücktransport nach Deutschland gestorben.

Viola hatte wenige Tage zuvor von ihm, den sie nur mit dem Herzen und von Fotos kannte, geträumt: Ein Lastwagen ist eine Landstraße entlanggefahren. Die hintere Plane ist zurückgeschlagen. In der Öffnung steht ihr Vater, lächelt und streckt die Hand nach ihr aus. Doch der Wagen entfernt sich, fährt schneller und schneller. Der Vater winkt ihr unentwegt zu, bis das Fahrzeug in einer Kurve verschwindet.

Als sie aufwachte, war das Kopfkissen durchnässt. Warum, das hatte sie der Mutter nicht sagen wollen.

›Lass es gut sein, war ja nur ein Traum‹, hätte die richtiggestellt und gemeint, dass sie das beruhigen würde. Für Viola aber war es mehr gewesen. Eine Nachricht. Ein Zeichen dafür, dass der Vater, bevor er starb, liebevoll an sie gedacht hatte. Sie hütet den Traum wie einen Schatz, der sie bis heute begleitet.

Am Tag nach der Todesnachricht war Viola mit ihrer Mutter die wenigen Meter von der Albrechtstraße zur S-Bahn gegangen, die vielen Treppen hinauf über die Fußgängerbrücke. Sie winkten der Oma nochmals zu, die auf dem Vorplatz des Brecht-Ensembles zurückgeblieben war.

»Wer weiß, wann ich sie je wiedersehe«, hatte die Mutter gemurmelt, während sie im Weiterlaufen nochmals innehielt und tief durchatmete. Viola hatte einen Kloß im Hals gespürt. Immerhin ging es um die Mutter ihrer Mutter, die sie zurückließen. Klein und zart hatte die Oma ausgesehen. Ein wenig nach vorn gebeugt, wirkte sie fast gebrechlich. Gar nicht so beängstigend, wie Viola sie empfunden hatte, wenn sie von ihr mit scharfer Zunge herumkommandiert worden war. Doch Viola hatte es immer verstanden, sich möglichst unsichtbar zu machen. Von der Berliner Wohnung aus war das nicht schwer. Sie stromerte durch die Straßen, über die Brücke bis ›Unter den

Linden‹ oder zur anderen Seite hin bis zum Bunker, um mit anderen Kindern zu spielen, besonders gerne in den Ruinen.

Darüber vergaß sie nicht selten, in die Schule zu gehen, obwohl das Backsteingebäude nur wenige Häuser weiter stand. Wenn sie die Schul- und Theaterferien in Omas Haus in Hohen Neuendorf verbrachte, konnte sie deren Aufsicht nicht entkommen. Vom Küchenfenster der oberen Etage aus hatte ihre Oma die Augen überall. Vor allem beim Kirschenpflücken. Gottlob verriet sie ihr schneeweißes Haar, wenn sie über die Kirsch-, Apfel- und Pflaumenbäume hinweg nach ihr Ausschau hielt.

»Nicht essen, pflücken«, rief die Großmutter hinunter. Und dann folgte noch die Aufforderung, beim Pflücken zu pfeifen. Bald konnte Viola beides zugleich. Nur die Steine ausspucken, das ging nicht. Manchmal fragte sie sich ängstlich, wann sie platzen würde. Sie pflückte auch Johannes- und Stachelbeeren, erntete grüne Bohnen und zog Möhren aus einem langen Beet. Alles wurde gleich darauf bezupft, geputzt und wenn nötig geschnipselt, um eingeweckt zu werden. Omas Leidenschaft. Am Ende der Ferien stolzierte sie hochzufrieden durch den Keller, bewunderte ihr Werk und strich mit freudigem Blick liebevoll über die Gläser, die die Regalbretter füllten. Solch zärtliche Zuwendung hatte Viola nie von ihr erfahren. Vielleicht galt ihre Trauer beim Abschied deshalb auch nicht der Oma, sondern ihrem Papagei, den sie in deren Obhut zurücklassen musste. Oma liebte den Papagei so wenig, wie sich Viola von ihr geliebt fühlte, doch dass sie ihn versorgen würde, da war sie sich sicher. Schließlich tat sie immer ihre Pflicht, wie sie stets versichert hatte, wenn sie Viola an Vaters Statt eine Ohrfeige verpasste.

Viola meinte, den Papagei zu hören, wie er »Wo ist Papa!? Wo ist Papa?!« krächzte und sein buntes Federkleid aufplusterte. Niemals mehr würde er ein neues Wort, geschweige denn einen Satz sprechen lernen. Ihr traten Tränen in die Augen. Würde der Papagei so traurig sein wie sie? Konnte ein Papagei das überhaupt?

»Warum müssen wir denn weg?«, fragte sie die Mutter, die sie wortlos bei der Hand nahm und mit sich zog.

Warum die Mutter alles hinter sich lassen wollte? Viola hat oft darüber nachgedacht und sie nach und nach immer besser verstanden. Zehn Jahre hatte sie auf den Vater gewartet, von dessen Aufenthalt in Russland sie erst sechs Jahre, nachdem er verhaftet worden war, erfahren hatte. Er war wie auch abgebaute Schienen, ja, ganze Fabriken zu einem Teil des Räderwerks von ›Reparationsleistungen‹ an die russischen Besatzer geworden. Der brodelnde Hass der Mutter auf diesen Staat musste durch die Todesnachricht über Nacht überbordend geworden sein. Doch Auflehnung hätte die Existenz der Familie zerstört; auch die Zukunft von Viola. Außerdem war sie in den Jahren des Wartens älter geworden. Mit achtunddreißig Jahren war ihre Zeit als Solotänzerin längst überschritten. Sie setzte darauf, dass sie den drohenden Abstieg im Westen besser verkraften würde, da sie dort eher eine andere Beschäftigung finden könnte. Vielleicht aber konnte sie auch die Erinnerungen, die mit dem Vater und der Gegend um die Friedrichstraße verbunden waren, nun ohne jede Hoffnung auf eine Zukunft mit ihm nicht mehr ertragen.

Das Gelingen der Flucht nach West-Berlin setzte voraus, dass sie kein Gepäck bei sich hatten. In der Handtasche der Mutter befanden sich nur Geld, Ausweis und Papiere. Obwohl Viola keine Schülerin mehr war, trug sie auf dem Rücken ihren Schulranzen, in dem sich statt Büchern und Heften Unterwäsche und Strümpfe befanden. In der Hand trug sie den Geigenkasten mit ihrer Dreiviertelgeige, die die Mutter gegen das winzige Instrument eingetauscht hatte, das ihr der Vater zum vierten Geburtstag geschenkt hatte. Zum Bedauern der Musiklehrerin eine von weit schlechterer Klangqualität, aber wo hätte die Mutter das Geld für ein besseres Instrument hernehmen sollen? Das hatte Viola gut verstanden, trotzdem hatte sie geweint, als sie sich von der winzigen Geige trennen musste. Weiter Unterricht zu erhalten, war wichtig, das war ihr bewusst! Bis der Papagei zum Abschiedsgeschenk wurde, diese ›Verrücktheit‹, wie die Großmutter das nannte, hatte der Vater Viola erstaunlich streng und regelmäßig im Geigenspiel unterwiesen. So ein Verhalten galt für ihn sonst nur für seine Malerei, die auch zu den ›Verrücktheiten‹ gehörte, die von der Großmutter mit Kopfschütteln quittiert wurden. Für Viola aber hatte es nichts Schöneres gegeben, als still in einer Ecke sitzen zu dürfen und dem Vater beim Malen zuzusehen. Und die Mutter? Die schien der kleinen Viola aus zwei Frauen zu bestehen. Die eine warf sich dem Vater in die Arme, als würde sie inmitten eines Gewitters stehen, das sich laut und beängstigend über ihr entlud. Die andere störte den Vater mit keinem Wort. Kam sie an der Staffelei vorbei, schenkte sie ihm ihr schönes Lächeln, einen gehauchten Kuss oder strich zärtlich über seine Schulter und verschwand. Viola liebte die Mutter schon deshalb, weil sie sich den Vater zum Mann genommen hatte. Den Vater, den sie so sehr vermisste, seit sie ihn nur noch mit dem Herzen sehen konnte. Die Todesnachricht vertrieb sie nun auch noch aus der gewohnten Umgebung, die sie wie nichts sonst mit ihm verband. Doch da war die Geige! Viola umklammerte den Griff des Geigenkastens, der noch der alte war, als wäre es die Hand des Vaters.

Unterschlupf hatten sie bei der Schwester der Großmutter in Schöneberg gefunden, sodass sie nicht im Aufnahmelager Marienfelde bleiben mussten. Schon zwei Monate später ging es von West-Berlin nach München, wo ihre Mutter beim Zirkus

Krone ein Engagement erhalten hatte. Kein Vergleich mit dem Friedrichstadtpalast. Jetzt war sie sozusagen die ›Dritte von links‹. Aber immerhin war es ein Anfang. Und für die vierzehnjährige Viola, die in Ost-Berlin gerade die achtklassige Volksschule beendet hatte, begannen damit zwei Wanderjahre durch Europa.

Ein bescheidenes, aber aufregendes Leben war das. Fortan hieß es, aus dem Koffer zu leben, Disziplin und Gemeinschaftssinn zu lernen und, wenn weder eine Pension noch ein Wohnwagen zur Verfügung stand, eine Unterkunft zu suchen. Zum Beispiel in Italien, wo der Zirkus neun Monate gastierte. Viola sucht wieder die mageren italienischen Worte zusammen:

Scusi, per favore, una camera per due persone dal Circo Krone.

Sie hört wieder, wie die Türen energisch zugeschlagen wurden. Wer wollte schon Leute vom Zirkus beherbergen? Doch wie hätte sich das verleugnen lassen? Es war jedes Mal eine lange, demütigende Suche. Viola erinnert sich aber auch an etwas ganz besonders Gutes, was sie bisher nicht gekannt hatte. Pünktlich: um 13 Uhr wurde gemeinsam eine warme Mahlzeit eingenommen. Jeden Tag. Bisher hatte das Essen bei Oma und Mutter keine feste Zeit gekannt, und es gab, was gerade da war. Zumeist einen Rest, den die Großmutter aus der von ihr betriebenen Theaterkantine des Brecht-Theaters mitbrachte, oder ein Stück Brot mit Milch, irgendwann im Laufe des Tages. Viola hatte ab und an ein Paar Münzen von der Mutter gemopst, um am Kiosk an der Friedrichstraße eines der dicken Würstchen zu essen. Neben ihr West-Berliner, die unerlaubt im Ostteil der Stadt Lebensmittel einkauften – ihnen, den Ostlern, wegkauften, empörten sich Mutter und Großmutter. Diese dicken Würstchen sind auch noch in der Erinnerung ein großer Genuss ohne schlechtes Gewissen.

Im Zirkus dann – sie konnte es anfangs nicht glauben, hielt es für eine Ausnahme, ein Fest – unterbrachen alle ihre Arbeit und gingen in die Kantine, die in einem riesigen flachen Zelt untergebracht war. Dort saßen sie an langen Tischen und Bänken, um gemeinsam zu Mittag zu essen. Sie saß zwischen der Mutter und Chico, der ihnen die Plätze neben sich immer frei hielt, nachdem er Viola von anderen Aufgaben befreit hatte. Von dem Ritt, der stehend auf dem Rücken eines Ponys einstudiert worden war, und von der Vertretung einer erkrankten Artistin. Sie musste sich von einem Mann in Cowboykostüm mit der Bullpeitsche einen Strohhalm oder eine qualmende Zigarette aus der Hand schlagen lassen.

Viola hatte Furchtlosigkeit und gute Nerven bewiesen. Sie war stolz darauf gewesen, dass sie nicht nutzlos im Zirkus herumstand, denn Tänzerin durfte sie nicht werden.

»Sieh dich doch an, zwar zart, aber nicht grazil, nicht hübsch und nicht groß genug!« Mit diesem Urteil hatte die Mutter Violas Traum zerstört. Chico, der von ihrem Geigenspiel wusste, fürchtete bei der Nummer mit der Bullpeitsche um ihre Finger, die tatsächlich ab und zu einen Hieb abbekamen und blau anschwollen, manchmal bluteten.

Chico mit der roten Pappnase und dem riesig aufgemalten Mund, der außerhalb der Manege nur selten lachte, war ihr Retter geworden – auch vor der Mutter, die sich als ›Dritte von links‹ nicht wohlfühlte und ihr Unbehagen durch Schelte und Ohrfeigen an Viola ausließ. Sie fühlte sich in der jungen Truppe der Tänzerinnen wie ein ›Nichts‹. Der Beifall galt nicht mehr ihr allein. Keiner hofierte sie, außer dem Pianisten Alfred, einem Musiker des kleinen Zirkusorchesters. Die Mutter saugte seine schmeichlerischen Worte geradezu auf. Saß nach der Vorstellung noch stundenlang mit ihm, der immer eine

Flasche Weinbrand dabei hatte, zusammen im Wohnwagen; die Mutter hielt stets Cola zum Mixen bereit. An Schlaf war für Viola kaum zu denken. Bis in die Morgenstunden dämmerte sie nur ein, um beim nach und nach lauter werdenden Lachen oder Gestöhn der beiden immer wieder aufzuschrecken. Sie sorgte sich um die Mutter, wünschte, dass Alfred verschwinden würde. Doch obwohl sie bewusst unfreundlich zu ihm war, ihn gar nicht zur Kenntnis nahm, und wenn, dann über ihn hinweg mit der Mutter sprach, gelang das nicht.

Ihr Trost war, dass Chico mit ihr eine gemeinsame Nummer einstudierte: Er auf einem Klavierhocker. Die Arme weit ausgestreckt. Das Klavier, auf dem er spielen will, weit entfernt. Ein Zeichen mit seinem langen dicken Zeigefinger, und sie beginnt auf ihrer Geige zu spielen, während er das schwere Klavier ein wenig näher zum Hocker zu schieben versucht, statt den Hocker zu nehmen und sich an das Instrument zu setzen. Er schiebt und schwitzt und versucht es immer wieder. Das Publikum lacht, klatscht, gibt Ratschläge, schreit: »Dummer Chico.« Der schämt sich, windet sich wie ein Wurm. Es sieht aus, als würde er gleich weinen. Doch dann reißt er die Arme hoch. Er hat eine Idee, winkt Felix, den Tierpfleger herbei, der am Abend in roter Uniform mit goldenen Tressen als Helfer auftritt, und flüstert ihm etwas zu. Gleich darauf führt der an einem langen Seil den Esel ›Tobi‹ herein. Gemeinsam winden Felix und Chico den Strick um die Beine des Klaviers. Viola spielt, kann aber den Blick nicht von Tobi abwenden, der aufmerksam ihrem Geigenspiel zu lauschen scheint. Dieser kleine Esel soll das Klavier zum Hocker ziehen. Chico gibt das Kommando. Nichts geschieht. Chico erklärt dem Esel, was zu tun ist. Der Esel bewegt sich keinen Millimeter. Verzweifelt beginnt Chico das Klavier wieder selbst zu schieben. Zentimeter um Zentimeter. Das Seil hängt nun ein wenig durch. Und gerade diese wenigen Zentimeter läuft nun auch Tobi. So geht es weiter. Chico schiebt.

Tobi bewegt sich. Chico schiebt. Tobi bewegt sich. Das Publikum klatscht im Rhythmus ihres Geigenspiels. Ein Sprechchor ruft jedes Mal, wenn Chico sich daranmacht zu schieben »Hauruck! Hauruck!«

Jeden Abend tut es Viola leid, dass sich Chico so anstrengen muss. Aber wie könnte sie auf Tobi böse sein? Seine Aufgabe ist es, ihrem Spiel fasziniert zuzuhören. Endlich ist es geschafft, gerade als Violas Musikstück endet. Chico lässt sich auf den Klavierhocker fallen, schüttelt seine Arme aus, lässt die weiten Ärmel über sein verschwitztes Gesicht streichen, bevor er auf eine weiße, dann auf eine schwarze Klaviertaste tippt.

Er lauscht den Tönen und nickt Viola zu. Sie spielen gemeinsam. Ihre ›Elise‹ erfüllt das große Zirkuszelt bis hinauf zur mit Sternen besetzten Kuppel. Atemlose Stille herrscht. Viola lauscht auf das Pochen ihres Herzens. Es schlägt regelmäßig wie ein Metronom. Ein ganz wunderbares Gefühl. Kaum gedacht, braust stürmischer Applaus auf.

Und Chico verbeugt sich vor ihr, als wäre sie eine geniale Violinistin und nicht nur die kleine Viola, der er täglich Unterricht gibt. Der Applaus schwillt an.

Die Kinder springen auf, winken und rufen ihr etwas zu, was sie nicht versteht. Gemeinsam verbeugen Chico und sie sich vor dem Publikum. Tobi, der losgebundene Esel, steht zwischen ihnen. Sie verbeugen sich wieder und wieder, bis Chico dem Esel einen leichten Klaps auf das Hinterteil gibt und der ihnen voraus hinter die Manege trabt. Gleich hinter dem Vorhang bleibt Chico stehen, schaut Viola an und wischt sich eine Träne aus dem Augenwinkel. – Eine echte, jeden Abend?

Viola hat es nie herausgefunden, doch in diesem Moment fühlte sie Abend für Abend, dass er sie lieb hat.

Wie berechtigt diese Empfindung war, bewies sich wenige Monate später.

Mutter und Alfred. Eine zunehmend unselige Allianz. Das Ende der zweijährigen Zeit beim Zirkus, immer wieder durch kleine Versäumnisse und Patzer herausgefordert und mit dem Entzug einer Gage geahndet, hat sich in Viola als beschämendes Finale verankert.

Die Tänzerinnen und Tänzer stehen dicht gedrängt hinter dem Vorhang. Warten auf ihren Auftritt. Das Orchester spielt einen Wiener Walzer. Die Zuschauer haben sich ein wenig zurückgelehnt, folgen lächelnd, still lauschend der Darbietung und beginnen sich gerade ein wenig im Rhythmus der Musik zu wiegen, als das Klavier einen ohrenbetäubenden, disharmonischen Lärm erzeugt und die ›Dritte von links‹ aus der Reihe taumelnd in die Arme ihres Tanzpartners sinkt. ›The Show must go on‹, unter allen Umständen. Doch die Tänzerin muss erst von der Bühne geschleppt werden. Und oben, auf dem Balkon mit dem Orchester, wo Alfreds Kopf auf die Tasten gefallen ist, muss das Gleiche geschehen sein. Danach alles noch einmal von vorn:

Aufstellung der Tanzpaare. Das Orchester spielt. Das Publikum hat vor Begeisterung in wenigen Minuten den Vorfall vergessen. – Ebenso schnell wie das Zirkusvolk Violas Mutter und Alfred, der kurz darauf Violas Stiefvater wurde.

Sie hatte sich schon zuvor zunehmend der alkoholisierten Mutter geschämt, so sehr, dass sie sogar Chico nichts von den lautstarken Nächten erzählte. In Absprache mit dem Tierpfleger Felix hatte sie einen Schlafplatz in einer der leeren Pferdeboxen gesucht. Die Mutter bemerkte das gar nicht.

Nachdem sie und ihr neuer Mann im Zirkus nicht mehr tragbar waren und die Mutter damit auch ihren lebenslangen Verbleib dort, egal in welcher Tätigkeit, verwirkt hatte, zogen sie in das Heimatdorf des Stiefvaters Alfred in Schwaben. Dort und in der Umgebung spielte er manchmal mit dem Akkordeon bei Dorffesten auf. Und die Mutter versorgte ihre acht Monate später geborene gemeinsame Tochter, Violas Schwester Ilona.

Welch eine Freude, als Chico zu dieser Zeit in das schwäbische Dorf kam, um nach Viola zu sehen.

»Ich komme, um mich von dir zu verabschieden«, sagte er und strich dabei bedächtig mit der Hand über seine Glatze, die unter dem Lampenlicht der Diele glänzte. »Ich bin zu alt für den Zirkus. Deshalb fliege ich zu meinem Sohn nach Amerika.«

Amerika. Für Viola war es der weit entfernteste Ort der Welt. So weit war nicht einmal der Zirkus unterwegs gewesen. Der Gedanke daran bedrückte sie, denn bisher hatte sie, wenn sie an Chico dachte, ihn immer in ihrer Nähe gewusst und gefühlt.

Die Mutter forderte Chico auf in die Küche zu kommen, wo sie mit Violas Stiefvater bei Schnaps und Bier saß. Als sie ihm einschenken wollte, schüttelte er den Kopf und legte die Hand, die eben noch über seine Glatze gestrichen war, auf sein Herz.

»Nicht gut für mich«, murmelte er und sah Viola an, die ihre Mutter bat, Chico ihr Zimmer zeigen zu dürfen.

»Oh ja, bitte«, sagte er mit diesem langgezogenen ›Oh‹, das sie so oft im Zirkus gehört hatte. Die Mutter willigte ein.

»Bis gleich«, sagte sie mit sich überschlagender Stimme, »dann gibt es Tee und Kuchen. Darfst du doch, oder?«

Chico nickte, und Viola atmete erleichtert auf, als sie bemerkte, dass die Mutter sich ihnen nicht anschließen würde.

Ihr Zimmer war klein und vom Blätterwerk eines Baumes verschattet. Nur ein Bett und ein Tisch, ein Stuhl und eine Kommode, auf der Violas Geige lag, hatten darin Platz. Kaum hatte sich Chico neben sie auf das Bett gesetzt, fragte er, ob sie noch regelmäßig übe.

»Nur wenn sie weg sind«, sagte sie und wies mit ihrem Kopf in Richtung der Küche, »an den Abenden, wenn sie in die Kneipe gehen. Sonst schimpfen sie über mein Geigengejaule, wie sie meine Übungen nennen.«

Chico zeigte auf das Instrument und lächelte sie aufmunternd an. »Spiel für mich noch einmal unsere ›Elise‹«, bat er.

Viola strahlte. Keiner außer Andreas, ein Schulkamerad, hatte sie seit der Zirkuszeit spielen hören wollen.

»Sauber, fehlerlos«, freute sich Chico, »und der Klang … sehr schön.«

Wenig später kamen sie auf Andreas zu sprechen. Chico erkundigte sich nach Freundschaften.

»Die Mädchen haben nur Klamotten, Dorffeste und Jungen im Kopf«, erklärte Viola

»Und du?«, fragte Chico.

»Zuerst habe ich mitgemacht«, sagte sie kleinlaut, »sonst hätten sie getuschelt, mir alle möglichen Gemeinheiten angedichtet.«

»Und dann, die erste Liebe?« Chico lächelte ihr aufmunternd zu. Viola fühlte sich ertappt. Das Blut schoss ihr ins Gesicht. Sie beugte sich weit vor. Chico sollte das nicht sehen.

Von den Jungen konnte sie nichts erzählen. Unmöglich! Es ging ihnen nur darum sie anzufassen, ihre dicke Zunge zwischen ihre Zähne zu bekommen und später ihre Hand in den offenen Hosenschlitz zu drücken. Ekelhaft war das. Erst als sie Andreas kennengelernt hatte, konnte sie sich dem entziehen. Er hatte auf einem Schulfest Klavier gespielt.

»Mein Freund heißt Andreas. Er ist in der Parallelklasse und spielt Klavier.«

»Und deshalb bist du in ihn verliebt?«

»Weniger in ihn, aber in sein Spiel. Stell dir vor, er will Musik studieren.«

Chico nickte nachdenklich.

»Ich glaube, er hat es nicht mit Mädchen. Er ist wie Albert und Toni, die Tänzer ... Du weißt schon.«

»Das ist gut.« Chico drückte ihre Hand. »Ihr schützt euch gegenseitig«, sagte er. »Und die Musik? Bedeutet sie dir immer noch viel?«

»Alles! Wenn es die Geige nicht gäbe, wüsste ich gar nicht, wie ich es hier aushalten sollte.« Viola strich zärtlich über das Instrument, auf dem sie im Zirkus gespielt hatte. Ein Geschenk von Chico, weil sie aus der Dreiviertelgeige herausgewachsen sei, wie er gemeint hatte.

»Welchen Beruf stellt sich deine Mutter denn für dich vor«, fragte Chico.

»Friseurin.«

»Friseurin ... und dann?«

»Kann man Maskenbildnerin werden. So wie Senta im Zirkus, oder im Theater .«

»Jaja, kann man.«

Chico schwieg lange. Mit ihm zu schweigen, rückte ihn Viola noch näher, als wenn sie miteinander sprachen. Er war für sie der liebste Mensch auf der Welt. Sie erschrak bei dem Gedanken, denn bisher hatte sie dafür die Mutter gehalten, hatte sich nicht eingestanden, wie sehr sie sich von ihr verlassen fühlte.

Zwei Jahre später, sie war durch Chicos Bemühungen in ein Waldorfinternat aufgenommen worden, erfuhr Viola bei der Abiturfeier von der angetrunkenen Mutter, dass Chico für den

Teil der Internatskosten, die die Behörden nicht übernommen hatten, aufgekommen war. Und die Mutter war es, die ihn auch noch das Musikstudium finanzieren lassen wollte.

»Schließlich war er ein berühmter Clown, einer der berühmtesten, und ist im Zirkus reich geworden. So viel Geld braucht ein alter Mann, der bei seinem Sohn in Amerika ein gutes Leben hat, doch gar nicht«, fand sie.

Doch das kam für Viola nicht infrage. Sie erspielte sich ein Stipendium der ›Honeffer-Förderung‹ und fühlte sich in der Lage, das Geld, das sie darüber hinaus für Einzelunterricht oder Meisterkurse brauchte, selbst zu verdienen. Zum Dank für Chicos Hilfe nahm sie die Stücke, die sie für das Stipendium und die Aufnahmeprüfung an der Hochschule geübt hatte, auf Band auf. Diese und viele weitere Aufnahmen erhielt Chico, bis eines Tages seine immer schlechter lesbaren Antworten ausblieben. Stattdessen schickte sein Sohn ihr nach Chicos Tod ein Foto mit der Aufschrift: ›Ich lausche weiterhin beglückt deinem Spiel. Dein Chico.‹

Sein Bild steht bis heute neben dem Notenständer. Vor jedem ersten Ton, den Viola spielt, fällt ihr Blick auf ihn, der sie nicht nur gefördert hat, sondern ihr auch von Herzen zugetan war – lange als einziger Mensch auf der Welt. Sein Blick wärmt, ermutigt und lässt alles von ihr abfallen, was ihr Spiel belasten könnte. Wie leicht dagegen hatte es Georgs Sohn Martin gehabt. Abitur und anschließend das Studium an der ›Hochschule der Künste‹ waren selbstverständlich gewesen; auch danach die finanzielle Unterstützung seiner Arbeit, bis er in der Werbebranche etwas verdiente und darauf bestand, sich allein durchzubringen.

Die Weihnachtsgeschichte. Sie schaut auf die Blätter, die vor ihr auf dem Küchentisch liegen. Damals hat sie die Mutter geliebt und bewundert. Doch dann ... Viola spürt wieder die Furcht, dass Georgs Empfindungen für sie vergehen könnten wie ihre für die Mutter. Schließlich war sie ihm zwar eine kreative Begleiterin geworden, aber ansonsten nicht die Frau, die er sich wünschte. Doch statt sie zu verlassen, war Georg wie Chico nach und nach in die Rolle ihres Vaters geschlüpft, hatte ihr alles Unangenehme vom Hals gehalten und sie in jeder Weise unterstützt, damit sie sich ganz der Musik widmen konnte.

Viola schiebt die Erzählung nicht zurück zu dem Umbauplan und der Fahrstuhlskizze hinter den Besteckkasten. Die Erzählung soll Hanna lesen. Für den Umbauplan dagegen muss sie einen geeigneten Zeitpunkt abwarten, um Hanna ihr Vorhaben zu erklären. Viola fühlt sich zu unerfahren, um diesen Plan, das Haus so umbauen zu lassen, dass zwei weitere Paare in ähnlicher Situation und dazu eine Haushaltshilfe und Pflegepersonen im Haus leben könnten, zu verwirklichen. Noch ist das nicht mehr als eine Idee, die in einer Bauskizze eines guten Freundes umgesetzt ist. So weit hat sie ihren Plan vorbereitet, aber ihn allein in die Tat umzusetzen, traut sie sich nicht zu. Hanna kann das, davon ist sie überzeugt. Und wenn auch sie hier wohnen würde, dann könnte sie als Ärztin, auch eine Gynäkologin konnte im Notfall ... Die Chancen, dass Hanna einwilligen wird, stehen nicht schlecht. Hanna hat keine Wohnung, und Georgs Situation ... Viola ist sicher, Hanna ist bereit, alles für ihn zu tun.

Viola hat Hanna kurz zuvor noch hin und her laufen hören. Also stört sie sie nicht, wenn sie ihr die Erzählung hinaufbringt. Sie nimmt ein Tablett, stellt eine Tasse Tee zusammen mit einem Teller Kekse darauf und legt die Weihnachtsgeschichte dazu.

Hanna versteht nicht, was Viola meint, als sie mit Blick auf den Text und einer Kopfbewegung in Richtung Georgs Zimmer sagt, dass er davon nichts erfahren dürfe. Doch sie kommt nicht dazu nachzufragen, denn mit der Bemerkung, dass der Geburtstagskaffee erst gegen 16 Uhr sein wird, weil bis dahin vielleicht noch Martin dazukommt, schließt Viola schon wieder die Tür hinter sich, um zu ihren Vorbereitungen zurückzukehren.

*

V. Georg

Kann es sein, dass er an der Tragfläche eines Flugzeuges
hängt? Seine erstarrten Finger umklammern einen Metallrand.
Kreisende Bewegungen hämmern und dröhnen in den Ohren.
Die Propeller? Unter ihm breitet sich zwischen zerrissenen Wol-
kenschleiern ein erdfarbener Teppich aus, der mit grünen und
goldgelben Flecken besetzt ist. Wenig später wird der Lärm
von einer dichter werdenden Wolkenwand verschluckt. Mee-
resrauschen ist zu hören. Schaumbesetzte Wellen bäumen sich
türkisfarben und königsblau auf. Hitze jagt durch seinen Körper, obwohl er sich äußerlich vereist fühlt. Ein Pfeifen schrillt
auf, das seine Schädeldecke anzuheben scheint.

»In wenigen Minuten haben wir München erreicht«, hört er
Hannas Stimme sagen.

Georg schreckt auf, sucht die Gurtenden neben dem Sitz. Seine
Hände tasten über die Knie, seitlich an ihnen vorbei und zurück,
bleiben auf der Decke liegen, die er sich übergelegt hat, als er
sich in den Sessel am Fenster setzte. Er fragt sich, wie lange er
dort schon sitzt. All die Gedankenfetzen – oder hat er geträumt?
Georg reibt sich die Hände, die eiskalt sind. Und der Flug?

Georg lehnt sich zurück. Versucht sich zu erinnern. Doch sein
Gedächtnis findet keine Bilder. Es bleibt bei einer Ahnung, der er
nachlauscht, während sich ein gutes Gefühl einstellt, dem er sich
gern überlässt. Bald aber beginnt in ihm die Suche nach dieser
Begebenheit. Sie bedrängt ihn so sehr, dass er sich von der Decke
befreit, aufsteht und mit den Augen Regal für Regal nach seinen
Notizbüchern absucht. Als er sie endlich entdeckt, greift er ungeduldig nach dem vom Schaltjahr 1968. Noch stehend blättert er
durch die Seiten, um die Aufzeichnungen jenes Frühjahres, vor

allem die der ersten Begegnungen mit Hanna zu finden. Als er sie endlich aufgeschlagen hat, lächelt er zufrieden und nimmt wieder Platz, um sich darin zu vertiefen. Wenn es um Details geht, ergänzen die Notizen sein Gedächtnis. Ein Hilfsmittel, das es für sein Kurzzeitgedächtnis nicht gibt. Notizzettel taugen für ihn nicht mehr. Schon wenig später kann er dem Vermerkten keinen Sinn mehr entnehmen. Manchmal sind selbst die Tagebuchseiten voller toter Wörter. Im Glücksfall aber vergegenwärtigen sie ihm ein Geschehen so eindrücklich wie gerade eben, wo innere Bilder Kontur gewinnen, sich einfärben und beginnen, sich in der Zeit eines unendlich hohen Himmels und lauer Luft zu bewegen. Hunderte Vögel sitzen auf Telegrafenmasten.

In den ersten Wochen nach seinem sechsunddreißigsten Geburtstag hatte das Telefon die Rolle des ›Postillion d‹amour‹ übernommen.

Hanna und er hatten ihre wachsende Zuneigung in einfühlsamer Reaktion auf die Äußerungen des Gesprächspartners zum Ausdruck gebracht, bevor sie erst sich selbst, dann dem anderen eingestanden, dass es um Liebe ging. Hannas Bruder war es gewesen, der ihnen zu diesem Telefonkontakt verholfen hatte, den keiner von ihnen aufzunehmen gewagt hatte. Beide fürchteten, ihre Begegnung womöglich überzubewerten.

Jürgen erzählte Hanna von Georgs Unfall am Tag nach der Geburtstagsfeier. Dessen Folgen, ein rechtsseitiger Bruch von Arm und Bein, hatten ihn zur Untätigkeit verurteilt, jedenfalls was den Dienst und die Renovierung des Hauses betraf. Was ihm blieb, waren seine Bücher und gelegentliche Gespräche mit den Freunden, die sich aber ohne die Baumaßnahmen nun verstärkt um ihr zuvor vernachlässigtes Studium kümmerten; jedenfalls wenn die Universität nicht bestreikt wurde. Denn dann waren sie natürlich mit dabei.

Die erste Reaktion von Hanna – sie schickte ihm mit besten Genesungswünschen das Buch ›Die Unfähigkeit zu trauern‹ des Ehepaares Mitscherlich. Obwohl es auf der Spiegel-Bestsellerliste stand, wusste sie von Jürgen, dass Georg, der als manischer Leser galt, es noch nicht gelesen hatte. Sein Dankeschön führte zum ersten Telefonat.

»Wie geht es? Die Untätigkeit ist sicher schwer auszuhalten für einen Macher wie dich.«

»Du hast mich durchschaut, aber das viele Lesen ist auch ein Geschenk. Sonst läuft das immer nur nebenher.«

»Nebenher?«

»Habe immer ein Buch dabei. Ein paar Seiten, wenn eine Tapetenbahn den Kleister aufnehmen muss, ich Farbe verrühre oder beim Kochen etwas kurz ziehen muss. Vor allem auf der U-Bahnfahrt zum Dienst, weshalb ich gerne auf das Auto verzichte. Aber jetzt in völliger Ruhe, das ist schon ein Genuss.«

»So stückchenweise könnte ich nicht lesen. Mein Buch gehört als schöner Abschluss des Tages zu mir ins Bett.«

Ich könnte mir etwas Besseres vorstellen, denkt Georg, spricht es aber nicht aus. Für solche Intimität ist es zu früh. Hanna könnte sich bedrängt fühlen.

»Auf jeden Fall freue ich mich auf das Buch. Bin ganz gespannt.«

»Dass du das hintereinander in Ruhe lesen kannst, ist sicher der richtige Umgang damit. Mein Vater sollte es lesen, aber …«
Hanna verstummt.

Wie ein Delfin mit einer Art Echolot seine Artgenossen ortet, so spürt Georg das damalige Gespräch in seinem Gedächtnis auf, bis es ihm klar und quälend scharf vor Augen steht.

Ihr Atem hatte sich mit dem Rauschen im Telefonhörer verbunden. Georg überbrückte das für sie offensichtlich Unaussprechliche, indem er vom Schicksal seines Freundes Klaus erzählte, das ihn nie losgelassen habe und nur zu ertragen sei, indem er sich weiterhin durch seine Notizen im Gespräch mit ihm befinde und sein eigenes Denken und Handeln auf diese Weise reflektiere. Hanna deutet einen tiefgreifenden Vertrauensverlust an, den sie kurz vor ihrem achtzehnten Geburtstag erlitten habe. Den Grund dafür brachte sie nicht über die Lippen, nur so viel, dass es um die NS- Vergangenheit ihres Vaters ging. Die Liebe zu ihm war an diesem Tag zerbrochen. Zersplittert. Zerschnitten in tausend schmerzhafte Fasern, blieb die Wunde unheilbar. Umso mehr, als der Vater keinerlei Einsicht in seine Schuld zeigte, im Gegenteil.

Über das Vergehen des Vaters vermochte sie nicht zu sprechen. Georg drang nicht in sie, fühlte, wie nah ihr das Ereignis noch immer ging, und begriff, dass auch sie nicht aus einer ›heilen Welt‹ kam.

Äußerlich schon. Sie war behütet aufgewachsen, geliebt, gefördert. Vieles von dem, was ihm verschlossen geblieben war, hatte ihr ganz selbstverständlich zur Verfügung gestanden: der Besuch eines humanistischen Gymnasiums, ein Studium frei von Geldsorgen. Dazu die großbürgerliche Umgebung, die aus ihr eine gewandte, gebildete und kulturell interessierte Frau gemacht hatte. Ihr gegenüber empfand er sich als ungeschliffener und halbgebildeter Mensch. Er hatte seinem beruflichen Weg folgend in den unterschiedlichsten Fachgebieten wie Betriebswirtschaft, Soziologie und Philosophie, Pädagogik und Psychologie Wissen angehäuft und Erfahrungen gesammelt. Doch er empfand es als Mangel, dass seiner Bildung eine solide Grundlage fehlte. Bei ihren Telefongesprächen spielte das keine Rolle. Die inneren Verletzungen zählten, verbanden. Auch das Alleinsein, das für sie beide damit einherging.

Eingeschlossen in ihre eigene Welt, waren sie erwachsen geworden, hatten funktioniert, wie die Umwelt es erwartete. Sie waren nicht angeeckt und fanden Freundschaften, aber keine dauerhafte Liebe. Beide hatten sie das mit beruflichen Erfolgen zu kompensieren gesucht. Er in verschiedenen Berufen, zur Zeit ihres Kennenlernens als Leiter einer sozialpädagogischen Einrichtung, sie als Ärztin in der Gynäkologie der Ludwig Maximilian Universität, wo sie sich auch der Forschung widmen konnte.

Im Laufe des Frühlings 1968 erreichten Hannas und seine Telefonrechnungen unvernünftige Höhen – ebenso ihre Erwartungen. Die Ferngespräche reichten ihnen nicht mehr, doch sie zögerten, fürchteten enttäuscht zu werden. Statt ihrer wurde erneut Jürgen initiativ. Er lud seine Schwester zum Theatertreffen ein, zu Becketts ›Endspiel‹. Karten könne er über einen befreundeten Schauspieler bekommen, der zum Ensemble des Schillertheaters gehöre, versuchte Jürgen die Schwester nach Berlin zu locken. Sie würde sogar die Möglichkeit haben, Samuel Beckett als Regisseur seines Stückes zu erleben. Jürgen hatte so überschwänglich gesprochen, als würde sie den Autor persönlich kennenlernen. Diese Inszenierung gehöre zum Herzstück der neuen Theatersaison, wäre das Herzstück, hatte er gedehnt versichert.

Georg hörte in Hannas Stimme ein Lächeln, als sie die Worte am Telefon wiederholte. Eine Pause entstand, wurde lang.
»Was meinst du?«, fragte Hanna schließlich.
»Mich besuchen? Aber ja«, sagte Georg überrascht, dass sie das erwog. Sie war mutiger als er. »Oder geht es dir nur um den Theaterbesuch?«, fragte er vorsichtig nach. Er war verwirrt. Wollte keinen Fehler begehen.

»Seit deinem Geburtstag hast du mich nie wieder zu dir eingeladen«, sagte sie geradeheraus, »mein erster Besuch hat dich offenbar nicht besonders beeindruckt.«

»Stimmt, er hat mich nicht beeindruckt.« Tiefe Atemzüge hier wie da. »Er hat mich umgehauen und mir die passenden Worte geraubt. Und mein Liebesgeflüster am Telefon hat dich offenbar nicht mitreißen können. Nun ja, Ich gestehe, darin bin ich ungeübt.« Georg seufzte theatralisch.

»Nur so viel, um dich zu beruhigen, ich würde kommen, aber ...«

»Von Beruhigung kann keine Rede sein, eher von Panik ...«

»Keine Dramatik, die gibt es erst im Theater, und Beckett würde mich schon interessieren.«

»Wann kommst du also?«

»Nicht zum Theatertreffen, aber ich habe in drei Wochen einige freie Tage.«

»Wenn dich Beckett interessiert, wir könnten uns ›Warten auf Godot‹ ansehen. Passt doch zu uns ..., ich meine das Warten.«

»Auf jeden Fall besser als ein ›Endspiel‹.

»Stimmt. Das hat Jürgen bei seinem ›Herzstück‹ nicht bedacht.

»Also abgemacht, in drei Wochen. Am Samstag ins Theater und dann ...«

»Komme bitte nicht mit dem Auto. Das neue Gesetz der DDR, dass an den Grenzübergängen Visaanträge verlangt, führt am Grenzübergang in Helmstedt zu endlosen Autoschlangen. Wenn überhaupt zeitig genug, würdest du todmüde hier ankommen. Theaterbesuch perdu.«

»Diese Schikanen haben sich bis nach München herumgesprochen. Also keine Sorge, ich fliege! Und um pünktlich zu sein, fahre ich vom Flughafen aus gleich zum Theater.«

»Treffpunkt im Vestibül, gnädige Frau?«

»Wenn's beliebt.«

»Ich freue mich.«
»Ich auch.«

Georg blättert weiter in seinen Notizen. Sucht und findet die
Aufzeichnungen zu ihrem Theaterbesuch. Überfliegt sie erfreut. Schaut auf das Geschehen von einst, kommentiert es bei
sich: ‘Warten auf Godot’, eine beklemmende Farce. Erschreckend. Alles beruht auf Analogie und Wiederholung.
    Warten ... worauf?

Als sie aus dem Theater in die milde Herbstluft hinaustraten,
holten sie tief Atem, fanden aber lange keine Worte, weder für
das Stück noch füreinander. Georg legte den Arm um Hanna
und sah sie an. In ihren Augen fand er die Antwort auf seine
unausgesprochene Frage: Sie wussten, warum und worauf sie
gewartet hatten.
    »Bei mir im Haus erwarten uns heftige Diskussionen. Die
Ermordung Robert F. Kennedys, dazu die zunehmende Ge-
waltbereitschaft linker Studenten sind noch immer Thema.«
    »Muss das sein?«
    Ein Blickwechsel genügte, um sich darüber einig zu sein, dass
sie weder zu Diskussionen in der Wohngemeinschaft noch zum
Essen in ein Restaurant gehen wollten. Stattdessen fuhren sie in
Hannas Unterkunft, die in der Nähe vom Dahlemer Dol lag.
So viel Vorausschau machte Georg befangen, obwohl er ihr nur
zustimmen konnte. Bei einem Glas Weißwein aus der Minibar
tauschten sie ihre Gedanken über das Theaterstück aus.
    Dieses Nebeneinander von Travestie, verzerrtem Humor,
Slapsticks, Absurditäten – nichts, womit sich der Zuschauer
identifizieren konnte oder musste. Umso unbefangener das
Lachen, das im Nachhinein die eigene Lächerlichkeit ent-
larvte. Und als Rückblick auf die einst schöne Natur und
menschliche Welt war auch die trostlose Handlung ange-

legt. Nichts Positives ist geblieben. Natur und Mensch sind verstört, zerstört. Das Lachen hat jetzt einen bitteren Beigeschmack. Eine nachdenkliche, gedämpfte Stimmung war entstanden, nicht dazu angetan die Nähe zuzulassen, die sie hierher geführt hatte.

»Immerhin, denke an den verdorrten Baum. Im zweiten Teil des Stückes hat er einige grüne Blätter. Die Natur gibt nicht auf.«

»Auch Wladimir und Estragon nicht. Sie bleiben freundschaftlich verbunden und warten weiter auf Godot, werden nicht aufhören, auf ihn zu warten, geben die Hoffnung nicht auf ...«

»Warten und Hoffen ist zu wenig«, wirft Hanna ein.

»Sie müssten handeln, aber nicht einer der Protagonisten tut etwas, um seine aussichtslose Situation zu ändern.«

»Anders als wir«, sagt Georg und zieht sie näher zu sich heran.

Im Morgengrauen stand Georg, den Arm voller Blumen – Klatschmohn, Margeriten, Maiglöckchen und Vergissmeinnicht, aus den umliegenden Gärten gestohlen – vor dem Bett. Vor Hanna, deren Lider zuckten. Sie blinzelte ihn verschlafen an, kräuselte katzengleich ihre Nase. Maiglöckchenduft. Sie schlug die Augen auf, lachte ihn an und schalt ihn gleichzeitig einen Schurken, einen Dieb! Er lauschte. Nicht Hannas Worten, sondern ihrem Klang, und erfreute sich des warmen Blicks, ihrer kastanienbraunen glänzenden Augen.

Doch selbst wenn Hanna übermütig war oder herzhaft lachte, war ihrem Blick etwas Nachdenkliches beigemischt. Die tiefen Linien zu beiden Seiten ihres breiten Mundes, die fast bis zu ihrem energischen Kinn reichten, fingen ihr Lachen ein. Bei ihrer ersten Begegnung hatte ein Hauch Melancholie das Strahlen ihrer Augen gedämpft. In diesem Moment jedoch war es ein Strahlen, das ihn in ihre Arme zog. Beglückende Stunden veränderten für sie die Welt.

Nicht so um sie herum. Stein um Stein war in den Fünfzigerjahren ins Wasser geworfen, aber nicht geborgen worden. So zogen sie nun immer verhängnisvollere Kreise in der westlichen Welt.

Die Gedanken an Hanna, seine Empfindungen, hatten ihn seit ihrer ersten Begegnung so in Anspruch genommen, dass er die Eintragungen in seinem Tagebuch vernachlässigt hatte. Er betrachtete die gesellschaftspolitischen Veränderungen wie ein Zuschauer, ohne sich wirklich beteiligt oder auch nur gemeint zu fühlen. Doch er hatte alle interessanten Artikel über die aktuellen Geschehnisse aufbewahrt: über den Mord an Martin Luther King und den Angriff auf Rudi Dutschke, den Prager Frühling und sein gewaltsames Ende durch die Truppen des Warschauer Pakts, über den Vietnamkrieg, der von den Reisfeldern und aus dem Dschungel in die Städte getragen worden war, und damit verbunden die Proteste der APO. Sobald Hanna nach München abgereist sein würde, wollte er diese Ereignisse nicht nur festhalten, sondern zu analysieren versuchen. Was ihn darin bestärkte, waren die Gespräche mit ihr, die gezeigt hatten, dass ihre Meinungen weitgehend übereinstimmten. Auch wenn sich Hanna bisher nie politisch engagiert hatte, so war sie für die Ereignisse sensibilisiert und scharfsinnig in ihrem Urteil. Es bedeutete ihm viel, dass sich neben hier eine Gemeinsamkeit auftat, die über den Austausch von Kindheitserinnerungen und Empfindungen füreinander hinausging.

Für einen Moment hört Georg auf in seinen Notizen zu lesen, schaut blicklos vor sich hin, denkt an Martin, auf den er seit Jahrzehnten wartet. Er ist zum Nutznießer einiger dieser

Veränderungen der 68er Jahre geworden. Der Junge hat alles richtig gemacht. Hat sich nicht festgelegt, nicht an die Leine des Staatsdienstes legen lassen. Lehrer – Martin, dieser gehemmte Mensch? Wie hatten Hanna und er daran überhaupt nur denken können? Martin wollte malen, nichts als das. Er hat sich der Kunst kompromisslos hingegeben. Die Frage, wie er diese Leidenschaft würde leben können, kam ihm gar nicht in den Sinn. Richtig, nur so geht es. Spreu trennt sich ohnehin vom Weizen, und man erkennt schnell, wer für seine Kunst brennt. Viola ist ein Beweis dafür. Nichts hat sie von der Musik abbringen können; vor allem nicht vom Komponieren. Keine wirtschaftliche Not. Kein künstlerischer Rückschlag. Keine Zurücksetzung als Frau.

Bei ihm war das völlig anders gewesen. Für ihn galt es abzuwägen, ob und wie das Schreiben sein Lebensinhalt werden könnte. Er lotete aus, plante, versuchte jeden Einwand vernünftig zu durchdringen, um dann vor dem Risiko immer wieder zurückzuschrecken, sich immer nur ein wenig darauf einzulassen. Er hatte nie wirklich etwas gewagt. Nicht einmal, als sich ihm mit Viola eine zweite Chance bot. Er schimpfte sich selbst einen elenden Krämer. Nein, ein Künstler ist er nicht. Anders als Martin und Viola, fehlte es ihm an Mut. Er brauchte Sicherheit. Nicht zu vergessen sein Ehrgeiz – für die falsche Sache, wie sich zeigt. Darüber ist sein Leben vergangen. Erfolgreich die eine wie die andere Karriere, so sehen es andere, doch nicht die, die er sich selbst gewünscht hätte. Er hatte den großen Roman schreiben wollen, doch über Erzählungen war er nicht hinausgekommen. Sein Verhängnis war, dass er, als er sich endlich zum Schreiben entschloss, einen erfolgreichen Kriminalroman schrieb. Seitdem war er als Autor dieses Genres festgelegt und gefragt. Davon geblendet und gedrängt von seinem Verleger, hatte er dafür mehr als zwanzig

Jahre seines Lebens gegeben, hatte seinen eigentlichen Wunsch, anspruchsvolle Literatur zu schreiben, für sein Sicherheitsbedürfnis aufgegeben, das mit zunehmenden Einkünften nur noch größer geworden war. Und jetzt, wo er das erkennt, gibt es keine künstlerische Zukunft mehr. Jeden Tag gehen ihm Worte verloren. Selbst solche Gedankengänge wie gerade eben sind nur noch selten. Zumeist verschwimmen sie, verschwinden. Nur eines möchte Georg noch erleben. Er weiß nicht, warum sich Martin zurückgezogen hat, doch selbst wenn ihm kein einziges Wort mehr zur Verfügung stünde, würde er ihn noch einmal in die Arme schließen wollen und ihm anerkennend auf die Schulter klopfen, um ihm zu verstehen zu geben, dass er den richtigen Weg eingeschlagen hat. Aber warum sollte Martin das interessieren? Und warum sollte er ausgerechnet an seinem achtzigsten Geburtstag kommen, wie Viola mutmaßt? Aus Respekt vor seinem Alter?

Georg fröstelt. Er fühlt sich zu erschöpft, um das Notizbuch zurückzustellen, legt es auf dem kleinen Tisch neben dem Sessel ab und zieht die Decke fester um sich. Vor seinen Augen bildet sich ein grauer Schleier. Er meint zu fallen, tastet ängstlich nach den Gurten. Als er eine Stewardess mit Hannas Stimme hört: »Wir sind im Anflug auf München ...«, beruhigt er sich. Alles ist in Ordnung, das Flugzeug kreist über München. Intensiv tritt wieder das Glücksgefühl in den Vordergrund, das ihn seit seinem Entschluss, zu Hanna zu fliegen, nicht mehr verlassen hat.

Wie in Kindertagen hatte er auf dem Weg von seiner Dienststelle nach Hause mit sich gewettet. Wenn er einen Parkplatz in der Nähe des Flughafens Tempelhof finden würde ... Einen Rosenkranz wie in Kindertagen würde er beten und noch einen, wenn er genug Geld bei sich hätte und einen Platz im nächsten Flugzeug bekommen könnte, um Hanna noch heute zu sehen. Immerhin waren seit ihrem Besuch zwei sehr lange Wochen vergangen. Die Telefonate konnten nach der zweiten Begegnung ihre Gegenwart nicht mehr ersetzen. Selbst der Umstand, dass er sich während dieses Wettspiels immer wieder als albern, unernst, kindisch und liebeshungrigen Trottel verspottete, half nicht, seinen Wunsch zu unterdrücken.

Schließlich hatte er die Wette gewonnen. Erst im Flugzeug kamen ihm Bedenken, dass Hanna sein Kommen nicht recht sein, sie sich bedrängt fühlen könnte. Er beschloss, zuerst bei ihr anzurufen. Notfalls konnte er den Rückweg antreten, ohne von diesem irrsinnigen Flug überhaupt zu sprechen. Diese Überlegung beruhigte ihn.

Nach der Landung fuhr er mit dem Bus in die Innenstadt. Um seiner Aufregung Herr zu werden, lief er den langen Weg zu Hannas Wohngegend. An der Straßenecke vor ihrem Haus leuchtete ihm eine gelbe Telefonzelle entgegen. Sein Herzschlag beschleunigte sich. Er warf die Münzen ein und lauschte ihrem klirrenden Fallen nach. Räusperte sich. Langsam drehte er die Nummern auf der Wählscheibe. Hörte erleichtert das Tuuuuut ihres Anschlusses. Er wusste, dass sie zwei freie Tage hatte, aber sie musste die ja nicht zu Hause verbringen. Es tutete noch immer in der Hörmuschel, die er auf sein Ohr gepresst hielt.

»Hanna Brand«, meldete sie sich endlich.

»Hallo …«, mehr brachte er nicht über die Lippen.

»Du, zu dieser Zeit?«

»Wollte hören, wie es dir geht, was du an deinen freien Tagen vorhast.«

»Gut geht es, außer … na ja, du fehlst mir. Ich saß gerade über einem Buch, um zu lesen, bis du am Abend anrufen würdest, und nun … Hat dein früher Anruf einen besonderen Grund?«

»Ich wollte dich sehen.«

»Solche Telefonapparate gibt es leider noch nicht, aber wer weiß, irgendwann …«

»Und du, würdest du mich auch sehen wollen?«

»Welch eine Frage.«

»Na dann, in fünf Minuten stehe ich vor deiner Tür.«

»Schön wär‹s.«

»Genau, also bis gleich.«

Ein knappes verwundertes »Nein!« war zu hören, dem mit aufschwingendem Ton ein freudiges »Aber ja!« folgte. Georg legte auf und lief los. Zu schnell, wie er fand. Fünf Minuten sollte er ihr doch Zeit geben. Seine innere Uhr tickte zu schnell.

Während Hanna ihn in die Wohnung hineinzog und er die Tür mit dem Fuß zustieß, lagen sie sich in den Armen. Als sie endlich zu Atem kamen, schob Hanna Georg ein wenig von sich weg, um ihn ansehen zu können.

»Total verrückt«, sagte sie und schaute auf seine Hände.

»Ganz richtig, kein Gepäck«, sagte er und klopfte auf die Brusttasche seiner Jacke. »Das muss genügen.«

»Wie lange kannst du bleiben?« fragte Hanna.

»Hängt das von meiner Garderobe ab?«

Sie schüttelte lachend den Kopf. »Jetzt mal im Ernst.«

»Montag mit dem ersten Flieger zurück, dann bin ich pünktlich im Dienst.«

»Und ich auch. Fast zwei Tage für uns – nicht zu glauben. Warum nicht schon längst?«

»Weil erst ein Verrückter dich darauf bringen musste.«

Sie nahmen sich in die Arme, um sich zwei Tage lang kaum mehr loszulassen. Ihre Körper erkannten sich wieder: Da war ihre Haut, warm und weich, ihr Duft, Küsse. Sie entdeckten Berührungen, die erregten, und gaben Geheimnisse ihres Verlangens preis, das sie in neue Umarmungen trieb, miteinander forttrieb wie ein reißender Fluss.

Bevor sie sich am Montagmorgen trennten, war ein vierzehntägig wechselnder Besuchsrhythmus vereinbart, bis Hanna eine Anstellung in einem Berliner Krankenhaus finden würde. Sein Umzug stand nicht zur Debatte. Ihr Berlin-Besuch hatte wie ein Magnet gewirkt; dazu kam, dass ihr Bruder dort lebte. Außerdem gab es dann das Problem der Wohnungssuche nicht; schier unlösbar in München.

Erst vor dreieinhalb Monaten waren sie sich begegnet. Eine übereilte Entscheidung? Nein, sie hatten beide jahrelang auf einander und diesen Augenblick gewartet.

Zum Jahresanfang fand Hanna eine Stelle im Wenckebach-Krankenhaus in Berlin-Tempelhof. Fast ein wenig wehmütig verabschiedeten sie das Jahr 1968, das ihnen persönlich nur Glück gebracht hatte. Wäre eine Fortsetzung oder sogar Steigerung überhaupt möglich?, fragten sie sich.

Das beginnende Feuerwerk hatte Hanna aus dem Bett getrieben. Nackt stand sie vor dem Fenster und sah in den immer bunter leuchtenden Himmel. Von der Straße her zischten und pfiffen Raketen in die Höhe, um ihr grelles Licht wie Fackeln in den Himmel zu tragen. Georg war hinter sie getreten. Seine Hände an ihren Brüsten, hielt er sie fest umschlungen. Er spürte, wie sich Atem und Herzschlag beschleunigten, als seine Fingerspitzen über ihren flachen Bauch strichen und weiter … sich ihr Körper kurz anspannte, um gleich darauf weicher, nachgiebiger als zuvor zu sein. Dabei schauten sie unverwandt aus dem Fenster, sahen grelle Blitze aufzucken, sich flackernde und leuchtende Blumen am Himmel entfalten, hörten, wie im Einklang mit ihrem Höhepunkt ein Feuerball lautstark auseinanderstob und sich als Fontäne in allen erdenklichen Farben ergoss.

Abrupt wird es dunkel um Georg, zelluloidschwarz. Hanna, eine Schwarze unter Schwarzen? Und die vielen Kinder? Sie haben doch nur Martin. Ölbilder fliegen durch den Raum. Suchen einen Platz an der Wand ihm gegenüber. Die wölbt sich abweisend wie unter schimmliger Nässe. Eine Tür schiebt sich davor. Georg hört Martins Stimme. Weit entfernt. Seine Kinderstimme. Weich und leise, als würde er singen. Georg folgt ihr, öffnet Türen, läuft Treppen, Stockwerk um Stockwerk hinunter, dann durch einen Tunnel, der nicht enden will. Verzweiflung packt ihn. Er ruft Martins Namen. Der Widerhall stürzt auf ihn nieder, während er weiter dem Gesang zu folgen versucht, der sehr nahe zu sein scheint. Georg schwankt, stolpert, fällt. Man würgt ihn. Wer? Loslassen, schreit er, ohne seine Stimme zu hören. Nur Martins, die in seinen Kopf eindringt, seinen Körper nach und nach ausfüllt, bis kein Platz mehr für seinen Atem ist. Er röchelt, schreckt auf.

Sein Herz rast. Der Hals ist ihm eng. Schweiß bedeckt sein Gesicht. Er bleibt still sitzen. Lauscht. Lange, sehr lange, bevor er sich die Frage stellt, warum er Martin verloren hat. Als Folge der Trennung von Hanna? Oder hing der Vertrauensverlust Martins mit Viola zusammen?

Das hätte er mit dem Erwachsenwerden und eigenen Erfahrungen sicher überwunden. Darüber hinaus hatte er nur einmal in Martins Leben eingegriffen. Davon wussten weder Hanna noch Viola, die er nicht hatte beunruhigen wollen. Es war zu Martins Bestem gewesen. Auch mit dem Schreiben konnte es nicht zusammenhängen. Von seinen Tagebüchern abgesehen, hatte er darauf kaum Zeit verwandt, die Martin vermisst haben könnte. Erst als es kein gemeinsames Familienleben mehr gab, hat sich Martin nach und nach von ihm zurückgezogen. Nach seiner Volljährigkeit und dem Abitur hat er den Kontakt völlig abgebrochen. Nein, sein Schreiben hatte damit nichts zu tun.

Das Schreiben! Es war ihm um einen großen Roman gegangen, doch das war ein Traum geblieben. Neben den Kriminalromanen veröffentlichte er hier und da Erzählungen unter einem Pseudonym. Darauf hatte sein Verlag bestanden.

›Der Redner‹, eine unveröffentlichte Erzählung, liegt noch auf seinem Schreibtisch, die einzige, die er aufbewahrt hat, weil er sie noch überarbeiten muss. Inspiriert von der merkwürdigen Beerdigung von Violas Mutter, hat er sie 1984 geschrieben.

›1984‹, das Buch von George Orwell. Wenn er so hätte schreiben können. Er erinnert sich, dass er die erste deutsche Ausgabe des Diana-Verlages 1950 als Achtzehnjähriger gelesen hat. Noch einmal, als es 1976 im Ullstein- Verlag als Taschenbuch erschien und in aller Munde war. Er konnte das lesen, während man in der DDR dafür ins Gefängnis kam. Und für Martin hat es das Problem nie gegeben. Die Bücherwelt stand ihm offen – und nicht nur die.

Da ist sie wieder, die Frage, warum er Martin verloren hat. Sie bedrängt ihn so sehr, dass ihm die Brust eng und das Atmen schwer wird. Hannas Verhältnis zu ihrem Vater fällt ihm ein. Aber wann hätte er Martin je einen so gravierenden Grund für seinen Rückzug gegeben? Ratlos schaut Georg ins neblige Grau vor dem Fenster. Durch die Türritzen dringt Schokoladenduft.

*

VI. Hanna

Eine Wand dichter Stille trennt Hannas Zimmer von Georgs. Anfangs sind seine Schritte durch sie hindurchgelaufen, haben Spuren hinterlassen, Eindrücke auf der Herzseite, wo sie unter der Narbe pulsieren. Eine unglaubliche Erschöpfung hat Hanna gezwungen, sich auf dem Bett auszustrecken. Diese Schwächeanfälle ist sie noch nicht gewohnt. Gedanken schwirren wie Insekten auf: die abgelehnte Chemotherapie, Georgs Befinden und Violas aus Verzweiflung geborener Plan, vor allem aber Martins anhaltender Rückzug. All das schmerzt, als hätten sie Tsetsefliegen gestochen. Deren Übertragung der Schlafkrankheit wäre ihr willkommen – am besten für immer!

Hanna schreckt auf. So darf sie nicht denken! Da ist Georg und vor allem Martin!

War die Entscheidung für ihn statt für ein eigenes Kind richtig? War sie ihm gerecht geworden? Hatte sie ihn genug geliebt? Aber ja! Was gibt es da zu überlegen. Eine Hitzewelle jagt durch Hannas Körper. Sie ringt nach Luft. Das Zimmer verschwimmt für einen Moment vor ihren Augen. Sie ist schwächer, als sie wahrhaben will. Welchem Gedanken ist sie gerade gefolgt? Es ging um Martin. Sie muss sich eingestehen, dass der Kontakt zwischen ihnen spärlich geworden ist, aber vor allem hat Martin die Beziehung zu Georg nie wieder aufgenommen. Dabei war er es doch, der den fast Siebenjährigen in ihrer beider Leben geholt hat.

Als Hanna ihren Wunsch nach einem Kind aussprach, lagen zwei Jahre glücklichen Zusammenlebens mit Georg hinter ihr. Sie lebten in Harmonie und Übereinstimmung, wie sie beide es nie zuvor gekannt hatten. Wenn ihre Dienstzeiten es zuließen, tauschten sie sich beim gemeinsamen Abendessen über das Tagesgeschehen aus und besprachen Unternehmungen für das Wochenende: Ausflüge in die Umgebung, die in dem von Wasser und Wald begünstigten Berlin trotz der Mauer möglich waren, Kino-, Konzert- und Theaterbesuche. Dieser Planung folgte Tag für Tag ihre halbstündige Lesezeit. Georg las vor. Mit Tschechow hatten sie begonnen. Nichts von ihm Geschriebenes hatten sie ausgelassen, auch nicht seine Tagebücher. Ebenso intensiv widmeten sie sich Tolstoi, Dostojewskij und anderen russischen Klassikern, denen die französischen und englischen folgten. Bei der deutschen Literatur griffen sie lieber nach den Büchern von Heinrich als von Thomas Mann. Darüber hinaus hatte Georg ein Faible für amerikanische und englische Literatur, dem er mit einer gewissen Besessenheit frönte: Faulkner, Hemmingway, Capote und Miller ebenso wie Roth, Austen und vielen mehr. Sobald die Übersetzung einer Neuausgabe vorlag, gab es kein Halten mehr. Die Nacht wurde zum Tag gemacht. Und sie profitierte manchmal davon, wenn sie einer seiner Empfehlungen folgte. Sie erinnert sich an Capots ›Grasharfe‹. So leicht, behutsam und einfühlsam erzählt, wie sie es dem Autor, der manch grelle Schlagzeile gefüllt hatte, niemals zugetraut hätte.

Erstmals kommt ihr der Gedanke, dass Georg das und vielleicht auch andere Bücher in der Absicht empfohlen hat, ihr vor Augen zu führen, dass ein Autor nicht zwangsläufig sein Leben abbildet, eher wohl sein inneres Sein. Oder es wie in der Weihnachtserzählung nicht darum geht, Violas Lebensverhältnisse eins zu eins zu schildern, sondern darum, eine ganz bestimmte Atmosphäre einzufangen. Und das war ihm gelungen. Sich das einzugestehen tut weh. Sie hat ihm Unrecht getan, hat ihr gemeinsames Leben nicht nur ihrer Eifersucht, sondern auch einer Unterstellung geopfert. Und doch hat es sie nicht wirklich getrennt, und sie haben beide das Beste daraus gemacht.

Hanna hat sich ihrem Fernweh folgend gerne Bildbänden anderer Kontinente gewidmet. Diesen Moment zwischen dem Vorlesen und dem Griff zur eigenen Lektüre hatte sie eines Abends genutzt, um von ihrem Kinderwunsch zu sprechen.

Sie sieht Georgs Gesicht wieder lebhaft vor sich, das sich von einem Augenblick auf den anderen in ein einziges Staunen verwandelte. Die Stirn hochgezogen. Die Augen geweitet. Der Mund ein wenig geöffnet, während seine Antwort auf sich warten ließ.

»Ein Kind? Seltsam, wir haben seit unseren Treffen in München, also ganz am Anfang, nie mehr darüber gesprochen«, sagte er, ohne sie aus den Augen zu lassen.

Der Jasminduft des Long Zhn Tees schien ihr betäubend. Ihre Wangen glühten. Das Kerzenlicht flackerte und warf zuckende Schatten auf die gegenüberliegende Wand. Georg suchte ihre Hände. Der Tee kühlte ab, während sie schweigend dem Schattenspiel zuschauten, das sich in ihrem Innerem als leichtes Zittern fortsetzte.

»Warum gerade jetzt?«

In seinen Worten schien ihr die Frage mitzuschwingen, ob sie sich ihrer damaligen Überlegung erinnerte, auf ein eigenes Kind zu verzichten, um eines zu adoptieren. Ihre beruflichen Erfahrungen hatten zu dieser Übereinkunft beigetragen. Die ihren im Umgang mit viel zu jungen Gebärenden, die, vom Vater ihres Kindes und der Familie verlassen, hilflos in der Welt standen. Die seinen, die er mit den im Heim herangewachsenen jungen Menschen machte. In beiden Fällen hatten die Betroffenen kaum eine Chance.

»Weil es uns so besonders gut geht!«

Ihr Lächeln fand auf seinem Gesicht schnell ein Gegenüber.

»Und du meinst, dass wir einem einsamen kleinen Wesen davon etwas abgeben sollten.«

Ihr Einverständnis überwältigte beide. Es ließ nur ein stummes Nicken zu, bevor Georg sie in die Arme nahm.

Das Schicksal elternloser Kinder war auch für Heidi und Franz ausschlaggebend gewesen, die Hanna drei Jahrzehnte später mit in das Dorf Kitulikizi in Uganda nahmen, wo sie als Gynäkologin eine Krankenstation aufbaute. Sie hat für gesunde Geburten und die medizinische Versorgung der Mütter gesorgt, Heidi und Franz mit dem Bau eines Kindergartens und der Unterstützung einer Schule für die Zukunft der Kinder.

Hanna steht ihre und Georgs erste Begegnung mit Martin wieder vor Augen. Der kleine Junge hatte versucht, sich so gut wie unsichtbar zu machen.

Als sie die Tür zum Spielzimmer öffneten, umsurrte sie ein Kreisel, klingelten Glocken an einem Mobile. Autos rasten durch den Raum, rammten Häuser aus Bauklötzen. Ein Wutgeheul brandete auf. Kaum hatten sie die Tür hinter sich geschlossen, stürzten sechs, sieben Heimkinder auf sie zu, zupften an Georgs Jeans und zogen an Hannas Pullover.

»Nimm mich mit, bitte«, bettelte ein blasser Junge mit erhobenen Händen. Er zerrte Georg am Ärmel, hängte sich an seinen Arm, entschlossen, ihn nicht mehr loszulassen.

»Lass das, Wölfi«, rief die junge Kindergärtnerin ohne jede Wirkung, sodass sie nun ihrerseits an dem Jungen zu zerren begann. Erfolglos. Sie unterbrach kurz ihre Ermahnungen und wies mit einer Kopfbewegung in die hinterste Ecke.

»Das da ist Martin.«

Der Junge beachtete das Geschehen ringsumher nicht. Stocksteif saß er auf der Erde. Unbeeindruckt von dem Lärm, war er dabei, mit Mikadostäbchen zu spielen. Eines abzuheben und wegzuschnippen, ohne dass sich ein anderes bewegte. Hanna war fasziniert, wie ihm das trotz der Unruhe gelang. Gleichzeitig war sie ein wenig verwirrt, fast bestürzt, dass ihn das überhaupt nicht kümmerte.

»Martin, komm, du hast Besuch«, rief die Kindergärtnerin, doch der Junge ließ sich nicht stören. Gab nicht einmal zu erkennen, ob er sie gehört hatte.

»Störrisch wie immer«, erklärte das junge Mädchen und machte Anstalten, ihn zu holen.

»Lassen Sie nur«, schaltete sich Georg ein, der noch immer von Wölfi bedrängt wurde.

Natascha, ein vielleicht fünfjähriges Mädchen, sah Hanna schon eine Weile mit begehrlichen Augen an.

»Ich komme mit, wenn Martin nicht will«, piepste sie, erst leise, dann immer lauter und schriller, fordernder.

»Zuerst will ich Martin fragen, ob er mich kennenlernen möchte«, sagte Hanna und schob sich mit ihren Clogs vorsichtig zwischen bunten Bauklötzen, Autos, Bahnschienen und Holzzügen vorwärts auf ihn zu. Sie ging in die Hocke, um sein Spiel zu beobachten. Doch gleich darauf legten sich Nataschas Arme so fest um Hannas Hals, dass sie zu ersticken meinte. Die anderen Kinder drängten nach, wollten ein Spiel daraus machen, sie umwerfen.

Nahende Schritte auf dem Flur wurden hörbar. Natascha hielt augenblicklich in ihrem Tun inne. Die Klinke wurde energisch heruntergedrückt.

»Was ist denn hier los?«, rief die Heimleiterin mit durchdringender Stimme. Georg und Hanna kannten die resolute Frau von ihrem Vorstellungsgespräch. Als sie in die Hände klatschte, stoben alle auseinander und schienen sich hinter der Kindergärtnerin verstecken zu wollen. Der war es endlich gelungen, Georg von Wölfi zu befreien, wobei sie dem Jungen fast den Arm ausgekugelt hätte. Rabiat, aber offenbar ganz im Sinne der Heimleiterin, denn die nickte zustimmend und sagte nur: »Geht doch.« Hanna war ebenso erschrocken wie die Kinder. Es kostete sie Mühe zu schweigen.

»Fräulein Renate ist noch in der Ausbildung«, erklärte die Heimleiterin, griff Martin unter die Achseln und stellte ihn direkt vor Georg und Hanna hin. Martin überließ sich dem Geschehen wie ein hölzerner Pinocchio.

»Ein letzter Versuch«, sagte die Frau zu dem Jungen gewandt, der mit gesenktem Kopf dastand, dann zu ihnen, »zuerst eine Wochenendpatenschaft, dann wird man ja sehen.« Eine neue Form, Heimkindern ein wenig Geborgenheit zu bieten, von der Hanna und Georg gehört hatten. Sie wussten auch, dass verschiedene Vermittlungsversuche für Martin erfolglos verlaufen waren, weil er sich weigerte zu sprechen, ebenso wie im Heim, in dem er schon seit seinem dritten Lebensjahr untergebracht war. Gesundheitliche Gründe für seine Sprachlosigkeit gab es nicht. Amtlicherseits wurde sein Verhalten mit autistischen Zügen erklärt. Die pflege- oder adoptivwilligen Bewerber erlebten ihn stumm und störrisch. Sie hielten ihn für zurückgeblieben.

»Gib die Hand und sag guten Tag«, wurde Martin von der resoluten Heimleiterin barsch aufgefordert. Schnell ging Hanna in die Knie, schob ihre Hand in die seine und nickte ihm zu. Einen Atemzug lang sah Martin sie mit erschrocken aufgerissenen Augen an, über denen dichte Wimpern panisch flatterten. Und schon hatte er ihr seine Hand entzogen.

»Wenn du uns besuchen möchtest, holen wir dich am kommenden Wochenende ab«, sagte Georg. Noch immer in der Hocke, sahen sie, wie die Heimleiterin ihren Zeigefinger gegen seinen kupferfarbenen Wuschelkopf stupste, woraufhin er ihn mit geschlossenen Augen bejahend hob und senkte.

Deprimiert von der Heimatmosphäre und gleichermaßen erschrocken vom Verhalten der Erziehungspersonen wie dem der

Kinder, hatte Hanna den Einstiegsversuch in ihre Elternschaft nicht ermutigend gefunden. Wie sollte man diesen kleinen Jungen für sich gewinnen, Vertrauen aufbauen?

Ihre Skepsis erwies sich als berechtigt, auch wenn Martins drei Wochenendbesuche kleine Erfolge zeigten. Martin lernte, dass er sich ohne jeden Vorwurf eine frische Unterhose aus einem Fach holen konnte, wenn er sich in die Hose oder ins Bett gemacht hatte. Und er genoss es sichtlich, wenn er am Abend duschte oder ein Bad nahm.

Immer öfter beantwortete er Fragen mit einer entsprechenden Kopfbewegung, statt wegzusehen. Er taute an diesen drei Wochenenden zum Ende hin stets etwas auf. Schaute sie an, wenn Georg oder Hanna ihn ansprachen. Lächelte manchmal sogar. Doch über seine Lippen kam kein einziges Wort.

In dieser Zeit war ihnen deutlich geworden, dass eine Wochenendpatenschaft Martin nicht gerecht werden konnte. Dieses Kind brauchte viel mehr Zeit zur Eingewöhnung, als die Wochenenden boten. Die aufkeimende Vertrautheit wurde immer wieder abgebrochen. Sollten, konnten sie sich zu einer Adoption entschließen, ohne zu wissen, was auf sie zukommen würde?

Beim nächsten Besuch wurde die Entscheidung überraschend einfach – sie war hörbar.

Bevor sie Martin am Sonntagabend ins Heim zurückbrachten, duschte Georg, der zuvor eine halbe Stunde gejoggt war. Das Rauschen des Wassers wurde von seinem Gesang übertönt: »Auf der Mauer, auf der Lauer liegt 'ne kleine Wanze. Seht euch mal die Wanze an …«

Vor der Badezimmertür wurde mitgesummt und bei der Wiederholung zaghaft versucht, die Worte mitzusingen:

»Auf der Mauer …« Ein Nachklang wie ein blasser Schatten. Hanna war stehen geblieben, um Martin nicht zu stören, hörte tiefe Töne, unartikuliert, aber deutlich. Sie wünschte, der Gesang würde nicht aufhören: » … Auf der Mauer, auf der Lauer, liegt ‹ne kleine.« Als Georg verstummte, verstummte auch Martin.

Nicht, dass Martin am darauffolgenden Wochenende gesprochen hätte. Das hatten weder Georg noch Hanna erwartet. Immerhin aber wurden sie zuversichtlicher, dass das irgendwann geschehen könnte, wenn sie Martin aufnahmen und Vertrauen aufgebaut werden würde. Euphorisch wie Georg war, wollte er am Tag darauf zum Jugendamt fahren, um alles perfekt zu machen.

Doch Hanna mochte sich seiner Spontaneität nicht anschließen. Sie war der Meinung, dass man Martin fragen müsse, ob er überhaupt zu ihnen kommen wolle, denn der Junge hatte schon viele schlechte Erfahrungen gemacht.

Anfangs fühlte sich Georg von ihr ausgebremst, lenkte dann aber ein. Also fragten sie Martin bei seinem nächsten Besuch, ob er für immer zu ihnen kommen wolle. Er sah sie lange an. Ernst. Nachdenklich. Erst als sie die Frage wie im Duett wiederholten, nickte Martin heftig.

Am Tag darauf rief die Heimleiterin in aller Herrgottsfrühe an. Ihre Erregung ließ es kaum zu, sie zu begrüßen. Die Frau stolperte bei dem Versuch, den Grund ihres Anrufs zu nennen, über ihre eigenen Worte. Was war geschehen?
Als Martin von ihnen ins Heim zurückgebracht worden war, hatte er die Eingangstür hinter sich zugeschlagen und geschrien: »Ich bleibe nur noch einen Tag hier, dann gehe ich nach Hause.«

Die Verwaltung brauchte länger als einen Tag, aber die Entscheidung war gefallen.

Hanna weiß noch, dass sie beim nächsten Zusammentreffen nach dem Nachmittagskaffee ein Lied angestimmt hatte.

»Alle Vögel sind schon da ...«, begann sie mit belegter Stimme zu singen. Georgs Tenor suchte tastend die fortsetzenden Worte. Und Martin – Georg und Hanna ermahnten sich mit eindringlichen Blicken weiterzusingen – stimmte mit brummender, dunkler Stimme ein, die nach und nach etwas tiefer Liegendes zu überwinden schien, um schließlich fasst textsicher die Strophe und eine zweite mitzusingen.

Es dauerte noch einige Wochen, bis Martin – anfangs selten, doch wenn, dann immer weniger stockend – einzelne Worte in tiefer Tonlage sprach. Nach und nach zeigte sich, dass er über einen altersgemäßen, wenn nicht so gar besseren Wortschatz verfügte. Er hatte gelernt, aufmerksam zuzuhören. Diese Eigenschaft blieb ihm ebenso wie eine ausgeprägte Konzentrationsfähigkeit erhalten; allerdings ebenfalls seine Kontaktschwierigkeiten. Dass der Siebenjährige keinerlei Gefühlsregung zeigte, hatte sie anfangs irritiert. Selbst auf äußere Einwirkungen reagierte er so gut wie nicht. Es konnte regnen, eiskalt oder zu heiß sein, nichts deutete darauf hin, dass Martin das wahrnahm. Immerhin begann er jedoch nach und nach, sich, wenn auch noch unbeholfen, von sich aus zu äußern.

Das geschah erstmals bei einem ihrer Spaziergänge im nahe gelegenen Park. In dem lang gezogenen kleinen See spiegelten sich leicht bewegte Weiden, aus deren Höhe ein Fischreiher auf ein Entenpaar hinabsah, denen wie ein Schweif der vor kurzem geschlüpfte Nachwuchs folgte. Martin schaute jeder der von den Enten gezogenen Bahnen aufmerksam nach. Er hielt Weißbrotreste bereit, um sie zu füttern.

»Nur die Enteneltern, die Kleinen könnten sich daran verschlucken«, erklärte Georg. Das sah Martin ein, doch er trampelte ungeduldig mit den Beinen, denn es dauerte ihm viel zu lange, bis sich der Erpel dem Rand näherte. Als es schließlich geschah, warf Martin Bröckchen ins Wasser, an denen der Erpel jedoch achtlos vorbeischwamm. Als er schließlich wendete und zurückkam, näherte sich zwar sein Schnabel dem Brot, er schnappte aber nicht zu. Martin warf erneut ein Brotstückchen ins Wasser, das unbeachtet blieb. Mit ernster Miene schaute er dem Erpel nach, stampfte dann zornig mit dem Fuß auf und sagte mit dumpfer Stimme: »Verhungerste eben. Gehste unter. Biste tot«, und wandte sich brüsk von den Enten und auch von Hanna und Georg ab, sodass er ihre Freude darüber, dass er gesprochen hatte, nicht sehen konnte.

Nun galt es, ihn von seiner Wut abzulenken. Also gingen sie zum Spielplatz hinüber, der kaum besucht war. Nur an der Rutsche drängelte sich eine fröhlich jauchzende Kinderschar. Hanna und Georg wippten einen Moment vergnügt auf der Schaukel, bevor sie die Füße aufsetzten, damit Hanna absteigen und Martin ihren Platz überlassen konnte, doch er zeigte keinerlei Interesse, blieb stocksteif stehen. Er kannte offenbar solche Spielgeräte nicht. Georg schwang an der Turnstange hin und her. Zeigte, wie er höher und höher gelangte. Dann hob er Martin hinauf und zeigte ihm, wie er sich festhalten musste, und stupste ihn an. Martin nutzte den Anstoß nicht, sodass er gleich darauf unbewegt wie ein Sack an der Stange hing. Ein erbarmungswürdiger Anblick.

Er war viel zu dick für sein Alter. Es war, als habe er sich ein Polster gegen die Welt zugelegt. Seine Augen leuchteten auf, wenn es Kuchen oder Eis gab. Immer wieder wusste er dann mit vorwurfsvollem Tonfall zu erzählen, dass seine Mutter jeden Sonntag eine ganze Torte für ihn allein gekauft habe, nicht nur ein Stück wie sie. Wenn er von der Torte sprach, strahlten seine grünblauen Augen, die sich sonst verschlossen wie verschlammte Seen zeigten, und ließen einen Blick in klare, noch unerforschte Tiefen zu.

Martin war keineswegs verstockt, wie ihn die Heimleitung in ihrem Bericht beschrieben hatte. Er war und blieb ein in sich gekehrter, schweigsamer Junge, der sich gerne stundenlang allein beschäftigte.

Hanna und Georg hatten wohlüberlegt gehandelt, nachdem sie Martins Interesse an Musik entdeckten. Und das nicht nur, weil er durch das Singen nach und nach zu sprechen wagte.

Als er zu ihnen kam, war ein Kofferradio sein einziger Besitz. Martin hörte Musik jeder Art und ohne Unterlass. Wenn man darum bat, das Radio auszustellen, oder womöglich die Hand nach dem Gerät ausstreckte, umklammerte der Junge es in heller Aufregung wie ein Hund, der seinen Knochen nicht hergeben will.

Mit dem Besuch der Waldorfschule gewann die Musik noch an Bedeutung. Selbst ein Instrument zu spielen, wurde zu Martins erstem von sich aus geäußertem Wunsch. Hanna setzte alles daran, ihm den Wunsch zu erfüllen. Sie sprach mit seinem Musiklehrer. Der teilte ihr nach einem Test mit, dass Martin über das ›absolute Gehör‹ verfüge. Nur unter der Bedingung, dass eine alte Dreiviertelgeige erworben würde, versprach er, ihn zu unterrichten. Georg reagierte angesichts des Preises von 5.000,-- DM mit Unverständnis, wollte, dass überhaupt erstmal angefangen und gesehen würde, ob Martin an dem Wunsch festhalte. Hanna verkaufte ein Erbstück ihrer Großmutter und schuf Fakten. Sie staunte über sich selbst. So energisch hatte sie sich noch nie gegen Georg durchgesetzt. Der hatte Martin ans Zeichnen herangeführt.

Stunden konnten sie sich damit beschäftigen. Im Gegensatz zu Georg, war Martin unendlich langsam in allem, sodass dieses gemeinsame Tun Georg viel Geduld abverlangte. Doch nach und nach machten Martins Bilder die Wände der Zimmer lebendig, erzählten Geschichten. Da war sein früheres Zuhause. Ein winziges Haus. Eine Laube vielleicht. Ein Kiosk mit einer bunten Eisfahne. Eine langhaarige Frau, die in einer Hand eine Zigarette, in der anderen eine Torte hielt. Ein Teddy mit nur einem Auge und ohne Ohren. Ein Mann in einer gestreiften Schlafanzughose, der mit einem Stock ausholte. Um was oder wen zu treffen?

Wie erleichtert waren sie, als bald darauf in der Waldorfschule zerfließende Aquarelle entstanden. Sonnenuntergänge und Sonnenblumen. Im dunklen Treppenhaus hatte Georg eine Spotleiste angebracht. Das Licht war auf die Bilder gerichtet, ließ gelbe und orange Farbflecken aufleuchten.

Hanna konnte gar nicht anders, als die Treppe lächelnd hinauf- und hinunterzugehen. Langsam wurden auch die Gespräche mit Martin farbiger und bildreicher.

Nicht zu vergessen: kein Stofffetzen oder Stanniolpapier, kein Korken oder Holzspieß, weder Watte noch Wattestäbchen, Eicheln und Kastanien waren vor ihm sicher. Alles wurde neben Knetmasse und Leim verwendet, um Menschen, Tiere und Gebrauchsgegenstände zu basteln. Zuletzt mit besonderer Hingabe Hannibals ganzen Tross.

Daran erinnert sich Hanna noch gut. Damit hing Martins Weigerung zusammen, seinen dreizehnten Geburtstag nicht wie sonst mit Gleichaltrigen aus der Schule oder der Nachbarschaft zu feiern. Das hatte nichts damit zu tun, dass er keinerlei Kontakt gehabt hätte, denn inzwischen wurde er akzeptiert. Die anderen Jungen hielten Martins Eigenwilligkeit für Mut, da er sich nicht scheute, sich bei Ungerechtigkeiten gegen die ›Bestimmer einer Gruppe‹ und auch Erwachsene zu stellen. Er beharrte auf seiner Meinung selbst dann noch, wenn das Thema längst gewechselt hatte. Das schien er gar nicht zu merken. Er wiederholte sich gebetsmühlenartig, bis die Gegenseite abwinkte oder ein Faustschlag das Hin und Her beendete. Unsportlich wie er war, hatte er dem dann nichts entgegenzusetzen. So holte er sich manch blutige Nase, ohne sein Verhalten zu ändern.

Hanna und Georg gegenüber erklärte er die Ablehnung der Geburtstagsfeier damit, dass Hannibal noch einmal die Alpen überqueren solle, bevor die Figuren mit allem Zubehör vom Erdboden in seinem Zimmer in Schuhkartons verschwinden würden; wo sie danach tatsächlich, ordentlich verpackt, für immer ihren Platz fanden. Als Lösung schlug Georg eine Schnitzeljagd am Grunewaldsee vor, woran alle Beteiligten ihren Spaß hatten.

Die Ablehnung einer häuslichen Geburtstagsfeier hatte damit zu tun, dass Martin das Wiederaufflammen neuer Spötteleien der anderen fürchtete, die, statt zu basteln, mit Mädchen herumknutschten oder sich in dem ihm verhassten Sportverein tummelten, um dort ihre Kräfte zu messen. Ihm war Körperkontakt ein Gräuel. Wenn Hanna oder Georg gelegentlich eine Umarmung versuchten, spürten sie, wie er sich versteifte und wieder zum Pinocchio der ersten Begegnung wurde. Auch deshalb vergaß Hanna nie den Augenblick, als sie erstmals Martins Hand halten durfte, als direkt vor ihrer Haustür eine Katze überfahren wurde. Dieser Wärmestrom zwischen ihnen besiegelte ein Zusammengehörigkeitsgefühl, das in Martins Augen – zuerst erschrockenen, dann besänftigten und getrösteten – sichtbar geworden war.

In Hannas Erinnerung sind diese ersten fünf, sechs Jahre mit ihm eine helle und fröhliche Zeit, die glücklichste ihres Familienlebens. Die Frage nach dem Sinn des Lebens stellte sich nicht. Mit Martins beginnender Pubertät ergaben sich neue Schwierigkeiten. Hanna hatte sich vor allem mit seinen Schulproblemen herumzuschlagen. Gut, dass sie lediglich am Vormittag in einer Praxis arbeitete, seit er bei ihnen lebte. Nicht nur, dass Martin weit hinter den Anforderungen seines Klassenverbandes zurückblieb, was in einer Waldorfschule mit Langmut hingenommen wird. Er verweigerte sich, wann immer es um Themen ging, die ihn nicht interessierten. »Brauch ich nicht!« Damit wehrte er ganze Lernepochen ab und war nicht dazu zu bewegen, daran aktiv teilzunehmen. Den Kopf auf die verschränkten Arme gelegt, verbrachte er den Unterricht. Nicht anders zu Hause. Martin verharrte ganze Stunden in dieser Haltung. Gespräche mit den Lehrkräften waren an der Tagesordnung. Auf Hannas Versuche, darüber zu sprechen, reagierte er mit Schweigen oder Wutanfällen, die nicht nur ihn, sondern auch sie völlig erschöpften. Ein Machtwort von Georg?

Undenkbar, dann hätte er den Kontakt, den er beim gemeinsamen Zeichnen aufgebaut hatte, in Gefahr gebracht. Doch bald schon malte Martin hinter geschlossener Tür – allein. Die entstehenden Bilder, die sich Georg und Hanna ansahen, wenn er in der Schule war, waren beredt. Zutiefst verstörende Kohlezeichnungen: Stillleben von Spritzen, Bier- und Weinflaschen. Eine Frau, die mit dem Kopf gegen eine Wand schlägt. Ein Kind, das seinen Teddy zerreißt.

Hanna verkörperte ›die Böse, die Fordernde‹, so erlebte sie diese Zeit. Doch auch Georgs Position war nicht die erhoffte, denn die war auf reine Bewunderung aufgebaut. Wie sich später herausstellte, schwächte das Martins Selbstbewusstsein nachhaltig. Georgs Erfolge schienen ihm unerreichbar, die seinen gering. Die Enttäuschung über diesen zum ›Übervater‹ stilisierten Adoptivvater hatten verheerende, bis heute anhaltende Folgen. Martin war es nicht gelungen, Georg von dem von ihm selbst errichteten Thron zu stoßen. Nicht einmal, als Georg durch seine Untreue die Familie zerstörte – für Martin eine angstbesetzte Wiederholung, ein erneuter Verlust. Trotz allem blieb Georg für ihn der in jeder Hinsicht Erfolgreiche; erst recht, als er auch noch mit seinem ersten Krimi zum Bestsellerautor avancierte.

Wie so oft denkt Hanna im Zusammenhang mit Martin an Jürgen, ihren sechs Jahre jüngeren Bruder. Auch mit ihm hat sie gespielt und später Hausarbeiten gemacht, ihn unterstützt, bis er ebenfalls das Abitur geschafft und als Wehrdienstverweigerer zum Studium nach Berlin gegangen war. Von beiden hat sie auf all ihren Reisen Fotos dabei, die immer zuerst ihren Platz erhalten. Sie stehen auch jetzt schon auf dem Nachttisch: Martin bei seiner Einschulung. Daneben eines, auf dem er unverkennbar neben einem seiner Gemälde steht, auch wenn bei dem Zeitungsbild sein Name weggeschnitten ist. Viola hat die Veröffentlichung gerahmt, und zum fünfundsechzigsten Geburtstag in ihre Krankenstation in Uganda geschickt. Daneben ein Doppelrahmen: Jürgen als Baby mit unvergleichlich unschuldigem Gesichtsausdruck und winzigen Fingern, die sich im Haar der sechsjährigen Schwester verhakeln. Und ein vergrößertes Passfoto von 1983. Warmherzig lächelt Jürgen ihr entgegen, als wollte er sie ermutigen. Sie erschrickt ein wenig vor der Lebendigkeit, die das Bild ausstrahlt, die seinen Tod im gleichen Jahr zu leugnen scheint. Jürgen hatte zu den ersten Aidstoten gehört, die es in Deutschland zu beklagen gab.

Seine tatsächliche Erkrankung hatte er lange verschwiegen. Hanna wundert sich immer wieder, dass sie ihn nicht durchschaut hat. Sie fühlt sich elend bei dem Gedanken, dass sie nach ihrer Scheidung wie in einem Kokon gelebt hat – höchstens noch von Martin, nicht aber von Jürgen erreichbar.

»Ich bringe diesmal keine Geschenke, sondern eine Hepatitis von meiner Amerikareise mit«, hatte er in unbekümmertem Ton am Telefon verkündet. Damals lag er in einem New Yorker Krankenhaus, wollte aber sobald wie möglich zurück nach Berlin. Drei Monate später rief er aus dem Auguste-Viktoria-Krankenhaus an.

Er war zurück, aber noch oder wieder behandlungsbedürftig.

»Keine Besuche bitte. Du weißt schon, die Verkleidung als Marsmensch und all das. Komme lieber, wenn es mir besser geht.«

Sie hatten fast täglich telefoniert. Er erzählte anschaulich von seinen Reiseerlebnissen, von seinen Besuchen berühmter Museen, von den Niagarafällen, einer Schifffahrt auf dem Mississippi. All das klang begeistert. Was sie irritierte, war seine zunehmend schwächelnde Stimme, die eine unerklärliche Erschöpfung verriet. Das bewog sie schließlich, sich über sein Besuchsverbot hinwegzusetzen. Unangekündigt stand sie beim Pförtner und fragte nach, auf welcher Station Jürgen lag. Bei der Auskunft des Pförtners begriff sie, was der Bruder verborgen hatte. Warum nur war sie nicht darauf gekommen? Im Auguste-Viktoria-Krankenhaus gab es eine Spezialabteilung für HIV-Infizierte. Der Stationsarzt bestätigte Jürgens Erkrankung. Hanna hatte sich schuldbewusst gefühlt. Sie hatte den Bruder seinem Schicksal überlassen, sich stattdessen lieber in die Arbeit im Krankenhaus gestürzt. Nein, sie hätte die Krankheit nicht aufhalten können, aber für ihn da sein. Sie machte sich Vorwürfe. Sie hatte versagt.

Leise öffnete sie die Tür des Krankenzimmers.

Jürgen starrte ihr entgegen, als habe er Tag und Nacht nichts anderes getan, als auf diesen Moment zu warten. Übergroß wirkten die Augen in seinem blassen Gesicht. Der Körper war der Hitze wegen nur mit einem Laken bedeckt, das die ausgezehrte Gestalt weniger verbarg, als sichtbar machte.

»Du …« seine gehauchte Begrüßung schwebte in der Luft. Der Mund blieb weit aufgerissen. Hanna hörte ihn hecheln, griff nach seinen Händen.

»Warum nur hast du nichts gesagt?« Hanna sah in die schwarze Höhlung seines Rachens, der ein fauliger Geruch entströmte, der sie aber nur streifte, denn das Blumenmeer rundum auf den Fensterbänken überdeckte ihn sofort mit dem schweren Duft der Lilien, dem süßen der vielfarbigen Rosen und der Frische des Grüns.

Auf dem Nachttisch stand eine einzige rote Rose in einer gläsernen Vase, an der ein Foto von Charles lehnte. Ein Wimpernschlag Jürgens bestätigte, dass sie noch immer ein Paar waren. Hanna wusste um diese offen gelebte Partnerschaft und ihr war klar, dass sie Charles einiges abzubitten hatte. Er erwies sich als treuer Partner und nicht als Dandy, den sie in ihm gesehen hatte.

»Diesen Blumengarten pflegen und erneuern sein Partner und seine Freunde jeden Tag«, erklärte der eintretende Pfleger, als er Hanna bewundernd vor den Blumen auf dem Nachttisch neben dem Krankenbett stehen sah.

»Sie wetteifern mit dem Botanischen Garten«, fuhr er gut gelaunt fort, während er für Hanna einen Becher Kaffee auf den Nachttisch stellte und sich vom ordnungsgemäßen Durchlauf der Infusionen überzeugte. Er nickte erst ihr, dann Jürgen zu und schloss die Tür hinter sich.

»Martin …« flüsterte Jürgen, gerade als sich Hanna überlegte, was ihren Bruder interessieren könnte. Sie erzählte ihm von Martins verstörenden Bildern, die wohl mit der besessenen Suche nach seinen leiblichen Eltern im Zusammenhang stünden.

»Du kennst ja seine Art … wie im Wahn, der ihn nicht loslässt … schon zwei Jahre malt er immer wieder seine leiblichen Eltern und sein früheres Zuhause, als könnte er sich daran noch erinnern … warum jetzt?«

Hanna standen ihre Eltern vor Augen. Jürgen schien es ebenso zu gehen, denn er deutete mit einer langsamen Kopfbewegung von links nach rechts und zurück an, dass er deren Besuch nicht wollte.

»Vater natürlich nicht, aber unsere Mutter muss ich anrufen. Wie soll ich ihr später erklären …« Hanna schwieg erschrocken. Wollte Jürgen seinen Zustand überhaupt wahrhaben? »Mutter … bitte … lass mich sie anrufen.«

Jürgen hielt die Augen geschlossen. Sein Atem rasselte. Ansonsten blieb es lange still zwischen ihnen. Nur die regelmäßig tropfende Infusion war zu hören.

Als Jürgen die Augen wieder öffnete, waren sie mit Tränen gefüllt, die sie erst mal belebten. Hanna war erleichtert, als sie den zustimmenden Druck seiner Hand spürte.

Die Mutter hatte es immer vermieden, sie oder Jürgen in Berlin zu besuchen. Diese durch eine Mauer geteilte riesige Stadt flößte ihr Angst ein. Erst recht die Vorstellung, einen Teil der bald zwölfstündigen Bahnfahrt durch die Ost-Zone zu fahren und wie eine Verbrecherin kontrolliert zu werden. Mehr noch die Vorstellung, sich einem Flugzeug anzuvertrauen.

Als die Mutter schon am Morgen darauf zaghaft die Tür zu Jürgens Zimmer öffnete, bedeutete das, dass sie genau das getan hatte. Auf Zehenspitzen trat sie herein und ans Bett heran. Hanna gegenüber. Auf die Seite, wo bis gestern noch der Ständer mit der Infusion gestanden hatte. Den brauchte es nicht mehr. Gegen die Schmerzen war Jürgen Morphium verabreicht worden. Der grüne Krankenhauskittel, den die Mutter über ihrem weiten Rock trug, bauschte sich. Er hatte sich hinten nicht schließen lassen, sodass sie ihn weisungsgemäß mit einer Hand zusammenhielt. Doch in dem Augenblick, als sie Jürgen sah, war das vergessen und der Mundschutz unter das Kinn geschoben. Sie ließ es sich nicht nehmen, Jürgen auf die Wangen zu küssen und seine knochigen Finger mit ihren rundlichen Händen zu umschließen.

Mit dem Erscheinen der Mutter, dieser üppigen kleinen Person mit wachen dunklen Augen im sonnengegerbten Gesicht, breitete sich von einer Sekunde zur anderen eine häusliche Atmosphäre aus. Es war anrührend zu sehen, wie sie, deren Betulichkeit Hanna oft gestört hatte, nach einem Griff in einen prallgefüllten Beutel eine Pflaume in der Hand hielt, sie sorgfältig teilte und entkernte, um sie dann ratlos in der Hand zu behalten. Sie sah Jürgen an, dann Hanna, bevor sie kopfschüttelnd vor sich hinmurmelnd, dass ihr Bub nicht einmal mehr diese gesunde Frucht aus dem eigenen Garten essen dürfe, könne … wohl nie mehr … die Pflaume in den Beutel fallen ließ. Ächzend setzte sie sich auf den Stuhl neben Jürgens Bett, lange unfähig, etwas zu sagen. Die Hände gefaltet. Die Lippen stumm bewegt. Und auch Hanna suchte nach Jahren Trost im Gebet, dem ›Vater unser‹ ; ein In-sich- und Über-sich-Hinausgehen, das ihr seitdem erhalten geblieben ist, wobei ihr die Worte » … Dein Wille geschehe …« damals und oft danach schwergefallen sind. Wenn sie das schließlich ehrlichen Herzens zu sagen vermochte, loslassen konnte, tat es gut.

Sie schwiegen, doch kam es Hanna vor, als wären sie in vertrautem Gespräch. Die mit Jürgen verbrachte Kindheit und Jugendzeit zog an ihr vorüber. Hier und da hoben sich besondere Erlebnisse ab, verwandelten sich in innere Freude, die sie in dieser Situation nicht für möglich gehalten hätte. Überhaupt waren es alles friedliche, schöne Erinnerungen. Und davon gab es viele, mehr als sie je gedacht hätte. Nur schade, dass sie nie Zeit gefunden hatten, sich einmal darüber auszutauschen.

Nach der Visite des behandelnden Arztes, der ohne Worte auskam, der Mutter nur die Hand gegeben und ihr, der Kollegin, zugenickt hatte, löste Charles Hanna ab. Die Mutter wollte nicht mit ihr gehen, um auszuruhen. Auch nicht, als Hanna am Nachmittag zurückkehrte. Erst als die Oberschwester sie drängte, sich wenigstens für zwei, drei Stunden in einem Nebenraum schlafen zu legen, gab die Mutter nach. Es beruhigte sie, hier ganz in Jürgens Nähe zu sein. Sie bat Hanna, sie zu holen, wenn ... Ohne den Satz zu beenden, ging sie mit müden, noch zögernden Schritten hinaus.

Hanna schloss leise die Tür und blieb noch einen Moment davor stehen. Wieder allein mit Jürgen, ängstigte sie die geräuschlose Stille. Sie spürte, dass sich etwas verändert hatte. Während sie sich umdrehte und auf das Bett zuging, bewegte sie sich wie schlafwandelnd. Ihr Blick ruhte auf Jürgens Brustkorb, der sich weder hob noch senkte. Hanna tastete nach seinem Puls. Wusste es, wollte es aber nicht wahrhaben – vergeblich. Hanna setzte sich neben den Bruder. Strich sanft über seinen kahlen Kopf, über die noch warmen Wangen. Behielt eine Hand in der ihren. So saß sie lange in der Gewissheit, dass Jürgen gewollt hätte, dass die Mutter etwas Ruhe fand, bevor ... Hanna fürchtete den Schmerz der Mutter, der stumm sein würde, denn das war ihre Art. Welches Leid konnte aber größer sein, als ein Kind zu verlieren, das man geboren, aufwachsen gesehen und mit aller nur denkbaren Liebe begleitet hat, um es irgendwann in sein eigenes Leben zu entlassen. – Nicht aus dem Herzen, aber doch auch nicht in den Tod.

VII. Viola

Der Geburtstagskuchen steht auf dem Küchentisch. Die über den Gugelhupf gegossene Kuvertüre verbreitet einen intensiven Schokoladengeruch.

Viola fühlt sich entspannt, fast glücklich. Wieder ist da die Erinnerung an ihre Geburtstage in der Kindheit, die sie zusammen mit der Mutter und Freundinnen gefeiert hat. Der von der Großmutter gebackene Marmorkuchen duftete nach Vanille, und dessen buttergelbe Stücke waren von dünnen, schokoladenbraunen Linien durchzogenen. Dazu gab es Kakao, der das Aroma noch zu verdoppeln schien, wenn sich der erste Schluck mit dem des Kuchens vermengte. Ihrer aller Gesichter nahmen das beseligende Lächeln molliger Engel an, wie Viola sie jedes Weihnachten in der Kirche sah. Und die sonst strenge und grantige Oma freute sich daran.

Wie wohl sie sich bei diesen Geburtstagen gefühlt hat, wie geborgen. An eine nur halbwegs vergleichbare Stimmung im Alltag mit Oma und Mutter konnte sich Viola nicht erinnern. Da war es hektisch und schroff zugegangen. Doch immerhin hatte ihre Mutter, nachdem sie Ostberlin und die Oma verlassen hatten, zu ihrem Geburtstag stets Marmorkuchen gekauft und an Kakao gedacht. Die Mutter hatte starken Kaffee mit Sahne, und später, in der Zeit mit dem Musiker Alfred, Schnaps in ihrem Getränk bevorzugt.

Alfred ist schon lange tot. Ihr Stiefvater hat sich fünf Jahre nach dem Abschied vom Zirkus das Leben genommen. Ihre Mutter war mit Ilona, ihrer kleinen Schwester, und den besten Vorsätzen, sich vom Alkohol fernzuhalten, in ihr heißgeliebtes Berlin zurückgekehrt. Irgendeine ihrer alten Freundinnen vom Friedrichstadtpalast hatte für sie eine Wohnung in Neukölln gefunden. Soweit die Mitteilung der Mutter. In kleiner Schrift auf eine Postkarte gedrängt, ohne Einladung, sie zu besuchen. Viola hatte Wochen gezögert, bevor sie das unangemeldet tat, um zu erfahren, wie es um die Mutter stand.

Viola sieht das spillerige Kind vor sich. Ihre Stiefschwester Ilona hatte erst nach heftigem Klopfen die Tür geöffnet und die für sie fremde Frau schüchtern aus den Augenwinkeln betrachtet, während sie rückwärts ins Zimmer ging.

»Wer ist es denn, Püppi?«, hatte die Mutter gerufen.

»Weiß nicht«, hatte die Vierjährige im gleichen Moment geflüstert, in dem Viola das Zimmer betrat.

»Die ist nicht vom Amt. Das ist deine Schwester, die sich um uns kümmert«, wurde sie von ihrer Mutter mit schwerer Zunge und einem verächtlichen Auflachen vorgestellt.

Die Luft im dunklen Souterrain war verbraucht. Es roch nach angebranntem Essen. Auf dem Tisch stand ein Teller mit Haferflockensuppe, auf der dunkle Flecken schwammen. Daneben ein überquellender Aschenbecher in einer Bierpfütze. Eine leere Schnapsflasche war ans Fußende des Sofas gerollt, auf dem die Mutter lag. Zeitungen und Zeitschriften türmten sich auf einem der abgegriffenen, ehemals grünen Sessel. Obenauf lagen Bier- und Weinflaschen in gefährlicher Schieflage. Viola machte einen Schritt auf das Sofa zu, um dann wie festgezurrt stehen zu bleiben. Sie schwieg. Ihr fiel nichts ein, um die Mutter zu begrüßen. Wie dick sie geworden war. Ihr Gesicht aufgedunsen. Die Augen zu Schlitzen verengt. Schweißperlen bedeckten ihre Stirn, auf der blondgefärbte Haarsträhnen klebten. Ein Kälteschauer durchfuhr Viola. Ihre Hände zitterten. Sie konnte sich nicht überwinden, ihr Gegenüber mit einem Kuss zu begrüßen.

»Leg das Zeug da irgendwo anders hin«, schnaufte ihre Mutter kurzatmig und deutete auf den zweiten Sessel, der mit gefüllten Netzen und Tragetaschen beladen war.

»Na mach schon, oder willste gleich wieder türmen?«

»War in der Nähe. Die Sozialarbeiterin vom Jugendamt …«

»Ach die, hab der doch gesagt, dass wir keinen Kontakt haben.« Die Mutter winkte ab. »Denen geht's nur ums Geld. Hab gesagt, dass bei dir nichts zu holen ist.«

Viola nickte. Die Mutter hatte recht. Noch studierte sie. Der Gedanke daran tat gut. Die Musik, ihr Fluchtpunkt. Flucht. Nur weg hier, weg!

Von der zuständigen Sozialarbeiterin wusste sie, dass man Ilona in wenigen Tagen zu Verwandten ihres verstorben Vaters ins Schwäbische geben würde, wo sie auch eingeschult werden sollte. Das war gut für das Kind. Viola schämte sich für die Unfähigkeit der Mutter ebenso wie für die eigene. Ihr fehlte die Kraft, der Mutter zu helfen. Sie empfand Abscheu vor dieser verschwitzten, ungepflegten Frau in ihrer verdreckten Behausung. Weil sie diesen Zustand befürchtete, hatte sie den Besuch immer wieder hinausgeschoben. Wie sollte sie hier helfen, wo doch ihr ganzes Inneres wegstrebte. Die Sozialarbeiterin hatte versichert, dass das niemand von ihr erwarte und sie im Augenblick auch gar nichts tun könne, weil die Mutter zum Entzug in eine Klinik gehöre. Das war entlastend gewesen. Jetzt, wo sie die Mutter vor sich sah, war ihr deren Anblick so unerträglich, dass kein Mitgefühl aufkam. Viola wollte nur eines, sich für immer von ihr zurückziehen.

Die Mutter war ihr fremd. Nichts erinnerte mehr an die Märchenprinzessin, die Elfe, die in weißem Tutu über die Bühne geschwebt war. Oder an die Tänzerin, die angefeuert vom Beifall der Zuschauer wieder und wieder Cancan tanzte, bis sie in den Spagat sprang und sich die glänzenden Stoffe um sie bauschten.

Die einst so geliebte und bewunderte Mutter gab es nicht mehr. Schon lange nicht mehr. Wohl seit dem Tag, an dem ein Mitgefangener des Vaters die Todesnachricht brachte. Die Mutter ihn unbewegt angestarrt, während der Mann vom Straflager in Workuta sprach, von unvorstellbarer Kälte, der schweren Arbeit unter Tage, der unzureichenden Ernährung und der Lungenentzündung, mit der der Vater den Rücktransport angetreten hatte und nicht hatte überleben können. Die Mutter hatte keine Frage gestellt. Hatte wortlos dagestanden, bis der Mann sich abgewandt hatte und gegangen war.

Viola weiß noch, dass sie nicht begreifen konnte, dass die Mutter nicht weinte, während ihr die Tränen geradezu aus den Augen quollen. Gar nicht aufhören wollten, über die Wangen und den Hals hinunter in den Ausschnitt ihres Kleides zu fließen. Die Mutter dagegen war wie versteinert gewesen und hat sich aus dieser Erstarrung wohl niemals befreien können, auch wenn sie auf der Bühne weiterhin tanzte und lächelte. Ihr betörendes Lachen aber war verstummt. Fortan klang es unecht und affektiert. Viola erschrak jedes Mal, wenn sie es hörte und sah, dass die Augen der Mutter stumpf blieben. Nur wenn sie trank, funkelten sie manchmal – zornig. Am Ende war vom einstigen Leben der Mutter nichts geblieben, nachdem sie die Bühne, den Beifall und den Kontakt zu den Zirkusleuten gegen den Alkohol eingetauscht hatte.

Hätte sie die Mutter davon abbringen können? Vielleicht wenn sie die Musik aufgegeben und mit ihr zusammen gewohnt hätte. Das hatte sich die Mutter oft gewünscht. Doch dazu war sie – schon der Gedanke daran nahm ihr fast den Atem – nicht bereit gewesen. Dafür fehlte ihr vor allem die Liebe von einst. Auch die vielen vergeblichen Entzugsversuche der Mutter sprachen dagegen. Ihr Anblick hatte sie abgestoßen.

Sie war wortlos gegangen, geflüchtet. Im Nachhinein schlug flammender Zorn in ihr auf. Gegen die Mutter. Gegen sich selbst. Ein Tränenstrom folgte, der geradezu aus ihrem Innern hervorquoll und nicht versiegen wollte.

Gedanken, Träume, Erinnerungen rascheln wie Herbstlaub. Verstreute Eicheln auf bunt gefärbten Blättern glänzten im Sonnenschein.

Gut zwei Jahre nachdem sie Martins Geigenunterricht übernommen und auch oft an Festen im Hause teilgenommen hatte, traf sie seinen Vater Georg zufällig allein im Restaurant ›Paulsborn‹, wo sie sich in ein intensives Gespräch über Literatur und Musik verwickelten. Danach verabredeten sie sich immer mal wieder zu einer Runde um den Grunewaldsee. Kurzfristig gestohlene Zeit aus Georgs beruflichem Alltag, der ihm erstmals erhebliche Schwierigkeiten bereitete, von denen er aber bei ihren Treffen nichts preisgab. Dass es überhaupt ein weiteres Zusammensein mit Georg gab, hatte nicht allein mit ihr zu tun, sondern mit seinem Wunsch nach einem anderen Leben, in dem das Schreiben im Mittelpunkt stehen sollte. Er wollte die Zeit bis zur Klärung seiner beruflichen Probleme – ein Prozess sollte dafür sorgen – nutzen, um sich auf eine andere Tätigkeit vorzubereiten. Er befand sich in einer Ausbildung zum Coach, um in der Wirtschaft tätig zu werden.

Seine Erfahrungen im Versicherungsgeschäft wollte er zum Aufbau einer neuen Existenz nutzen, die ihm erlauben würde, mehr Zeit auf das Schreiben zu verwenden. Doch er hegte Zweifel, ob er Hanna von seinen Plänen würde überzeugen können.

Einer dieser Spaziergänge steht Viola vor Augen, als wäre es gestern gewesen:

Nicole, ihre kleine Mischlingshündin, rannte dem von Viola geworfenen Stock hinterher. Scharrte im Laub, fand ihn, brachte ihn zurück. Das glatte braune Fell glänzte. Die Muskeln waren angespannt. Kein Gramm Fett zu viel. Das Ergebnis des täglichen Laufs von der Sybelstraße nahe dem Kurfürstendamm über den Hagenplatz zum Grunewaldsee, der dann umkreist wurde.

»Das mit dem Schreiben, ich schaffe das nicht«, sagte Georg zum wiederholten Mal. »Nach dem Dienst bleiben mir höchstens zwei Stunden. Und das mit all den Gedanken an die Arbeit im Kopf, und …«, er brach ab, hob den Stock auf und warf ihn so weit er nur konnte, woraus Viola folgerte, dass er ihre unabgelenkte Aufmerksamkeit brauchte.

»Was glaubst du, wie schwer es mir fällt, nach dem klassischen Musikunterricht von sechs oder mehr Geigenschülern an meinen so ganz anderen Kompositionen, an den Soundtracks zu arbeiten.« Viola sah Georg an, dass er mit dieser Bezeichnung von Filmmusik nichts anfangen konnte. Seine Stirn war nicht nur fragend in Falten, sondern seine Mundwinkel auch ein wenig abschätzig nach unten gezogen.

»Filmmusik. Nichts Ehrenrühriges. Schon gar nicht, wenn man sie ohne den Mix mit vorhandener Musik entwickeln kann. Du kennst sie von Eisler und Dessau. Und auch viele klassische Musiker waren sich dafür nicht zu schade – Schostakowitsch oder Prokofjew. Heute sind Vertreter der Rock- und Popmusik mit dabei. Pink Floyd kennst du doch …«

»Aber ja …«

»Darum geht es aber gar nicht, ich wollte dir nur zu verstehen geben, dass ich nach dem fünf- bis siebenstündigen Geigenunterricht jeden Tag an meinen Kompositionen arbeite. Um einen Klangfaden nicht zu verlieren, versuche ich ihn bei jeder noch so kleinen Gelegenheit wieder aufzunehmen. Summe vor mich hin. Schreibe ein paar Noten in das kleine Heft, das ich immer bei mir trage. Was ich sagen will: Du musst jeden Tag arbeiten, sonst kann sich nichts entwickeln. Du musst mit geduldiger Zuversicht dabei sein.«

So viele Worte waren eigentlich nicht ihre Sache. Das war sonst Georgs Part. Der lief schweigend neben ihr her, bis Nicole den Stock zurückbrachte, den zuletzt Viola weit in Richtung des Ufers geworfen hatte. Georg griff in die Innentasche seiner Jacke und holte einen länglichen Umschlag heraus.

»Lies das, bitte, und kritisiere ehrlich und streng. Einige Hinweise vielleicht, die wären hilfreich.«

»Keine Angst, ich werde dir nicht zum Munde reden«, sagte Viola und steckte den Text in ihre Umhängetasche. Es freute sie, dass er nicht aufgab. Dieser Text war ein Vertrauensbeweis und der Anfang einer Beziehung, die einige Monate zwischen freundschaftlichem Interesse und liebevollen Empfindungen mäanderte.

Viola erinnerte sich besonders gern der Treffen vor ihrem ersten Kuss. Georg wollte schreiben und sich mit ihr darüber austauschen. Mit Hanna konnte er das nicht. Das hatte er mit seinen immer neuen Interessen und Ideen erklärt, weil er fürchtete, dass Hanna das als unstet ansehen könnte. Er wollte sie mit dem Schreiben, dem Wunsch, seinem Leben nochmals eine neue Richtung zu geben, nicht belasten, solange das noch so unkonkret war. Offenbar fühlte sich Hanna von seiner Kreativität bedroht, die sie zuvor bewundert und angezogen hatte und mit der Georg bisher gut durchs Leben gekommen war. Trotz mancher Umwege war er sehr weit gekommen: nach der Schulentlassung mit mittlerer Reife erfolgte die Ausbildung zum Versicherungskaufmann. Der Beruf ernährte ihn neben dem Besuch des Silbermann- Abendgymnasiums auch noch nach bestandenem Abitur, als er die Fächer Pädagogik, Geschichte, Soziologie und Philosophie studierte. Die Anstellung als pädagogischer Leiter einer Einrichtung für problematische Jugendliche schloss sich an.

Hanna dagegen war immer geordnete Wege gegangen. Die Ergebnisse hatten sie zufrieden gemacht. Ebenfalls der Gedanke, statt Praxisvertretungen zu übernehmen, später wieder im Krankenhaus zu arbeiten, was sie zunehmend vermisste. Georgs literarischer Traum sprach jedoch dafür, dass ihm trotz seines Aufstiegs etwas fehlte, etwas, was den augenblicklichen beruflichen Alltag bereichern oder sogar ersetzen können würde. Der Rückzug zu seinen Notizbüchern war ihm nicht mehr genug. Georg wollte einen Roman schreiben. Den Inhalt hatte er bereits skizziert. Der Entwurf des ersten Kapitels lag in Violas Händen. Er war an ihrer Meinung interessiert. Versicherte ihr, wie wichtig ihm die sei. Immerhin sei sie ungewöhnlich belesen. Damit bezog er sich auf die Jahre, die sie während des Studiums als Garderobiere in der Volksbühne an der Schaperstraße gearbeitet und in der freien Zeit neben dem Anschauen der Theaterstücke Bücher geradezu verschlungen hatte. Belletristik, natürlich alles der Gruppe 47, und Philosophen wie Freud und Jung, Reich, Adorno und Bloch. In ihrer Bibliothek befanden sich auch geklaute Bücher, wie sie Georg gestanden hatte. Bücher zu stehlen war unter jungen Leuten damals eine Art Sport.

Georg hatte ihr das erste Kapitel seines Romans anvertraut. Sie verspürte eine unvorstellbare Freude, als sie hinter Nicole herlief, um einen Moment ganz bei sich zu sein. Nach und nach hatten ihre Gespräche eine unglaubliche Nähe hergestellt. Aus Violas Sicht war eine innige Freundschaft entstanden. Sie wünschte sich einmal einen solchen Partner, wie Hanna ihn in Georg gefunden hatte. Hanna und Georg liebten sich, waren einander tief verbunden. Das zeigte sich, ohne dass sie es ausgestellt hätten, bei jedem Zusammensein.

Ein Platzregen genügte, um alles zu ändern. Viola fragt sich bis heute, wie das geschehen konnte.

Überrascht von einem plötzlichen Wetterumschwung waren sie auf einem ihrer Spaziergänge innerhalb weniger Minuten völlig durchnässt gewesen. In der U-Bahn hockte Nicole pudelnass zu ihren Füßen, legte ihren Kopf auf Violas Knie und sah sie mit vorwurfsvollen Augen an, machte sie offenbar für das Wetter verantwortlich. Als hätten sie sich darüber verständigt, ging Georg erstmals mit in ihre Wohnung. Kaum waren sie durch die Tür getreten, nahm er sie in die Arme. Viola war verblüfft, verwirrt. Sie spürte die Nässe ihrer Kleidung, die sie aneinanderhaften ließ. Sie fröstelte unter seinen eiskalten Händen, die ihre Wangen streichelten und durch ihr kurzes Haar strichen, bevor sie in ihrem Nacken zur Ruhe kamen. Langsam begann Viola nun Wärme zu durchströmten, löste ihre innere und äußere Erstarrung. Georgs Küsse, seine Zärtlichkeiten, während sie sich gegenseitig entkleideten, erweckten sie zum Leben. Bedenken- und gedankenlos waren sie einfach nur da. Er voller Zärtlichkeit und Verlangen. Sie von seinen Liebkosungen beglückt und voller Hoffnung, ihn nicht zu enttäuschen – und auch sich nicht. So verbrachten sie ihre erste gemeinsame Nacht. Nur einmal unterbrochen von einem Telefonat, in dem Georg Hanna wissen ließ, dass er nicht wisse, wann er nach Hause kommen könne. Und das war die Wahrheit, aber auch der Moment, in dem Viola bewusst wurde, dass es keine Zukunft für sie und Georg geben konnte. Sie fürchtete den Augenblick, wenn sich die Tür hinter ihm schließen und er diese Nacht wie einen Traum zurücklassen würde. Diese Ahnung wurde zur Gewissheit, als Georg am darauffolgenden Tag unangemeldet zu ihr kam und genau davon sprach und sie geradezu fluchtartig verließ.

Der Wind ließ die offene Wohnungstür gegen die Wand schlagen. Sonst waren nur seine sich entfernenden Schritte zu hören.

Viola brach in Tränen aus. Schluchzend ging sie zur Tür, um sie zu schließen. Georg muss sie gehört haben, denn er kam zurück und legte seine Hände auf ihre Schultern. Er stand wortlos vor ihr. Als sie den Kopf hob, sah sie in ein von vielerlei Gefühlen überflutetes Gesicht, das ihr seine Zerrissenheit vor Augen führte. Viola wusste, dass er Hanna liebte, und doch …

Hanna nach dieser Nacht bei den Geigenstunden zu begegnen, fiel Viola nur deshalb nicht schwer, weil sie freundschaftliche Gefühle für sie hegte.

Auch war sie nicht eifersüchtig. Vielmehr war sie sich bewusst, dass ihr Glück jeden Tag ein Ende haben konnte. Seit sie sich kannten, hatte Viola sich immer einen Mann wie Georg gewünscht – wie ihn, aber nicht ihn. Die tiefe Zuneigung zwischen Hanna und Georg war so offensichtlich, dass nach ihrer Überzeugung nichts und niemand die beiden jemals trennen konnte. Und das sah sie trotz ihrer Liebesbeziehung mit ihm weiterhin so und verdrängte damit ihre Schuldgefühle gegenüber Hanna. Dennoch nahm Georgs Wunsch, sie körperlich zu lieben, immer mehr Raum ein. In gleichem Umfang wuchs ihre Anspannung. Ihre Gespräche und der Austausch ihrer Interessen kamen zu kurz. Nur selten gab es Gelegenheit, ihm eine ihrer neuen Kompositionen vorzuspielen. Dabei mochte er ihre Musik, obwohl er eigentlich ein Liebhaber der Klassik war. Ihre gemeinsame Zeit reichte zumeist nur aus, um ihm eines seiner Manuskripte vorzulesen. Es half ihm sein Manuskript und danach ihre Meinung anzuhören, um den Text nochmals zu überarbeiten. Dieser Teil ihres Miteinanders war ihr weit wichtiger als sein Begehren. Seine Zärtlichkeiten mochte sie nicht missen, aber auf Sex verspürte sie auch bei ihm keine Lust. So war es immer gewesen. Anders als die Sexualität, konnte sie sich nicht vorstellen, ihre Gespräche und ihre gegenseitige Unterstützung aufzugeben. Wie zum Beispiel, als

Georg ihre finanziellen Schwierigkeiten bemerkte und sie mit einem befreundeten Filmemacher bekannt machte, der sie für Filmmusik verpflichtete. Und sie war seine Muse und strengste Kritikerin geworden. Unverzichtbar für sein Schreiben, wie er ihr immer wieder versicherte.

Georgs Demenz wird ihn jeder Erinnerung berauben und damit auch der an ihre wunderbaren Begegnungen vor dem ersten Kuss, ihrem lebhaften Austausch über ihre vielfältigen Interessen; vor allem natürlich über Musik und Literatur und das eigene Schaffen.

Georgs unerwartete Leidenschaft hatte sie beide vor Probleme gestellt, denn Viola konnte sein Verlangen nicht erwidern, das für ihn ganz selbstverständlich zur Liebe gehörte. Bis dahin hatte sie geglaubt, dass ihre sexuelle Abneigung nur für ihre bisherigen Bekanntschaften im Dorf und im Zirkus gegolten hatte. Verwirrt wie sie von seiner überraschenden Zuwendung war, genoss sie jedoch Georgs Zärtlichkeiten und ließ ihn in der Hoffnung gewähren, dass sich Verlangen entwickeln könnte. Ein Irrtum, wie sich herausstellte, denn es blieb dabei. Ihre verschwitzten Körper, die sich in künstlichen Stellungen und Positionen wie bei einer Dressur wiederholten, stießen sie ab. Ebenso, wenn er in sie eindrang und Gerüche und Laute in den Vordergrund traten, die Viola an den Zirkus erinnerten … dort zugehörig wie die Luft zum Atmen.

Das Gebrüll des Löwen Caesar hinter dem metallenen Gitter, das die Manege von den Zuschauern trennt. Sein Sprung. Gestreckt die muskulösen Gliedmaßen. Seine Tatzen, die punktgenau die schmale Oberfläche seines Hockers erreichen. Eine Wolke aus Sägespänen verbindet sich mit seinen animalischen Ausdünstungen. Die Zuschauer der ersten Reihen reiben sich die Augen. Caesar richtet sich auf. Stolz erhoben ist der riesige Kopf mit der goldgelben Mähne. Bewunderung und ängstliche Schauder sorgen für absolute Stille, bevor die anderen Raubkatzen – Tiger, Leoparden und weitere Löwen – von schneller, lauter Orchestermusik begleitet nun ihrerseits durch den vergitterten schlauchähnlichen Gang zur Manege gelangen und sich vor der für sie bestimmten Hockerreihe zähnefletschend versammeln. Mit ihrem Fauchen übertönen sie fast die Musik. Ein lauter Tusch, und Emilio, der Dompteur, der die Tiere bis dahin nicht aus den Augen gelassen hat, wendet sich dem Publikum zu. Verbeugt sich. Kaum hat er sich den Katzen wieder zugewandt, pfeift seine Peitsche durch die Luft und zeigt den Tieren ihren jeweiligen Hocker, den sie wie schon Caesar zuvor mit einem Sprung einnehmen, um dann rechts und links des ›Königs der Manege‹ sitzend das Publikum zu begrüßen. Nur Sekunden, dann springen sie auf Emilios entschiedene Weisung über straff gespannte Seile, durch riesige flammende Ringe und stolzieren elegant über schmale Balken, bevor sie übereinander hinwegspringen. Dann haben die Tiere wieder ihre erhöhten Plätze eingenommen. Hocken reglos da, als wären sie aus Porzellan. Nur Duba, der riesige Tiger, tänzelt unruhig auf der Stelle und reißt das Maul auf, als wolle er den Dompteur verschlingen. Eine nur angedeutete Bewegung der Peitsche genügt, dazu ein konzentrierter Blick Emilios, und Duba sitzt hoch aufgerichtet wie die anderen da.

Viola, 15-jährig. Wie eine Prinzessin in Seide und Tüll gekleidet, wird sie an einem Seil in die Manege hinabgelassen. Am Arm trägt sie einen Korb voller ›Leckerli‹ für die Raubkatzen, die erwartungsvoll ihr Maul aufreißen und ohrenbetäubend brüllen. Viola kommt neben dem Dompteur zum Stehen. Auge in Auge mit Caesar. Er ist der Einzige, der noch immer wie erstarrt dasitzt. Stolz, mit erhobenem Kopf tut er, als würden ihn weder Viola noch die ›Lerckerli‹ etwas angehen. Aber sie kennt dieses wunderschöne Tier gut genug. Und er sie. Ihre Bewegungen. Ihren Geruch. Vor seinen strengen Ausdünstungen, die ihr wie eine Fahne entgegenschlagen, sie einhüllen, verschließt sie gekonnt die Nase. Die sind einfach zu intensiv, gehören aber zu ihm wie der Tiergeruch, der über dem ganzen Zirkusbereich liegt. Keines der anderen Tiere beobachtet sie so aufmerksam wie Caesar, bis er seinen Anteil von Emilio gereicht bekommt, den er unzerkaut herunterschluckt, als wolle er seine Gier nicht zeigen. Viola tritt vor und schiebt ihre Hand auf seine Tatze. Einen kurzen Augenblick nur, bei dem ihr, hin- und hergerissen zwischen ihrer Liebe und Furcht vor Caesar, jedes Mal fast das Herz stehen bleibt. Danach tritt sie zurück, wird mit einem Karabinerhaken mit dem Seil verbunden und zur Plattform der Artisten heraufgezogen. Emilio veranlasst die Tiere zu einer Verbeugung vor dem Publikum, bevor sie nacheinander in den vergitterten Schlauch trotten, der hinter die Bühne führt. Zuletzt Violas geliebter Caesar, nachdem sich der Dompteur neben ihm stehend von den Zuschauern verabschiedet hat, nicht ohne zuvor seinen Kopf für ein, zwei Sekunden in das aufgerissene Maul des Tieres gelegt zu haben.

Gleich danach zeigt er mit der Hand zu ihr herauf. Ein Scheinwerfer wirft grelles Licht auf Viola. Sie knickst. Das Licht verlöscht. Was Caesar und die anderen Raubtiere zurücklassen, ist nicht nur der Nachhall ihres Gebrülls, sondern ebenso aufgewirbelte Sägespäne in der Luft und tierischer Dunst, der unter das stickige Zeltdach zu ihr emporsteigt.

Wenn sie in der ersten Zeit dieses Zusammenseins mit Georg an Hanna dachte, an eine Auseinandersetzung zwischen ihnen, dann hoffte Viola auf einen Ausweg, der ihr die Freundschaft beider erhalten könnte. Aber es kam anders. Wider alle

Erwartung trennten sich Hanna und Georg, obwohl sie nie aufhörten, einander zu lieben.

Das Leben mit Georg wäre vollkommen gewesen, wenn ihr Körper ihrem Herzen hätte folgen können. Doch Georg Hingabe vorzugaukeln, das brachte sie nicht über sich, denn das widersprach zutiefst ihrer Liebe zu ihm. Nach einiger Zeit meinte sie, wenn er sie zärtlich in den Armen hielt, die gleiche Traurigkeit bei ihm zu spüren, die sie empfand. Die Ärzte und Psychologen, die sie Georg zuliebe aufgesucht hatte, konnten nicht helfen. Sie versicherten, dass es nicht wenige Menschen mit diesem Mangel an sexuellem Begehren gebe; nicht zu verwechseln mit dem Bedürfnis nach Zärtlichkeit, das nicht weniger als bei anderen Menschen ausgeprägt sei. Ein weitgehend verschwiegenes Thema. Immerhin hatte ihr Mangel ab den Neunzigerjahren einen Namen: Asexualität. Sie konnte sich irgendwie entlastet fühlen, schuldlos an ihrem Versagen, aber was half das? Sie wollte Georg glücklich machen. Er quittierte die Aussage der Fachleute mit Kopfschütteln und dem Hinweis auf den Beginn ihrer Liebe. Aus seiner Sicht galt es dahin zurückzufinden. Diese Hoffnung gab er nicht auf. Für Viola dagegen war es zur Gewissheit geworden, dass sie Sex nie würde etwas abgewinnen können. Denn wenn, dann wäre Georg der Mann gewesen, dem sie sich mit Freuden hingegeben hätte. Sie liebte ihn, war glücklich über seine Zuneigung, genoss seine Zärtlichkeiten. Sie schliefen miteinander. Viola bedacht darauf, dass er Befriedigung fand. Doch da sie ihm nichts vorspielte, wusste er, dass er ihr dazu nicht verhelfen konnte. Manchmal gelang es ihr, die Initiative zu ergreifen. Ansonsten versuchte sie immer häufiger, sich dieser Situation zu entziehen, obwohl sie dann Georgs Zärtlichkeiten vermisste.

In großen Abständen, wenn sie im Urlaub waren, sprach

Georg sie darauf an. Sein immer gleiches Argument: Liebe und Begehren gehörten zusammen. Im Urlaub hoffte er wohl, dass die reizvolle Umgebung und der Umstand, dass es keine beruflichen Verpflichtungen gab, sondern nur schöne Erlebnisse und neue Erfahrungen, eine Veränderung mit sich bringen könnte. Wie gern hätte sie alles dafür getan, wenn es allein ihrem Willen unterworfen gewesen wäre. Sie hörte seinem langen quälenden Monolog schweigend zu. Was hätte sie sagen sollen, was nicht schon gesagt war? Viola wartete, bis auch Georg in Schweigen verfiel und irgendwann zu einem stundenlangen Sparziergang aufbrach, und sie war ihm dankbar dafür, dass er bei seiner Rückkehr nicht mehr darauf zurückkam.

Sie liebte ihn. Seine Zärtlichkeiten, sein aufmerksames, fürsorgliches Verhalten und ihren gemeinsamen Alltag ebenso wie ihre Gespräche und ihr gegenseitiges Interesse an ihrem künstlerischen Tun. Doch daran zu denken, dass er mit Hanna glücklich gewesen war – woran sie nicht zweifelte – mit Hanna, der personifizierten Weiblichkeit. Auch mit Lena, die sie auf einer Betriebsfeier kennengelernt hatte. Deren eisglühende Ausstrahlung – ein unterirdisch aktiver Vulkan. Sie dagegen ein Neutrum. So sinnlos wie ein Streichholz, das nicht zündet.

Schon lange gibt es keine Intimität mehr zwischen ihnen. Dem Alter ist das nicht geschuldet, das weiß sie nur zu gut, aber auch, dass Georg niemals an ihrer Liebe gezweifelt hat, die sie angesichts seiner gegenwärtigen Bedürftigkeit tiefer denn je empfindet.

Wie erschöpft er heute aussah, als er von seinem Spaziergang zurückkam. Minutenlang saß er zusammengesunken da, den Kopf gesenkt, die Hände ineinander verschränkt im Schoß.

Selbstvergessen. Sein Selbst vergessend.

Sie kennt diesen Zustand in seiner positiven Ausprägung, wenn ein Ton im alltäglichen Tun in ihr anklingt, der einen weiteren, dann eine Tonfolge wie einen Kometenschweif nach sich zieht. Es braucht Geduld, bis diese innere Stimme wenigstens flüchtig, skizzenhaft festgehalten werden kann. Dieser Prozess bleibt in der Schwebe, um jederzeit wieder aufgenommen zu werden. Bei Georg hingegen verhält es sich zunehmend anders. Er hat eine Idee, spricht darüber, kann sie aber weder festhalten noch fortsetzen.

Da ist wieder die Furcht vor seiner fortschreitenden Krankheit, an die sie ihn verlieren wird. Sie wischt sich über die Augen. Nur das nicht. Sie weint doch sonst nie. Und heute gilt es, fröhlich gestimmt Georgs achtzigsten Geburtstag zu feiern.

Sie fragt sich, ob Martin überhaupt kommt? Vielleicht ist sie gestern zu optimistisch heimgekehrt. Drei Jahrzehnte Rückzug. Warum sollte er sein Verhalten heute aufgeben? Aus Rücksicht auf Georgs Alter? Um sich endlich auszusprechen?

Kann Martin nach so langer Zeit noch immer nicht verwinden, dass Georg durch die Scheidung von Hanna seine Vorstellung von einer ›heilen Familie‹ zerstört hat? Ist es das? Doch inzwischen wird er eigene Erfahrungen gemacht haben, um zu wissen, wie schön, aber auch schwer es ist zusammenzuleben. Oder traut er sich selbst eine Beziehung gar nicht zu?

Viola schüttelt über sich selbst den Kopf. Statt sich all diesen Gedanken zu überlassen, sollte sie lieber den Salat für das Abendessen vorbereiten.

Energisch zieht sie eine der Schubladen des Küchenschranks auf, kramt darin herum, um schließlich ein kleines spitzes Messer herauszunehmen. Mit jeder Pellkartoffel, die sie von der Schale befreit und in dünne Scheiben geschnitten in eine Porzellanschale fallen lässt, stellen sich Bruchstücke des Gesprächs mit Martin wieder ein. Seine abschätzigen, abweisenden Worte. Dabei hat er bei einem ihrer Telefonversuche einmal zugegeben, dass er bei einer von Georgs Lesungen gewesen war und ihn die positive Resonanz des Publikums und sein eigener Eindruck überrascht hatten. Martin war ebenso heimlich dort gewesen wie Viola in seinen letzten Ausstellungen. Diese Geheimniskrämerei!

Damit muss Schluss sein. Selbst Hanna scheint etwas mit sich herumzutragen. Nichts Gutes, das spürt Viola und hofft, dass Hanna beim Nachmittagskaffee darüber sprechen wird. Möge das nur nicht ihren Plänen entgegenstehen, denn nur mit Hanna kann sie die verwirklichen.

Viola schaut auf die Uhr. Bis zum Geburtstagskaffee ist noch eine Stunde Zeit, also kommt auch sie noch zu einer Ruhepause. Nur noch saure Gurken, Apfelstückchen, Öl, Essig und Gewürze zu den Kartoffelscheiben geben, dann kann der Salat bis zum Abend durchziehen. Noch die große Filtermaschine vorbereiten, denn sie alle mögen reichlich von dem schwarzen Gesöff. Und wenn der Geruch des Kaffees Hanna und Georg nachher nicht herunterlockt, wird sie sie mit dem Glöckchen herbeiläuten, um nicht noch einmal Treppen steigen zu müssen.

*

VIII. Georg

Eisgraue Wolken. Vor dem Fenster ein knorriger Ast. Der Birnbaum steht viel zu nahe am Haus. Unbedacht hat er ihn vor fünfzig Jahren mannshoch vor sein Zimmer gepflanzt, hat sich Jahr für Jahr seines Wuchses erfreut, seiner Früchte. Er hat nicht wahrhaben wollen, dass die Wurzeln das Haus unterwandern, ihm Schaden zufügen könnten. Will auch jetzt nichts davon wissen. Dreht sich vom Fenster weg. Seine Augen bleiben an seinem Schreibtisch haften. Seit seinem ersten Schultag ist ihm so ein Arbeitsplatz vertraut – bis heute. Wäre sein Leben anders verlaufen, wenn er Landschaftsgärtner geworden wäre? Oder Kapitän? Natürlich. Georg sieht die getippten Seiten auf der Schreibunterlage. Die einzige Erzählung, die er noch nicht überarbeitet hat. Will er dieser Arbeit mit unsinnigen Überlegungen ausweichen? Ganz unberechtigt ist die Frage nicht.

Georg setzt sich auf den Stuhl mit den Armlehnen, der vor dem Schreibtisch steht, und horcht in sich hinein, um sich an die Zeit zu erinnern, bevor er erst als Coach, dann als Autor selbständig und nur noch allein gearbeitet hat. Er spürt sehr deutlich, was ihm damals gefehlt hatte: Es war der Augenblick, wenn er auf dem Weg zum Sekretariat mit der Türklinke in der Hand verharrte, um den Stimmen zu lauschen, die von einem Lachen begleitet oder unterbrochen leicht wie Ping-Pong-Bälle hin und her flogen. Mit dem Öffnen der Tür schlüpfte er jeden Morgen entspannt von seinem privaten in sein berufliches Leben. Besonders schätzte er, dass die drei Frauen, wenn er den Raum betrat, ihr Gespräch nicht unterbrachen, sondern es fortsetzten. Er wünschte einen guten Morgen, und sie grüßten freundlich lächelnd zurück, sobald der angefangene Satz zu Ende gesprochen war. Anderswo endete beim Erscheinen des

Vorgesetzten so abrupt jedes Gespräch, als würde zwischen die beiden Seiten ein Schlagbaum fallen.

Das ist es. Ein Schlagbaum trennt das Heute vom Gestern. Im Schemenreich dazwischen sucht Georg Halt an Namen, die wie Insekten durch seinen Kopf fliegen, auf- und niederschwirrend näher kommen und sich wieder entfernen.

Er hat farbenfrohe Schmetterlinge vor Augen, freut sich daran, um gleich darauf stechende Insekten auf und unter der Haut zu spüren. Eine Unmenge Gesichter tauchen auf, zu denen er die Namen sucht. Er will Ordnung in das Durcheinander bringen, ruft das Alphabet zu Hilfe. Zuallererst springt ihm für das A und damit der Name Albert entgegen.

Wenige Sekunden verbindet sich damit ein gutes, fast freundschaftliches Gefühl, das aber unversehens von einer Wut weggerissen wird, wie er sie kaum an sich kennt. So stark, dass die anderen Namen dahinter verschwinden und stattdessen bedrängende Erinnerungen an Herrn Albert ihren Platz einnehmen: den junge Sozialarbeiter, dem er auf dessen Wunsch schon nach wenigen Wochen die 2. Internatsetage mit drei Erzieherinnen anvertraut hat.

»Mit den Rabauken dort können die Frauen nur schwer fertigwerden. Sie geben ihr Bestes, aber sie fürchten sich vor manchen Situationen, vor allem wenn sie allein im Abend- oder Nachtdienst sind«, hört Georg dessen besorgte Stimme.

Er unterstellt den Mitarbeiterinnen keineswegs Unfähigkeit. Seine Worte klingen fürsorglich. Sie überzeugen Georg, zumal die Leitungsposition auf der 2. Etage mit keinen finanziellen Vorteilen verbunden ist. Georg gratuliert sich zur Einstellung dieses Mitarbeiters. Doch nach einem halben Jahr eine alles verändernde Irritation. Nein, ein Affront. Albert hat die Chuzpe, ihm für die Sommerferien das Haus eines Freundes auf Sylt anzubieten, der lediglich die Stromkosten erstattet haben wolle, wie er erklärt. Einen Augenblick verschlägt es Georg die Sprache. War es Alberts Art, sich auf diese Weise für die vielfache Unterstützung seiner Arbeit zu bedanken?

Auch wenn er es nicht sogleich wahrhaben will, Albert biedert sich an. Schlimmer, er unterstellt ihm, für solche Vorteilsnahme empfänglich zu sein. Ärger und Enttäuschung beginnen sich zu vermischen.

»Sehe ich so aus, als wäre ich der Richtige für solch ein Angebot? Was versprechen Sie sich davon? Was auch immer, vergessen Sie es ...«, weist ihn Georg lautstark zurecht, während andere Mitarbeiter stehen bleiben, statt durch die schon geöffnete Tür das Sekretariat zu betreten. Georg kann seines aufkommenden Zorns nur Herr werden, indem er wortlos an den Vorzimmerdamen vorbei in sein Büro geht und – ungewohnt für ihn – die Tür entschieden hinter sich schließt.

Die Zeit verging, aber Georgs Groll blieb. Soweit es nur möglich war, ging er Albert aus dem Weg. Wenn eine Dienstbesprechung das unmöglich machte, bedachte der seitdem jeden Vorschlag und jede Anweisung mit einem Schwall unverschämter Worte; ging bis an die Grenze der Arbeitsverweigerung. Georg hatte ihn daraufhin ab und an von Besprechungen ausgeschlossen. Er wusste, dass es Albert traf, sich nicht zum Mittelpunkt des Geschehens machen zu können. Diese Bühne entzog ihm Georg, sooft es ging. Doch das war keine Lösung. Außerdem solidarisierten sich die Mitarbeiter immer häufiger mit Albert, selbst wenn dessen Äußerungen völlig unsachlich waren. Dafür fand Georg, auch wenn es ihm gelang, seine Abneigung gegen Albert zurückzustellen, keine Erklärung.

Georg sitzt zusammengesunken da, ist erschöpft, wischt sich Schweiß von der Stirn. Er sieht in den Garten hinaus, doch sein Blick geht in sein aufgewühltes Inneres, sucht jetzt nach Gesichtern, ihm nach wie vor vertrauenswürdig erscheinen. Er sehnt sich nach wärmender Zuwendung, nach einem freundlichen Miteinander. Da sind die Frauen in seinem Vorzimmer, vor allem Frau Kohn, und – es gelingt ihm nicht, seine Erinnerungen an Albert abzuschütteln. Beide Namen verbinden sich. Werden zu Untertiteln eines Schwarz-Weiß-Films mit scharfen Konturen und schrillem, fast schmerzendem Ton.

Noch bevor er sein eigenes Büro betrat, hatte Frau Kohn ihm mitgeteilt, Herr Albert, der Nachtdienst gehabt hatte, habe zwei Kassetten auf seinen Schreibtisch gelegt.

»Hat er dazu eine Nachricht hinterlassen?«, hatte Georg überrascht gefragt.

»Sie wüssten Bescheid, hat er gemeint.«

Was sollte er wissen? Georg hängte seinen Mantel an den Haken hinter der Tür und sah zu seinem Schreibtisch hinüber. Aktenberge zu beiden Seiten, Zettel mit einem Locher beschwert. Plastikhüllen voller Papiere und ein Kasten mit der Aufschrift ›EILIG‹. Was er nicht sah, waren besagte Kassetten.

Wie jeden Tag diktierte er zwei Stunden: Vermerke, Protokolle, Anamnesen, Schriftwechsel. Erst als er Diktate und Akten zu Frau Kohn brachte, fielen ihm die Kassetten des Sozialarbeiters wieder ein, und er fragte seine Sekretärin danach.

»Herr Albert hat sie hochgehalten und betont, dass sie sehr wichtig seien«, sagte Frau Kohn mit Verwunderung in der Stimme.

»Dann hat er sie wohl wieder mitgenommen«, entgegnete Georg, gerade als das Telefon klingelte. Er nahm den Hörer ab.

»Ich bin dann mal kurz beim Geschäftsführer«, sagte er zu Frau Kohn.

Als er zurückkam, war es schon kurz vor der Mittagspause. Er bat sie, bei Herrn Albert anzurufen und nach den ominösen Tonträgern zu fragen, doch der war ihm zuvorgekommen. Er hatte seinerseits Frau Kohn angerufen und nachgefragt, wie er, Georg, darauf reagiert habe. Bevor sie die Tür schloss, fügte sie noch an, dass der Kollege sehr ungehalten gewesen sei, als er erfuhr, dass Georg gar nicht weiter auf die Kassetten eingegangen sei.

Wie sollte er? Sie waren ja nicht da.

Wenig später wurde die Tür zum Vorzimmer heftig aufgestoßen. Herr Pfeil, der Betriebsratsvorsitzende, durchschritt energisch den Raum. Mit hochrotem Kopf betrat er Georgs Büro.

»Wo sind die Kassetten?«, polterte er unvermittelt los.

»Ich werde Herrn Albert morgen danach fragen.«

»Das haben wir bereits.« Zorn flammte in Augen und Stimme des Herrn Pfeil. Fehlte nur noch die geballte Faust.

»Geben sie sie heraus. Wir wissen alles.«

Georg sah ihn verblüfft an. Was wollte der Mann wissen? Worum ging es eigentlich?

»Peter und Andy, den Betreuern der zweiten Internatsgruppe, hat er das Aufnahmegerät gezeigt und ihnen von ihrer Anweisung erzählt.«

»Welcher Anweisung?«

Der Betriebsratsvorsitzende machte einen Schritt auf ihn zu. Stand jetzt sehr nahe und aufrecht vor ihm. Er schilderte das vermeintliche Geschehen in aller Ausführlichkeit, als wäre er dabei gewesen.

»Herr Albert hat die Kollegen natürlich gewarnt«, schloss er.

»Wovor?« Auf welche Schurkerei Alberts würde das hinauslaufen, fragte sich Georg.

»Das wissen Sie nur zu gut. Schließlich haben Sie ihn beauftragt, ihre Mitarbeiter abzuhören«, sagte Pfeil mit düsterer Stimme und warf einen vernichtenden Blick auf ihn.

Georg begriff: Albert hatte behauptet, dass er Äußerungen der Mitarbeiter mit einem versteckten Aufnahmegerät festhalten solle. Selbst wenn er ein so mieser Abteilungsleiter wäre, hätte er doch nicht gerade Albert solch einen Auftrag gegeben. Der Plan war raffiniert: Georg sollte sich selbst ans Messer liefern. Er erschrak, war fassungslos. Das konnte nicht sein. So weit würde Albert nicht gehen. Und wenn doch – wer würde das glauben?

Der Ast des Birnbaums schlägt gegen das Fenster. Georg schreckt auf. Seine Wurzeln kappen? Das wäre sein Ende.

Er versucht, wieder Anschluss an seine Erinnerungen zu finden. Doch da ist nichts als Leere und Dunkelheit. Als habe jemand auf einen Schalter gedrückt. Zurückgeblieben ist eine verstörende Unsicherheit und ein Gefühl des Getriebenseins. Sein Herz rast. Die Frage, wie das damals ausgegangen ist, schleicht sich an, will sich nicht verdrängen lassen. Georg erhebt sich langsam und schleppt sich, mühsam Fuß vor Fuß setzend, zum Regal mit den Kalendern. Auf jeden Fall war es vor Viola, vor seiner Selbständigkeit, vor ... soweit ist er sich sicher. Er findet die Notizen ohne große Umstände, denn die oberen Ecken der Seiten zwischen Juli und September 1980 sind grau und abgegriffen.

10.7.1980 – Mittagspause! Hätte mir nicht vorstellen können, wie schnell Mitarbeiter an eine Abhöraffäre glauben. Sie mir zutrauen. In der Cafeteria setzte sich Frau Klausen weg von mir, nahm anderswo Platz. Irgendwann – mir schien eine Stunde vergangen zu sein – kam Lena Scholten an meinen Tisch, nachdem mehrere Mitarbeiter die freien Plätze dort gemieden hatten. Sie fragte nicht, ob die Geschichte stimme, sie fragte nach Feinden und deren möglichen Gründen. Ganz die Psychologin, die ich schätze. Ich schüttelte den Kopf. Will nicht daran glauben, dass Herr Albert sich so niederträchtig verhalten könnte. Darüber solle ich nachdenken, riet sie mir eindringlich. Doch in der fast schlaflosen Nacht ist mir nichts dazu eingefallen. Weihe Hanna nicht ein. Will sie nicht beunruhigen. Viola schon gar nicht. Habe das Berufliche auf unseren Spaziergängen stets herausgehalten. Ich glaube, die Angelegenheit wird sich schnell aufklären. – Nein, glaube ich nicht, dazu ist eine ›sogenannte Abhöraffäre‹ zu brisant. Trotz sommerlicher Temperatur ist mir eiskalt.

11.7.1980 – Wurde gleich am Morgen zur Geschäftsführung gerufen. Pfeil war schon zur Stelle – auch Albert. Der sah mich mit Kinderaugen an und versicherte, dass es ihm ja leidtue, aber man habe ihn befragt und er sich verpflichtet gefühlt, die Wahrheit zu sagen. – Welche Wahrheit? Die Zeugen wurden hinzugebeten. Beide zufällig im Frühdienst. Merkwürdig, wie alles zusammenpasste. Sie bestätigten, dass Albert ihnen das in der Innentasche seiner Jacke befindliche Aufnahmegerät gezeigt und ihnen gesagt habe, dass er heimlich aufnehmen solle, was sie von der neuen Internatsordnung hielten. Also überlegt, was ihr sagt, habe er sie gewarnt. Beide schauten bei ihren übereinstimmenden Angaben zu Albert hinüber. Vorsichtig, fast unterwürfig, wie mir schien. Der nickte fast unmerklich. War offenbar mit ihnen zufrieden. Was tun gegen solche Unverfrorenheit?

Die Psychologin sprach auf Anordnung des Geschäftsführers mit den Zeugen, ohne eine entlastende Aussage zu erwirken. Sie hätten sich gegenseitig immerfort mit Blicken verständigt. Wäre besser gewesen, jeden einzeln anzuhören. Unsicher hätten sie gewirkt, fast ängstlich, dann wieder herausfordernd frech. Lena Scholten fragte mich nach möglichen Gründen für ihre Aussagen. Ich erklärte ihr, dass die Internatsmitarbeiter künftig verstärkt nach der Ausbildungszeit und der Berufsschule für die Jugendlichen zur Verfügung stehen sollten. Dass es Schularbeitshilfe und Unterstützung bei Bewerbungen für ältere Jahrgänge brauche. Und dass wie bisher zwischen Jugendlichen auftretende Konflikte gelöst werden müssten. Außerdem brauche es Ansprechpartner bei Liebeskummer ebenso wie bei Ärger mit Ausbildern, Lehrern und Eltern. Und nicht zuletzt gehe es nicht an, dass die Mitarbeiter das Abendbrot bereitstellten; oft warme Gerichte. Die Jugendlichen sollten die Einrichtung halbwegs selbständig geworden verlassen. Dazu gehöre es, überlegt einkaufen und einfache Gerichte zubereiten zu können; auch Putzen und Ordnung halten wolle gelernt sein. Entsprechende Anleitung koste Zeit, biete aber für die Mitarbeiter auch eine Möglichkeit, Vertrauen aufzubauen und die Jugendlichen besser kennenzulernen und fördern zu können. Das gehe nur, wenn sie überwiegend am Nachmittag und Abend im Dienst seien. Alles Formale müsse vom Frühdienst erledigt werden.

Das heiße, die Dienstzeiten verschöben sich stark in den Abend. Nicht allen passe das.

Und sonst?, fragte Lena Scholten. Es brauchte einige Zeit, bis mir einfiel, wie ungewöhnlich es gewesen war, dass sich Andy und Peter angeboten hatten, die ungeliebte Ferienfreizeit im Sommer zu übernehmen. Wollten keinen Freizeitausgleich, sondern Bezahlung. Stecken offenbar in finanziellen Schwierigkeiten. Dass ihnen Albert Geld für ihre Aussage gegeben hat, ist auszuschließen. Er verdient nicht mehr als sie und scheint alles Geld in einen fast neuen BMW zu stecken.

Aber woher kommt sein Hass auf Sie? Lena Scholten ließ nicht locker. Ich erzählte ihr, dass ich sein Angebot abgelehnt hatte, über die Ferien das Haus seines Freundes auf Sylt so gut wie für umsonst zu bewohnen. Na ja, ich habe ihn ziemlich angefahren, gestand ich. Hatte ihn lautstark vor Kollegen bloßgestellt, ihn einen unverschämten Kerl genannt, der sich von solch einem Angebot wohl Vorteile erhoffte. Die Psychologin hörte aufmerksam zu, bevor sie mit ernster Stimme und bedenklich wiegendem Kopf meinte, dass wir dem Motiv jetzt vermutlich näher gekommen seien, aber … Sie hielt inne, um dann zu orakeln, dass wir nicht wüssten, was sonst noch dahinterstecke.

13.7.1980 – Dieses ›Was noch‹ ließ mich das ganze Wochenende nicht los. Eine Erklärung habe ich nicht gefunden. Außerdem stehe ich vor der Entscheidung, ob ich in der jetzigen Situation die geplante Fortbildung besuchen soll? Eine ganze Woche raus aus der Institution, um die Ausbildung zum Coach abzuschließen. Dafür ist jetzt nicht der günstigste Zeitpunkt. Wie aber sähe es aus, wenn ich absagte. Würde das nicht Verunsicherung signalisieren, womöglich sogar ein Eingeständnis? Für mich wäre es gut, eine Woche aus dem Schussfeld zu sein, um meine Verunsicherung in den Griff zu bekommen.

14.7.1980 – Die abweisenden Blicke der Belegschaft kann ich kaum mehr ertragen. Sie verletzen, schmerzen geradezu körperlich. Kann denn in so kurzer Zeit das zwischen uns bestehende Vertrauen zerstört sein? Ich brauche Abstand, um nicht durchzudrehen. Und vielleicht ergreift der Geschäftsführer dann notgedrungen die Initiative. Bisher fordert er vehement, ihm alles vom Halse zu halten. ›Das schaffen Sie schon‹, ist sein steter Kommentar.

Die Fortbildung wird gemacht! Ich brauche diese einwöchige Auszeit, um Kräfte zu sammeln, wieder stabiler und zuversichtlicher zu werden. Im Augenblick befinde ich mich in einem Irrgarten. Orientierungslos laufe ich vor und zurück, entferne mich von mir selbst, bin ohne Selbstvertrauen, ohne Zuversicht. Schließlich steht Aussage gegen Aussage. Wie soll das geklärt werden? Jedenfalls wird Dreck an mir kleben bleiben. Notfalls ist die Ausbildung zum Coach dann meine einzige Chance, irgendwo wieder Fuß zu fassen. Die in dieser Woche häufiger möglichen Spaziergänge mit Viola werden mir helfen. In ihrer Gegenwart kann ich mich wie sonst nirgends entspannen. Gut, dass Viola nicht weiß, in welch unsäglicher Geschichte ich stecke.

21.7.1980 – In der Woche meiner Abwesenheit hat der Geschäftsführer Albert, Andy und Peter vorerst mit dem Hinweis beurlaubt, dass sie mit einer Kündigung rechnen müssten, wenn sie weiterhin Unwahrheiten verbreiten würden. Ein bequemer Weg, denn die Klage wegen Verleumdung soll ich gegen Albert anstrengen. Aus meiner Sicht wäre das seine Sache. Schließlich geht es um dienstliche Belange. Doch der Chef fürchtet den Vorstand, will nichts mit einer ›Abhöraffäre‹ zu tun haben. Sicherlich glaubt er nicht, dass ich so etwas angeordnet habe, aber sich deutlich hinter mich stellen – nein, damit könnte er in Ungnade fallen. Schlimmer noch ist das Misstrauen der Mitarbeiter, dass mir unvermindert entgegenschlägt. Die Mehrzahl glaubt weiterhin Alberts Version.

22.7.1980 – Der Geschäftsführer kann sich noch immer nicht zur Klage entschließen.

23.7.1980 – Der Betriebsrat protestiert gegen die Beurlaubungen. Alle 116 Mitarbeiter der Einrichtung – die der Verwaltung ebenso wie Ausbilder, Förderlehrer, Psychologen und natürlich meine Mitarbeiter – haben einen Rundbrief erhalten. In dem macht der Vorsitzende Pfeil die Gründe der Beurlaubungen und der angedrohten Kündigungen bekannt. Der Protest der Geschäftsführung kann das nicht ungeschehen machen. Es kostet mich Überwindung, in die Cafeteria zu gehen. Aber wäre es nicht eine Art Eingeständnis, wenn ich wegbliebe?

24.7.1980 – Wenn ich Viola treffe, vergesse ich alles. Sie tut mir gut.

25.7.1980 – Der Geschäftsführer will sich an diesem Freitag von einem Anwalt beraten lassen. Endlich!

28.7.1980 – Das Ergebnis: Klage gegen Albert wegen Verleumdung. Selbst bei einem Freispruch wegen fehlender Beweise – einem sogenannten Freispruch 2.Klasse – würde seine Kündigung wohl wirksam bleiben.

29.7.1980 – Heute wurden mir weitere Gespräche mit den Beteiligten und anderen untersagt; auch mit Frau Kohn, die ebenfalls als Zeugin gilt. Schließlich hat sie Albert mit zwei Kassetten in mein Büro gehen und ohne wieder herauskommen sehen. Er selbst wurde gekündigt und wegen Verleumdung verklagt. Das geht jetzt seinen Weg über die Gerichte. Ein laufendes Verfahren, in das niemand eingreifen darf. So der Chef, jetzt Entschlossenheit demonstrierend.

4.8.1980 – Ein Schreiben des Rechtsbeistandes von Albert ist eingegangen, eines prominenten Anwalts. Ich staune über Alberts Größenwahn und frage mich, wie er sich den leisten kann. Wie erwartet wird der Kündigung widersprochen. Der Anwalt wird Albert vor Gericht vertreten. Der Geschäftsführer wird wankelmütig. Soll er die Kündigung zurückziehen? Ich kann es nicht fassen. Das alles dauert schon viel zu lange. Andy und Peter sind noch immer beurlaubt. Sie müssen vertreten werden. Noch ein Anlass für etliche Mitarbeiter, mich nicht gerade zu mögen.

18.8.1980 – Es dauert und dauert. Die Anspannung hinterlässt Spuren. Zu Hause bin ich häufig gereizt; auch weil ich emotional irgendwie außer Kontrolle geraten bin. Suche immer häufiger Violas Gegenwart.

19.8.1980 – Wie konnte ich meinem Begehren nachgeben. Doch ohne sie ist mir mein Leben unerträglich geworden. Mein Leben? Ich beginne es mir anders als bisher vorzustellen – vorzugaukeln. Warum nicht den alten Träumen folgen, dem Schreiben? Fühle mich von Viola ermutigt. Sie schafft es doch auch, ein einfaches, aber erfülltes Leben zu führen. Kreativ und selbstbestimmt.

21.8.1980 – Ein wortkarges Wochenende. Gut, dass Martin irgendwo zum Geburtstag eingeladen war. Hanna? Viola? Wo gehöre ich hin? In mir sind zwei Lieben und zwei Lebensentwürfe, die nicht zu vereinbaren sind.

25.8.1980 – Manchmal denke ich, dass vielleicht alles so kommen musste, damit ich mich endlich für das Schreiben entscheide. Allerdings kann man davon anfangs nicht leben. Der Abschluss der Fortbildung erweist sich als richtig, denn als Coach in der Versicherungswirtschaft könnte ich das. Die alten Kenntnisse sind eine gute Grundlage. Doch dafür brauche ich Empfehlungen, vielmehr noch ein entsprechendes Netzwerk. So etwas aufzubauen braucht Zeit. Und bis dahin?

3.9.1980 – Frau Kohn steckte mir heute, dass der Betriebsrat den Vorfall unter dem Titel ›DDR- Methoden: Abhöraffäre in sozialer Einrichtung‹ in die Zeitung der GEW bringen will. Dann bin ich erledigt, noch bevor das Gericht verhandelt. Der Geschäftsführer kann leitende Angestellte kündigen, wenn das

Vertrauensverhältnis nachhaltig gestört ist. Und wie sonst kann er die Einrichtung und vor allem sich selbst schützen.

Keine andere vergleichbare Institution in Berlin und der ganzen Bundesrepublik wird mich danach beschäftigen. Es wird brenzlig. Muss mit Hanna darüber sprechen. Die Angelegenheit wird zu einer Existenzfrage.

Als er wenige Tage später kurz vor elf Uhr die Tür zum Vorzimmer öffnete, fand er ein Menschenknäuel in heftige Auseinandersetzung verstrickt. Es war nicht unüblich, dass man sein geräumiges Büro benutzte, wenn er es nicht brauchte. Georgs Erscheinen ließ niemanden den Raum verlassen oder verstummen. Die Bürokräfte und der Betriebsrat im Streit? Nein, ganz schnell begriff er, dass es um Albert ging, der für das Gespräch mit dem Betriebsrat die Institution hatte aufsuchen dürfen. Der blieb erstaunlich stumm, während ein Betriebsratsmitglied von dessen neuen Anschuldigungen gegen Georg sprach.

Worum ging es? Was hatte sich Albert noch ausgedacht oder zusammengereimt? Georg spürte ein anhaltendes inneres Beben. Er hatte Angst. Es kostete ihn große Anstrengung, seinen Zustand zu verbergen.

»Jetzt halte mal die Luft an«, hörte er die sonst so besonnene Frau Kohn mit sich überschlagender Stimme in den Tumult rufen, »wir sind doch nicht taub. Die Wände sind dünn und eure Stimmen ziemlich durchdringend. Ich soll von unserem Chef ausgenutzt worden sein? Soll für seinen Artikel alle Akten herausgesucht und dann den Bericht getippt haben? Und er erntet dann nicht nur die Lorbeeren, sondern steckt dafür auch noch das Honorar ein? Unsinn! Die Akten hat er selbst herausgesucht. Wie hätte ich denn wissen sollen, welche er für seinen Artikel braucht? Und für das Tippen des Berichts, wohlgemerkt außerhalb der Dienstzeit, bin ich gegen meinen Willen ordentlich entlohnt worden.«

Stille im Raum, bis die anderen Büroangestellten das bestätigten und Albert als Lügner beschimpften, dem man überhaupt nichts glauben könne. Die Betriebsratsmitglieder starrten den Beschuldigten fragend an. Der zuckte die Achseln und schwieg. Ebenso ihr Vorsitzender Pfeil.

In diesem Moment wurde energisch die Tür geöffnet. Zwei Polizisten betraten den Raum, fragten nach Herrn Rolf Albert, nahmen ihn fest. Warum? Das stand am Tag darauf in allen Zeitungen. Schlagzeilen: »Vom kleinen Hehler zum Mörder« und »Grausiger Mord innerhalb von Stunden aufgeklärt«. Ein seltenes Loblied auf die Polizei folgte.

Georg wurde befragt und staunte. Ihm wurde klar, dass Albert nicht nur ihm eine Gefälligkeit erweisen wollte, als er ihm das Ferienhaus anbot, sondern vielen Kollegen unter der Hand allerlei Waren zu sehr günstigen Preisen verkauft hatte. Originalverpackte Artikel aus Einbrüchen und Rückgabebeständen eines namhaften Versandhauses. Dass das nicht mit rechten Dingen zuging, konnte den Käufern schon klar sein. Aber der Vorteil zählte mehr als die Skepsis. Und es stellte sich heraus, dass mehrere Mitarbeiter, auch Peter und Andy, wegen ihres Konsumrauschs bei Albert in der Kreide standen; und nicht nur sie, auch Pfeil, der Betriebsratsvorsitzende. Damit hingen Dienstplanänderungen und private Vertretungen zugunsten Alberts zusammen, die ihm sein Geschäft als Hehler nicht nur ermöglicht, sondern ihn auch für den Fall des Verdachts geschützt hätten.

Aber war Albert ein Mörder? Nein, er war ein bösartiges Schlitzohr mit krimineller Energie. Georg traute dem aalglatten Kerl alles Mögliche zu, aber das nicht. Ein Intrigant, Dieb und Lügner war er, konnte Menschen manipulieren und schwafeln bis zum Überdruss, aber jemanden ermorden? Nein!

Warum aber die Anschuldigungen gegen ihn, Georg, statt sein überaus erfolgreiches Hehlerdasein weiterhin ungefährdet zu genießen? In Gesprächen mit der Psychologin konnten sie und er weitgehend nur spekulieren. Lediglich hier und da gab es einen konkreten Hinweis: Die geplant stärker in den Abend verlagerten Dienstzeiten hätten Alberts Aktivitäten vermutlich behindert. Er hätte weniger Gelegenheit gehabt, seine Ware am Tage Ausbildern und Bürokräften anzubieten, denn auch die gehörten zu seinen Abnehmern. Wie sich nach und nach herausstellte, waren mindestens die Hälfte aller Mitarbeiter seine Kunden. Und dieser neue Dienstplan hatte vom Betriebsratsvorsitzenden Pfeil nicht verhindert werden können. Also ging Albert aufs Ganze. Georg, sein verhasster Vorgesetzter, musste weg. Womöglich war es auch eine Art Machtdemonstration, die ihm beim Gelingen seines Planes noch mehr freie Hand verschafft hätte.

Verschiedene Mitarbeiter entschuldigten sich für ihr Verhalten. Auch die junge Mitarbeiterin, die sich von seinem Tisch weggesetzt hatte. Sie könnte meine Tochter sein, dachte er und sprach es auch aus. Sie mussten beide lachen. Damit war die Angelegenheit erledigt. Er gab ihr zu verstehen, dass er niemandem etwas nachtragen würde. Wichtig sei es jetzt, verlorengegangenes Vertrauen wiederaufzubauen.

Der Gedanke an Albert ließ ihn nicht los. Nicht nur die Zeitungen mit Artikeln über den Mörder und seine Hintermänner sorgten dafür. Für Georg blieb Alberts kriminelle Entwicklung bis hin zum Mordverdacht ein Rätsel. Er sah dessen Personalakte durch. Las seinen Lebenslauf. Der gab karg, aber klar Auskunft über den Bewerber von drei Jahren zuvor, entsprach aber so gar nicht dem geschwätzigen jungen Mann, als den er sich in dieser Zeit präsentiert hatte.

Als Kind in sozial schwierigen Verhältnissen aufgewachsen, kam er mit der Einschulung in ein Heim mit angeschlossener Schule. Ein Schulabschluss gelang dort nicht. Bis dahin traf der Lebenslauf auf viele Jugendliche dieser Institution zu, dann aber ergab sich eine Wendung, die sich zwar mancher von ihnen gewünscht hätte, die sich aber nur für Albert ergab. Sein Vater, ein erfolgreicher Unternehmer, holte ihn aus dem Heim, gab ihm ein Zuhause und wurde sein Förderer. Das Abitur wurde nachgeholt und das Studium auf der Fachhochschule für Sozialarbeit in Hersbruck erfolgreich beendet.

Georgs Augen blieben an dem Ort haften. Er brauchte einige Zeit, um zu merken, dass es um die Fachhochschule ging – gab es die so nahe bei Nürnberg? Ein Studienfreund, der dort ebenfalls eine leitende Stellung im sozialen Bereich versah, hatte erst kurz zuvor über fehlenden Nachwuchs geklagt. Warum, wenn es dort eine Fachhochschule gibt? Georg suchte Alberts Diplom heraus. Tatsächlich in Hersbruck ausgestellt. Seine Verwunderung blieb. Er griff spontan zum Telefon und rief den Freund an. Es brauchte nur wenige Worte, denn auch er hatte in der Zeitung von dem Mord und der Beschuldigung des Mitarbeiters gelesen. Er erklärte, dass es an seinem Wohnort keine Fachhochschule gebe.

Georg war bei der Einstellung einer Fälschung aufgesessen. Die Echtheit des Abiturzeugnisses war ebenfalls zu bezweifeln. Überprüfungen bestätigten das.

Georg tauschte sich mit Lena Scholten aus. Sie konnten aufgrund ihrer Erfahrungen weiterhin nur Mutmaßungen anstellen: Ein von der alleinerziehenden, geschiedenen Mutter vernachlässigter Junge kommt ins Heim. Als Sechszehnjähriger gibt ihm sein Vater ein Zuhause. Der Junge wird alles tun, um dem Vater zu gefallen. Zuerst arbeitet er im väterlichen Betrieb, versucht sich unentbehrlich zu machen. Aber dann …

Georg rief nochmals bei dem Freund zurück. Es stellte sich

heraus, dass es den genannten Betrieb des Vaters nicht gab. Wenige Tage darauf war in der Presse vom Vater des Rolf Albert die Rede; auch von einem älteren Bruder des Mordverdächtigen. Von einem erfolgreichen Gespann im Bereich der Bandenkriminalität.

Es brauchte einige Monate, bis Albert als kleinster Fisch der Bande entlarvt und wegen Hehlerei und Urkundenfälschung verurteilt, aber vom Mordverdacht aus Mangel an Beweisen freigesprochen wurde. Der Mörder wurde nie gefunden.

Die Kündigung blieb wirksam. Andy und Peter kehrten ins Internat zurück. Endlich, was die Mitarbeiter nicht euphorisch, sondern mit erleichtertem Durchatmen und Augenrollen quittierten.

Georg ließ die Frage nicht los, wo Albert seine pädagogischen Fähigkeiten erworben hatte.

Offenbar war er aufgrund eigener Erfahrungen in der Lage gewesen, häufig schon im Vorfeld genügend Beweise für ein geplantes Vergehen zu finden oder einen Diebstahl aufzudecken. Er kannte die Sprache der Jugendlichen. Ihre Tricks, Wünsche und Gedankengänge waren ihm bestens vertraut. Und die mochten ihn, wussten aber auch, dass mit ihm nicht zu spaßen war. Und sein geschicktes Vorgehen als Hehler? Nicht umsonst war er als schwieriger Heranwachsender bestimmt durch manche psychologischen Hände gegangen. Auch dabei hatte er gelernt. Er wusste sich auszudrücken, sich in andere hineinzuversetzen und zu überzeugen. Nicht zuletzt war ihm das System von Machtverhältnissen nur zu gut bekannt. Der Hauptantrieb seiner Handlungen dürfte allerdings das Verhältnis zu seinem Über-Vater, einem Expedienten in einem weltweit agierenden Versandbetrieb, gewesen sein. Albert wollte gefallen, wollte anerkannt und geliebt werden.

Dabei dürfte die beim Vater herausragende Stellung des großen Bruders keine unwesentliche Rolle gespielt haben.

»Dieser Vater!« Georg konnte seine Empörung kaum zügeln. »Der hat einen niederträchtigen, teuflischen Plan umgesetzt, als er den Sohn, um den er sich mehr als ein Jahrzehnt nicht gekümmert hatte, aus einer halbwegs gesicherten Betreuung herausholte, um einen Kriminellen aus ihm zu machen. Er hat dessen Wunsch nach Zugehörigkeit und Liebe genutzt, um einen Spießgesellen heranzuziehen, so als würde er einen Hund abrichten. Nicht zuletzt hat er die Brüder bewusst gegeneinander ausgespielt. Für beide war er der große Mafiaboss, dem sie blind folgten.«

Georg übertrug seinen Zorn auf Albert in geballter Form auf den Vater.

In der damals so vertrackten Situation hatte Georg sein ganzes Leben auf den Kopf gestellt. Er konnte das bis heute nicht wirklich verstehen. Es war, als hätte er im Schaltjahr 1980 einen Hebel umgelegt, ohne die Folgen zu bedenken. Statt alle Kräfte darauf zu richten, seinen Hals aus der Schlinge beruflicher Probleme zu ziehen, hatte er sie in seinem Privatleben immer enger gezogen, bis ihm fast die Luft weggeblieben war. Wie verrückt, ja geradezu außer sich er gewesen war. Als könne ein Problem das andere tilgen. Statt mit Hanna über die angespannte dienstliche Situation zu sprechen, hatte er über sein Verhältnis zu Viola gesprochen, das ihm in dieser Zeit unverzichtbar geworden war. Ausgerechnet Hanna sollte ihm aus dem Dilemma heraushelfen, eine Lösung finden. Er wusste nicht mehr, wohin er gehörte. Eine Trennung von Hanna konnte er sich nicht vorstellen, aber auch keine von Viola. Was um alles in der Welt hatte er sich dabei gedacht?

Beruflich schien alles wieder im Lot zu sein. Das Aufatmen des Geschäftsführers war noch drei Etagen tiefer in Georgs Büro zu hören. Doch Georg war seitdem auf Distanz zu ihm gegangen. Der Chef hatte zwar nicht an Alberts Behauptungen geglaubt, sich aber nicht entschieden genug für ihn, Georg, eingesetzt. Er wurde das Gefühl nicht los, dass sein Vorgesetzter ihn im Notfall auch hätte über die Klinge springen lassen, um sich selbst vor Angriffen des Vorstandes zu schützen.

Sein Privatleben war währenddessen aus den Fugen geraten. Von Hanna vor die Wahl gestellt, Viola nicht mehr zu sehen, um ihre Ehe zu retten, hatte kaum ein Jahr später im Oktober 1981 zur Scheidung geführt. Zur gleichen Zeit verhielt sich der Geschäftsführer erneut so ambivalent wie bei dem Vorgang um Rolf Albert. Damit war für Georg sein neuer Berufsweg endgültig vorprogrammiert.

Anlass war die Friedensdemonstration im Bonner Hofgarten, dem Sitz der Bundesregierung. Der Aufruf dazu stieß unter anderem auf Kritik der Gewerkschaften und des Bundeskanzlers Helmut Schmidt. Ein Mitarbeiter Georgs erschien mit einer Unterschriftenliste. Es ging um eine befürwortende Anzeige im Tagesspiegel. Georg hatte keine Bedenken. Im Gegenteil entsprach das ganz seiner Meinung. Er unterschrieb.

Zwei Stunden später erschien der Mitarbeiter erneut in seinem Büro. Er berichtete, dass er gerade eine heftige Zurechtweisung des Geschäftsführers hatte hinnehmen müssen, als er ihm Kenntnis von der beabsichtigten Anzeige gab. Damit würde der Vorstand auf keinen Fall einverstanden sein, hatte man ihn wissen lassen. Die Einrichtung würde diskreditiert. Eltern würden ihre Jugendlichen nicht mehr anmelden. Der Untergang der Einrichtung wurde heraufbeschworen und damit der des Geschäftsführers selbst.

Der Mitarbeiter bot Georg an, seine Unterschrift von der Liste zu streichen. Er könne verstehen, wenn er sich als Abteilungsleiter nicht gegen die Meinung der Geschäftsführung stellen wolle. Wie hätte er vor seinen Mitarbeitern dagestanden? Aber das war nicht sein erster Gedanke. Der galt dem ambivalenten Verhalten seines Vorgesetzten im Fall Albert. Es blieb bei der Unterschrift, obwohl ihn ein anderer Abteilungsleiter warnte.

Georg war aus vollem Herzen für die Demonstration. Im Laufe des Tages blieb es allerdings nicht aus, dass er bei jedem Anruf zusammenzuckte und annahm, er könnte zum Geschäftsführer gerufen werden. Er war sich des Risikos bewusst. Im Ernstfall drohte ein Auflösungsvertrag. Doch an diesem Freitag geschah nichts.

Am 10. Oktober 1981 demonstrierten 300.000 Menschen friedlich gegen die zunehmende atomare Bedrohung weltweit und den NATO- Doppelbeschluss. Am Montag nach der Demonstration erlebte Georg eine wundersame Wandlung. Unter einem Vorwand hatte er im Vorzimmer der Geschäftsführung vorgesprochen, um zu sehen, wie es um die Stimmung des Chefs stand. Der telefonierte, winkte ihn aber gleichzeitig mit hochrotem Gesicht herein.

»Ja, das sind ganz großartige Mitarbeiter, die machen uns Ehre. Der Abteilungsleiter, Herr Winkler, kommt gerade. Ich werde ihm Ihre anerkennenden Worte gerne weitergeben … Danke für Ihr Wohlwollen … Auf Wiedersehen, einen Gruß an die werte Gattin.«

Der Geschäftsführer legte auf und schüttelte Georg die Hand. »Das haben Sie gut gemacht. Sehr gut sogar. Sie haben ja gehört.«

Georg wusste noch, dass er in diesem Augenblick sicherer war denn je, dass er die Einrichtung verlassen würde, sobald es nur ging. Doch es dauerte noch ein weiteres Jahr, bis er neben seiner Tätigkeit dort seine Existenz als Coach in der Versicherungswirtschaft notdürftig aufgebaut hatte. Zwei Jahre später, an seinem 52. Geburtstag 1984, veröffentlichte er schließlich seinen ersten Kriminalroman, den er den Erlebnissen mit Albert verdankte. Das Buch wurde ein Bestseller und stellte sein selbständiges Leben auf festen Grund. Doch sein ›großer belletristischer Roman‹ blieb das eigentliche Ziel.

Georg schreckt aus seinen Gedanken auf. Er sitzt noch immer am Schreibtisch. Das Notizbuch hat er an den oberen Rand gelegt. Er starrt auf das Manuskript. Es ist nicht seine Art, etwas liegen zu lassen. Viel Zeit bleibt nicht mehr, um die Erzählung zu überarbeiten. Verknappung wäre gut. Die Wortwahl präzisieren. Formulierungen leuchten auf, aber er vermag sie weder gedanklich noch auf dem Papier festzuhalten.

*

IX. Hanna

Der Duft des ayurvedischen Tees, einer Gewürzmischung mit Zimt, Ingwer und Kardamom, von der Viola weiß, dass sie die besonders mag, erfüllt den Raum. Hanna drückt das Kissen ins Genick. So kann sie besser lesen. Sie fröstelt. Zieht die Decke höher zu sich heran, die sich klamm anfühlt und verrät, dass das Zimmer lange nicht mehr benutzt worden ist. Als sie die Lampe anknipst, zeigt sich oben neben dem Fenster ein schwarzer Schimmelfleck. Da muss etwas geschehen. Sie winkt innerlich ab, will sich auf den Text konzentrieren. Mit ihrem Gedankenkarrussel im Kopf wird ihr das schwer genug fallen. Nur noch einen Schluck Tee und dann … Der Geschmack erinnert an Weihnachten, passend zum Titel der Erzählung: ›Das Weihnachtsgeschenk – 1945‹.

Warum soll Georg nicht wissen, dass Viola ihr den Text zu lesen gibt? Viola hat davon doch schon gesprochen, als sie am Heiligabend telefonierten. Sie war voller Begeisterung darüber gewesen, was Georg aus ihren wenigen Informationen – dem Geschenk ihres Vaters zum Weihnachtsfest 1945, eines Papageis, seines Verschwindens und dem Verhalten ihrer Oma und Mutter – gemacht hatte. Eine weitgehend fiktive Erzählung, die, wie Viola versicherte, aber genau die Stimmung vermittelt, die bis heute mit dieser frühesten Erinnerung an ihre Kindheit einhergeht.

Zum Ende der Erzählung weiß Viola noch nicht, dass sie ihren Vater nie wiedersehen und wie sehr sie ihn vermissen wird. Wie sehr sein Tod ihr weiteres Leben bestimmt. Hanna fragt sich, warum Violas Vater und nicht der ihre in Gefangenschaft war und gestorben ist? Das wäre gerecht gewesen.

Nur daran nicht denken, nicht an ihn, an diesen Verbrecher. Doch schon ist die Erinnerung beklemmend nah. Lässt sich nicht zurückdrängen.

Als sie zum Studium nach München ging, das war nach dem Abitur und dem Prozess des Vaters, hatte sie sich mit ihrem 14-jährigen Bruder an jedem zweiten Sonntag getroffen, um es Jürgen zu erleichtern mit dem Stiefvater auszukommen. Der zeigte wenig Verständnis für dessen lärmende Musik und seinen langhaarigen Freundeskreis, den er mit dem Schulwechsel nach Plenzberg in München hatte zurücklassen müssen.

Die Mutter hatte sich vom Vater scheiden lassen und zwei Jahre danach einen der als Nebenkläger aufgetretenen Anwälte geheiratet. Hanna war damit sehr einverstanden gewesen, denn anders als Jürgen hatten die Mutter und sie unter dem Prozess und den damit einhergehenden Veröffentlichungen in der Presse sehr gelitten. All das zu der Zeit, als sie alle Konzentration für das Abitur brauchte. Von ihren Mitschülerinnen war sie ausgegrenzt worden. Ihre Freundinnen hatte sie verloren. Sie war völlig isoliert. Die Mutter war keine Hilfe. Die versteckte sich vor den Nachbarn und verließ so gut wie nie mehr das Haus. Vier Monate nachdem Hanna das Abitur bestanden hatte, zogen sie von München nach Plenzberg, um dem Gerede zu entkommen. Einer der Opfer-Anwälte hatte ihnen zu einer Wohnung verholfen und war vorerst der einzige Kontakt nach außen gewesen.

Während des Prozesses hatte er sich davon überzeugen können, dass die Mutter keine Ahnung davon hatte, dass ihr Mann ein Zuarbeiter Dr. Mengeles gewesen war. Einzig die vornehmen Herren wussten davon, die sich, während Hanna heranwuchs, an zwei Samstagen jeden Monats bei ihrem Vater zum sogenannten Umtrunk und zu geschäftlichen Gesprächen trafen und gegenseitig zu guten Positionen verhalfen. Daher die übergangslose Praxiseröffnung des Vaters nach dem Krieg und damit ihrer aller Wohlergehen.

Diese Gleichgesinnten entlasteten sich gegenseitig, schrieben Begutachtungen füreinander, veranlassten, dass Prozesse aus gesundheitlichen Gründen ausgesetzt und Verurteilungen abgemildert wurden. Ihr Vater wurde zu einem einzigen Jahr Gefängnis verurteilt.

»Warum diese Vorwurfshaltung? Hast keinen Grund, dich zu beklagen. Dir ist es doch Dank meiner Kontakte immer gut gegangen«, hatte ihr Vater gesagt, als sie ihm im Gefängnis gegenübersaß. Bis in die Nächte hatten sie quälende Fragen verfolgt. Dieser Besuch in der Haftanstalt war für sie immer wichtiger geworden, denn sie hatte gehofft, entlastende Antworten zu erhalten. Stattdessen musste sie erkennen, dass die von ihrem Vater nicht zu erwarten waren.

Gesund und gut genährt, wie immer in einem gut sitzenden dunklen Anzug und weißem Hemd, statt in Gefängniskleidung, saß er vor ihr und erzählte, ohne eine Frage zuzulassen, von geselligen Abenden mit dem Gefängnisdirektor, der sein Schachpartner sei.

»Einer von uns, versteht sich«, sagte er, fragte, ob die Praxisvertretung funktioniere, und lächelte Hanna nach ihrer bejahenden Antwort zufrieden an.

»Deine Mutter hat geschrieben, dass du Medizin studierst. Ganz in meinem Sinne, schließlich kannst du dann mit in die Praxis einsteigen und sie später übernehmen.«

Hanna zuckte wie unter einem Hieb zusammen. Doch sie beruhigte sich schnell, denn sie war gewappnet. Ihre Entscheidung für ein Medizinstudium, vom Vater favorisiert, war erst im Verlauf des Prozesses gefallen. Jung und voller Ideale, glaubte sie, damit etwas wiedergutmachen zu können, wenn sie half, Kindern auf die Welt zu kommen. Berichte über Albert Schweitzer hatten sie bestärkt, auch wenn dort nie ausdrücklich eine Gynäkologin erwähnt wurde. Dann wäre sie eben die erste in Lambaréné oder sonst irgendwo in einem Entwicklungsland.

»Erzähl deiner Mutter, wie prächtig es mir geht, und auch von unserem Plan mit der Praxis. Sie soll sich freuen. Der Prozess hat sie sehr mitgenommen, obwohl sie sich doch denken konnte, dass alles glimpflich ausgehen würde. Ist es doch immer.«

Während er sprach, betrachtete er seine manikürten Fingernägel. Hannas Augen konnten sich nicht davon losreißen, bis er die Fingerknöchel knacken ließ. Ein Geräusch, das sie mit Grauen erfüllte. Sie sah seine langen Finger. Seine großen, knochigen Hände, die ausgemergelten Menschen krankmachende Spritzen verabreicht und – unvorstellbar für sie – Kinder bei Operationen verstümmelt hatten. Übelkeit stieg auf, würgte sie, ließ sie aufspringen und grußlos den Raum verlassen. Verstört flüchtete sie aus der Haftanstalt, die für alte Nazis wie ihren Vater nur eine Art Ruhepause bedeutete. Seine Opfer dagegen, die unschuldigen Kinder, waren verkrüppelt herangewachsen oder längst tot – durch die Hände ihres Vaters.

Hanna fallen die beiden Arbeiter ein, die die Hauptstraße bei Masaka teerten. Feurig brennende Sonne aus der Höhe und unter dem Holzbrett, auf dem sie hockten, dampfender Teer. Als sie an ihnen vorbeiging, wischten sie sich gerade mit ihren hochgekrempelten Hemdsärmeln über die Stirn.

»Pause?«, fragte der eine. Der andere nickte und drückte eine Faust in den Rücken, als er aufstand. Dann standen sie einen Moment wie betäubt da, bevor sie auf den Kiosk zukamen, vor dem Hanna einen Becher Kaffee entgegennahm, mit dem sie sich an den einzigen hohen Tisch stellte.

Die Männer kamen mit ihrem sprudelnden Getränk dazu. Bevor sie ihr scheu zulächelten, rieben sie ihre Hände ausdauernd an den Hosenbeinen ab, um sie dann ineinander zu verschränken. Hanna sah, dass ihre Hände nicht nur schmutzig, sondern von Brandwunden gezeichnet waren. Auch das Hände zum Fürchten, die aber zugleich Schmerz verrieten. Stockend kam ein Gespräch in Gang.

Die Männer wollten wissen, woher sie kam und wie es möglich war, dass sie so gut ihr Luanda verstand. Die Worte ›Germany‹ und ›Hospital in Kitulikizi‹ öffneten ihre faltigen schwarzen Gesichter, auf denen der Schweiß glitzerte. Hanna erzählte ihnen, dass sie in der Nähe der Internate wohne. Sie nickten. Wussten Bescheid. Unbefangen hatte sie die Männer gefragt, ob es zu ihrer Zeit dort auch eine Schule oder ein Internat gegeben habe und ob sie dort gewesen seien.

Moses, einer der Männer, senkte den Kopf und starrte auf die Erde. James geistesabwesend vor sich hin. Hanna war es unangenehm, etwas gefragt zu haben, was die Männer so sichtlich verstörte.

Sie wusste, dass sie Geduld haben musste, damit sich die entstandene Spannung wieder auflösen konnte. Hanna pustete gegen den heißen Kaffee, nippte daran. Pustete immer wieder einmal, obwohl der restliche Kaffee längst kalt geworden war.

»Schule, die gab es für uns nur kurz, fast gar nicht, denn dann …« Moses verstummte erneut, griff nach seinem Becher.

»Haben wir nur noch schießen, morden gelernt«, fuhr James leise fort.

Moses schob mit heftiger Bewegung ihre leeren Becher ineinander. Kindersoldaten des Idi Amin, des Schlächters von Uganda, waren Moses und James gewesen, der eine neun, der andere elfjährig, während Martin in diesem Alter die Waldorfschule besuchte und sonnendurchtränkte Aquarelle malte.

Die Männer hatten ihre Arme ausgestreckt auf den Tisch gelegt. Eine Haltung, die ergeben wirkte, umso mehr, als sie sie erwartungsvoll ansahen.

»Ja, ich weiß, auch von den entführten und vergewaltigten zwölf-, dreizehnjährigen Mädchen, den Kindermüttern, die Kinder für den Krieg gebären sollten.«

Die Augen der Männer waren noch immer auf sie gerichtet. Hanna wich ihnen nicht aus, doch sie fragte sich, was von ihr erwartet wurde. Ein, zwei Minuten verstrichen, bevor sie den Blick auf die ineinander verschränkten Hände der Männer senkte, die von Brandnarben verunstaltet waren. Sie legte ihre Hände behutsam auf die ihren.

Der Klang der Glocke, die es seit Martins Leben in diesem Haus gibt, ruft zum Geburtstagskaffee. Hanna wünscht sich Martin am Kaffeetisch vorzufinden. Ein Wunschtraum, sie weiß es, spürt es. Das kurze Herzrasen hinterlässt Wehmut.

Mehrere Stücke Himbeertorte und Käsekuchen aus der nahe gelegenen Bäckerei stehen auf dem Tisch und als Überraschung ein Gugelhupf, den Viola, wie sie gesteht, unter Anleitung der Nachbarin Lotti Lehmann gebacken hat.

»Kaum zu glauben«, staunt Georg und beugt sich schnuppernd darüber. Mit dem Zeigefinger tippt er auf den Puderzucker und drückt ihn Viola auf die Lippen. »Ganz so, wie ihn meine Oma gebacken hat.«

Hanna freut sich, dass es Viola gelungen ist, erstmals Georgs Lieblingskuchen auf den Tisch zu bringen, der zu ihrer Zeit nie hatte fehlen dürfen.

Nachdem sie Platz genommen haben, gießt Viola allen Kaffee ein.

»Ein Stück vom Gugelhupf?«, fragt sie Georg, der aufschreckt und verwirrt erst sie, dann den Kuchen anschaut. Schließlich hält er ihr mit zitternden Händen seinen Teller entgegen, lässt sich von Hanna Zucker und Milch geben und verrührt beides bedächtig, während er in die Gegenwart zurückfindet.

»Ich habe einen Kompositionsauftrag für dich perfekt gemacht, der Vertrag liegt oben zur Unterschrift bereit, stößt Georg an Viola gewandt so schnell er kann hervor, als wollte er einem erneuten Aussetzer seines Gedächtnisses zuvorzukommen. Viola sieht Georg erst erschrocken, dann ungläubig an und fragt schließlich ein wenig skeptisch, worum es dabei gehe.

»Um Werbung ... mit Musik unterlegen, solche, die alle Generationen anspricht. Du weißt schon«, sagt Georg in wiedergefundenem festem Ton und versichert, dass das Vorhaben auf Jahre angelegt sei. »Brauchst dir um Beschäftigung bis ins hohe Alter keine Sorgen zu machen«, schließt er mit Nachdruck und zufriedenem Gesichtsausdruck.

Warum bis ins hohe Alter?, fragt sich Hanna. Solange Georg lebt ... und danach ... Aber ja, einen Anspruch auf Witwenrente hat Viola nicht; ebenso wenig wird sie das Haus erben. Es sei denn als Schenkung, aber dann ... Hanna hat nie verstanden, warum Viola und Georg nicht geheiratet haben.

»Und woher wissen sie, dass sich meine Musik dafür eignet?«, will Viola wissen. Georg winkt ab.

»Die kennen deine Kompositionen für die Abschlussarbeiten der Dokumentarfilmer in Potsdam. Mit einem von der Werbeagentur, einem Herrn Kla ... Klakows ... ? Sein Name ... eben noch ... wie auch immer, bin ich in Kontakt getreten.«

Ein Aufblitzen in Violas Augen zeigt Hanna, dass sie weiß, von wem die Rede ist.

»Der Schriftwechsel dazu liegt neben dem Vertrag auf meinem Schreibtisch. Solltest ihn genau durchlesen. Morgen …« Georg stockt, aber seine Hände bewegen sich weiter, als bediene er sich der Gebärdensprache. Er atmet hörbar durch. Versucht sich zu konzentrieren.

»Papiere«, fährt er fort, »private, die vom Haus, den Versicherungen und … na, eben alles andere, im Schreibtisch.«

Georg schüttelt über irgendetwas den Kopf. Will etwas sagen, aber gerade als Viola nachfragt, schiebt er den offenbar verschwimmenden Gedanken mit entschiedener Kopfbewegung beiseite. Dann wendet er sich an Hanna und bittet sie, sich ebenfalls den Vertrag anzusehen.

»Es darf keinen Fehler geben«, sagt er und sieht erst Viola, dann Hanna durchdringend an. »Zusammenstehen. Verantwortung füreinander übernehmen«, fügt er kaum hörbar hinzu, bevor er verstummt und schwer atmend vor sich hin starrt. Viola und Hanna schweigen, warten, bis er mit sehr leiser Stimme fortfährt: »Gemeinsam ist alles leichter … überhaupt, gemeinsam, wir haben oft genug bewiesen, was Freundschaft und Liebe wert sind.«

Georg lehnt sich zurück. Seine Finger, eben noch unruhig bewegt, als wollten sie fehlende Worte einfangen, liegen nun ineinander verschränkt in seinem Schoß. Ruhen aus. Wie seine verblassten blauen Augen, die nach innen zu schauen scheinen. Hanna spürt, dass er auf etwas wartet. Aber worauf? Sie gießt ihm Kaffee nach. Gibt Milch und Zucker in seine Tasse. Rührt um, während sie überlegt, warum ihm das eben Gesagte so wichtig war. Gerade jetzt. Sicher, es geht um Violas Versorgung, wenigstens so gut es eben möglich ist. Allerdings hat Viola es so gewollt. Sie war es, die ihn nicht hatte heiraten wollen.

Georg hatte Hanna dazu gesagt, dass Viola darauf bestehe, ihm jederzeit seine Freiheit zu lassen. Wenn er es eines Tages wolle, würde sie gehen, wie sie gekommen sei. Er wie Hanna hatten verständnislos darauf reagiert.

Wenn Georg etwas zustieße, wäre Viola tatsächlich allein auf sich gestellt. Den Nießbrauch am Haus hatte ihr Georg testamentarisch zugesichert; sicher würde auch eine Lebensversicherung fällig. Doch ansonsten wäre Viola auf die Einnahmen aus dem Unterricht Hochbegabter und für ihre Kompositionen angewiesen. Und wenn sie dazu nicht mehr in der Lage ist …

»Bekomme ich in diesem Jahr kein Geburtstagsgeschenk?«, hört Hanna Georg fragen.

Seit das Geheimnis um Violas neuen Auftrag gelüftet ist, hat er unablässig sie, Hanna, angesehen, als spräche er nur noch zu ihr. So jedenfalls hat sie es empfunden. Wie bei ihrer ersten Begegnung scheint es ihm darum zu gehen, dass sie genau zuhört, versteht, was er mit seinen Hinweisen beabsichtigt und was er von ihr erwartet, erhofft. Sie lauscht dem zuletzt Gesagten nach. Versucht es einzuordnen. Doch Erinnerungen an diese erste Begegnung treten in den Vordergrund, als Georg sie über alle Köpfe hinweg überrascht und erwartungsvoll angesehen hatte, während er seine Ansichten zur politischen Lage darlegte und begründete. Dabei war er so persönlich auf den Sinn des Lebens zu sprechen gekommen, als wollte er sie, die Unbekannte, damit für sich gewinnen. Seine leidenschaftliche, aber nicht bedrängende Stimme hatte sie eingefangen; der vertrauenerweckende Ton aufhorchen lassen. Wie ein Versprechen war der in ihr nachgeklungen, als sie noch nicht wusste, ob sie ihn je wiedersehen würde.

Es klingt albern, kitschig, denkt Hanna, aber es war Liebe auf den ersten Blick. Eine Liebe, die nie vergangen ist, weder ihre noch seine – daran zweifelt sie nicht.

Georg ruft Viola einen Musikwunsch zu. Also gibt es keine

neue Komposition als Geburtstagsgeschenk, sondern ein Wunschkonzert. Seltsam, dass Viola keine Zeit für ein Musikstück gefunden hat. Das sieht ihr gar nicht ähnlich.

Immerhin ist es Georgs achtzigster Geburtstag. Irritiert fragt sich Hanna, was sie sich wünschen soll. Eines der Stücke, die Martin bei Viola einstudiert hat? Das Frühlingskonzert von Beethoven oder das 3. Violinkonzert in Moll von Bach? Oder eine von Violas Kompositionen?

Hanna entschließt sich für die D-Dur Sonate von Schubert, mit der Martin seinen ersten Wettbewerb bei ›Jugend musiziert‹ gewann. Danach hatte er sich mit Bravour noch einige Auszeichnungen erspielt. Schade, dass er nach ihrer Scheidung den Geigenunterricht nicht fortsetzen wollte; nicht bei Viola, aber auch bei keiner anderen Lehrkraft.

Immerhin hat er das Malen nicht aufgegeben, obwohl er die Grundlagen dafür Georg verdankt, dem er nach ihrer Trennung so weit wie möglich aus dem Wege ging. Als er sein Studium an der ›Hochschule der Künste‹ aufgenommen hatte und in eine Wohngemeinschaft von Studenten seines Semesters gezogen war, hatte er endgültig jeden Kontakt zu Georg abgebrochen. Auch von ihr, Hanna, hatte er sich in den letzten vier, fünf Jahren nach und nach etwas zurückgezogen. Sie erklärt sich das damit, dass er mittlerweile ein selbstständiger, erwachsener Mann von demnächst siebenundvierzig Jahren ist.

Papier raschelt. Viola blättert in Bergen von Noten. Georg hat ihr offenbar einen neuen Musikwunsch zugerufen. Hanna kann sich auf die Auswahl der zuvor gespielten Musikstücke, die ihre Überlegungen bis hierher begleitet haben, kaum besinnen. Zuerst Kammermusik von Bach, aber dann? Georg wünscht sich die Komposition ›Aufbruch ins Ungewisse‹. Das Stück, das Viola für Georg zum 58. Geburtstag komponierte und mit dem sie ihn für sich gewann. Hanna hat es seitdem nie mehr gehört. Sie spürt Violas Blick über die Noten hinweg. Fragt sie sich, ob Hanna die Bedeutung der Komposition kennt? Wie sollte ihr das entgangen sein. Doch anders als damals, kann sie sich heute ohne Schmerz der Musik überlassen, mag sie sogar.

Die Scheidung war ein Einbruch in Hannas Leben gewesen, der sie gänzlich unvorbereitet getroffen hatte. Es wurde geradezu auf den Kopf gestellt; auch Martins, der fortan bis zum Abitur bei ihr lebte. Sie hatte eine Vollzeitstelle im Krankenhaus angenommen. Die Schicht- und Nachtdienste und die damit verbundene Planung hatten sich als anstrengend und schwierig erwiesen, denn sie wollte weiterhin genügend Zeit mit Martin verbringen. Eine Halbtagsstelle war für sie nicht infrage gekommen, denn das hätte sie von Georg abhängig gemacht. Undenkbar! Sich wieder stärker ihrem Beruf widmen zu können, war trotz allem befriedigend und ließ sie gar nicht erst in ein psychisches Tief abrutschen. Erst als Martin sein Studium aufnahm und auszog, holte das Verdrängte sie ein. Das Alleinsein wurde bedrückend. Und es stellte sie wieder und wieder vor die verwirrende Frage, wie es zu ihrer Trennung kommen konnte, obwohl Georg und sie sich liebten.

Hanna lebte nur noch von einem Treffen mit Martin bis zum nächsten und den gelegentlichen mit Georg. Beiden täuschte sie bei diesen Begegnungen ein ausgefülltes Leben vor. Gewiss, auf ihre Arbeit traf das zu, doch ansonsten fühlte sie sich unausgefüllt. Ihrem Dasein fehlte jeder Sinn. Bis …

Inge, die unbekümmert rundliche und herausfordernd naturblonde Hebamme, betrat das Dienstzimmer. Eine Frohnatur mit Tiefgang. Hanna hätte nicht aufblicken müssen, um zu wissen, dass sie es war. Mit ihr wehten sozusagen ein frischer

Wind und der Duft von Frühlingswiesen herein. Seit ihrer Einsätze in den Slums fremder Länder, wo sie schon jahrelang den Großteil ihres Urlaubs verbrachte, benutze sie dieses Parfüm, das einfach zu ihr gehörte. Hanna sah die Gleichaltrige gerne an, deren Lächeln, das in ihrem Gesicht tiefe Falten eingegraben hatte, sich auf Hannas Stimmung übertrug.

»Brauche einen starken Kaffee«, sagte Inge und ließ sich mit ihrem Becher auf den Sessel vor Hannas Schreibtisch fallen. Um diese Zeit war es meist ruhig im Nachtdienst. Die notwendigen Verrichtungen waren erledigt. Den ersten Notsignalen der Nacht waren sie gefolgt. Hanna und Inge hatten sich verabredet, um ein am Tag zuvor abgebrochenes Gespräch fortzusetzen. In der vergangenen Nachtschicht hatten vermehrte Notaufnahmen das Erzählte immer wieder in kleine Stücke gerissen, sodass Hanna Inge darum bat, dieses Puzzle mit einigen Worten nochmals zusammenzufügen.

»Wirklich, du willst noch mehr davon hören?« Hanna nickte. Sie hatte im Laufe der Jahre immer mal dies oder jenes über Inges Urlaubseinsätze bei ›Ärzte ohne Grenzen‹ und ähnlichen Organisationen mitbekommen, aber das Gespräch am gestrigen Tag hatte sie mehr als je zuvor interessiert, sodass sie noch vor dem Dienst Inges verschiedene Einsatzorte im Atlas nachgeschlagen hatte.

Reisen, andere Kontinente kennenlernen – davon hatte Hanna als Heranwachsende und als junge Frau geträumt. Vor ihrer Heirat hatte sie sich einige Reisewünsche erfüllt. Doch Georg hatten die Wanderungen im Bayerischen oder die Urlaube an Nord- und Ostsee gereicht. Die fand er auch für Martin geeigneter, und damit hatte er bis zu dessen dreizehntem, vierzehntem Lebensjahr zweifellos recht gehabt. Aber nach dem Abitur? Hätten sie Martin nicht eine große Auslandsreise schenken sollen? Sie dachte an die jungen Israelis, die in der Regel nach Abitur und Wehrdienst für sechs bis zwölf Monate die Welt bereisen, um Erfahrungen zu sammeln und Sprachkenntnisse zu vertiefen. Es schadet ihnen offensichtlich nicht, sich erst dann dem Alltag zu stellen.

Hanna hatte während ihrer Ehe alle Reisewünsche zurückgestellt. Und jetzt, wieder allein, mochte sie sich keiner Reisegruppe – auch nicht der eines anspruchsvollen Reiseveranstalters – anschließen, wie es Freundinnen und Bekannte von ihr taten. Nicht, dass sie Sehenswürdigkeiten und unbekannte Landschaften nicht interessiert hätten, aber ihr fehlte der Kontakt zu den Menschen vor Ort. Gewiss, Begegnungen mit den Ureinwohnern Südamerikas, Afrikas oder der Mongolei fanden auch bei diesen Reisen statt. Geplante touristische Eindrücke wurden vermittelt. Doch wie konnten die dem Anspruch nach Authentizität gerecht werden? Hanna wollte diese Menschen näher kennenlernen – ihren Alltag, ihre Wünsche und Zukunftspläne, ihren Blick auf die Welt. Davon erzählte Inge, die diesen Menschen durch ihre Arbeit in den Krankenstationen vieler Länder nähergekommen war.

»Oft unter schwierigen Bedingungen für beide Seiten. Nicht immer geht das über gegenseitiges Verständnis und Toleranz hinaus. Für ein gedeihliches Miteinander braucht es aber uneingeschränkte Akzeptanz«, gab Inge zu bedenken. »Nur noch zwei Monate, dann ist es wieder so weit.« Damit endete Inges Bericht.

»Wohin gehst du diesmal?«

»Nach Mali.«

»Nicht ungefährlich, und auch da warten nur Kranke auf dich.«

»Stimmt, aber ihre Versorgung ist noch wichtiger als hier; die fehlt dort oft gänzlich. Und die Menschen und ihr Anderssein faszinieren mich. Außerdem belohne ich mich in der letzten Woche immer mit einer Erholungswoche vom Feinsten.«

»Und die kannst du nach einem solchen Einsatz genießen?«

»Kann ich«, sagte Inge, ganz die handfeste Krankenschwester und Hebamme, die schon immer wusste, was sie wollte.

»Was ich nicht kann, sind vier Urlaubswochen ›all inclusive`. Tag für Tag Animation, Essen und Trinken. Ein Albtraum. Auch Wandern oder Segeln ist nicht mehr meine Sache. Ebenso wenig per Daumen quer durch die halbe Welt bis nach Indien zu trampen. In meiner Jugend war das okay, aber die ist lange vorbei.«

Inge breitete einen Hochglanzprospekt vor Hanna aus.

»Wie du siehst, opfere ich mich bei den Hilfsorganisationen nicht auf. Nach meinem Einsatz verbringe ich eine Woche am schönsten Ort des jeweiligen Landes. Möglichst am Meer. Das muss sein. Das gönne ich mir!« Es folgte die für Hanna völlig überraschende Frage, ob sie nicht einfach mal mitkommen wolle.

Hanna schreckte auf. Daran hatte sie nie mehr gedacht. Als sie sich für ihr Studium entschieden hatte, schon, aber das war ein unerfüllter Traum geblieben.

»Oder hast du schon andere Pläne?« Inge ließ nicht locker.

»Keine, aber so kurzfristig?« Hanna spürte Furcht in sich aufsteigen, zweifelte daran, dass sie sich das zutrauen könne.

»Noch acht Wochen …«

»Wohin eigentlich, was hast du gesagt?«

»Mali.« Inge zögerte, bevor sie hinzusetzte: »Aids, HIV-infizierte schwangere Frauen und Kinder, du weißt schon.«

Hanna lehnte sich zurück, presste sich fest an die Stuhllehne, bis es schmerzte. Unter Inges besorgtem Blick entspannte sie sich schnell wieder. Wollte ihr kein schlechtes Gewissen machen. Dass ihr Bruder an Aids gestorben war, wusste Inge.

Und Hanna wusste, dass Inge vor fünfzehn Jahren ihr Kind bei der Geburt verloren hatte, und das, nachdem sie wegen der Schwangerschaft von ihrem Partner verlassen worden war. Die Konsequenz für die Krankenschwester Inge: Sie ließ sich zur Hebamme ausbilden.

Forderte Jürgens Aids-Tod auch eine Konsequenz?

Hanna war Inges Blick nicht ausgewichen. Hielt ihm stand, während sich in ihr Empfindungen einstellten, die sie zu ordnen versuchte, um sich Inges Frage zu stellen.

»Meinst du, ich halte das aus?«

»Hätte ich dich sonst gefragt? Skeptisch bin ich eher wegen der luxuriösen Erholungswoche. Aber im Ernst, alles ist besser, als dich hier zu verkriechen«, sagte Inge mit Nachdruck und, wie Hanna schien, sogar etwas vorwurfsvoll. Inge hatte recht. Sie war dabei, ihr Leben zu vergeuden, statt die Zeit zu nutzen. Nicht allein für andere – auch für sich.

Die rote Lampe des Notrufs leuchtete auf. Hanna erschien es wie das Stoppzeichen für ihr augenblickliches Leben. Ein Signal rief zur nächsten Geburt. Schon wehten ihre Kittel durch den Gang der Station.

»Und du?«, hört Hanna Georg fragen, kaum dass der letzte Ton des Violinkonzertes verklungen ist.

»Hast Du die versprochenen Fotos von deiner erweiterten Krankenstation in Uganda mitgebracht?«

Als habe ihn die Musik entspannt, ist er in diesem Augenblick wieder ganz der Alte.

»Viola und ich haben gefunden, dass wir die Fotos erst nach dem Abendbrot ansehen«, sagt Hanna in der vagen Hoffnung, dass Martin bis dahin kommt.

»Lies doch zuerst die Geburtstagskarten.« Viola holt sie vom Klavier, wo sie gegen die Vasen mit den Blumengrüßen, die eingetroffen waren, gelehnt hatten.

»Eine weitere Verschnaufpause kann dir nur guttun«, fügt sie hinzu, während sich Georg folgsam wie ein Kind in Richtung der Treppe entfernt. Nicht springend, sondern schlurfend. Sein Anblick schmerzt. Hanna möchte ihm beispringen, ihn stützen. Doch sie weiß, dass ihn das verunsichern, ja kränken würde. Er will nicht schwach erscheinen.

Als das Geschirr abgeräumt und im Geschirrspüler verstaut ist, sitzt Hanna Viola gegenüber, die sie noch nie so ratlos und verzweifelt gesehen hat.

»Du hast nie über seinen Zustand gesprochen oder etwas geschrieben. Wie lange …«

»Zuerst habe ich seine Vergesslichkeit und seine Erschöpfungszustände seinem Alter zugeschrieben, aber beides nimmt rasant zu und sein Verhalten … manchmal wird er richtig böse, laut … ausgerechnet Georg … dann ist er mir ganz fremd.« Nach einer Pause fährt Viola fort: »Oft erschrecke ich vor mir selbst, habe keine Geduld, fühle mich lieblos und dann … mache ich mir Vorwürfe …« Viola hält inne. Schluckt. Unterdrückt Tränen.

»Du machst alles ganz richtig. Es ist unsäglich schwer sich auf ihn einzustellen. Das merke ich doch auch. Er wirkt müde und angestrengt. Oft abwesend. Das Warten auf Martin nimmt ihn noch zusätzlich mit. Wir müssen ihn irgendwie ablenken.«

»Ich vertraue auf die Wirkung deiner Fotos und dessen, was du berichten wirst. Auch ich freue mich darauf«, erwidert Viola, sieht Hanna gefasst an und fügt hinzu, »und auch, dass du bleibst.«

Hier? Oder in einer eigenen Wohnung? Hanna weiß ebenso wenig, was Viola meint, wie sie weiß, was sie tun soll. Doch es ist der richtige Moment, von ihrer Krebserkrankung zu sprechen. Sie muss Viola ihre Grenzen aufzeigen. Während Hanna stockend zu reden beginnt, sieht sie Violas Bestürzung, die Hanna klarmacht, wie schockiert Viola ist, dass sie sich nicht behandeln lassen will.

»Du, ausgerechnet du willst aufgeben?« Viola ist anzusehen, dass sie das nicht versteht. Und Hanna ist dankbar, dass Viola nicht einen Augenblick daran denkt, dass es nun noch eine weitere Kranke im Hause gibt. Und doch flieht sie kurz darauf in ihr Zimmer, verfolgt von Violas Worten: Aufgeben, du?

Sie schaut zu dem Entwurf des Spendenaufrufes für Kitulikizi hinüber, den Inge mit roten Anmerkungen wie in der Schule versehen und bei Georg und Viola abgegeben hat. Hanna weiß von ihnen, dass Inge, die sich seit ihrer Verrentung weiter für ihr Projekt in Mali engagiert, gerade vier Wochen Urlaub in Berlin macht. Offenbar der Ersatz für seinerzeit einwöchige Luxusurlaube irgendwo am Meer.

Bei dem Gedanken an Inge steht Hanna wieder Violas Reaktion vor Augen. Würde Inges ebenso sein? Vermutlich, denn Inge war zäh, hat niemals aufgegeben. Ist sie also schwach? Feige sogar? Hanna lässt sich in den Sessel fallen und greift nach den Seiten auf dem Tisch, die sie vor wenigen Wochen noch voller Empathie und Zuversicht geschrieben hat. Sie hofft, dass am Abend etwas von der damaligen Lebensfreude auf alle überspringen wird.

Entwurf für einen Spendenaufruf:
Kitulikizi, ein Dorf in Uganda, ist in etwa eineinhalb Stunden mit dem Pick-up von Masaka aus zu erreichen und kann im Jahr 2012 zu Recht ein Musterdorf genannt werden, auch wenn es auf keiner der üblichen Landkarten zu finden und mit einem deutschen Dorf nicht zu vergleichen ist. Es liegt 1200 Meter hoch und besteht aus einem großen, von einem riesigen

Baum beschatteten Platz, auf dem sich die Dorfbewohner für wichtige Absprachen und Feste treffen. Dort befindet sich neben der Kirche und einer staatlichen Schule seit drei Jahren ein Kindergarten, den das deutsche Ehepaar Heidi und Franz Sch. hat bauen lassen. Die Dorfbewohner wohnen auf den grünen Hügeln ringsumher, zu denen man auf ausgespülten roten, lehmigen Straßen gelangt. Ihre kleinen Grundstücke nutzen sie als Selbstversorger für den Anbau von Gemüse und auch für Kaffee, von dem sie den größten Teil gemeinsam verkaufen. Ihr Vorteil: Die Witterung erlaubt jährlich zwei Ernten. Ursprünglich wollten sich Heidi und Franz der Waisenkinder in Uganda annehmen. Diesen Gedanken gaben sie aber auf, als sie feststellten, dass es einerseits von karitativen Institutionen unterstützte Waisenhäuser gab, die meisten der Kinder aber in ihren Großfamilien blieben – in erster Linie bei den Großeltern. Und diese Verwandten wiederum werden u.a. vom ›Tilapia Förderkreis‹ unterstützt, mit deren Vorsitzender Mary M. ich durch Heidi und Franz Sch. bekannt wurde. Mary sammelt Geld in Deutschland und kümmert sich anderseits im Land um neu zu bauende und vorhandene Fischteiche, die für eine eiweißreiche Ernährung sorgen. So greift eines ins andere.

Jedenfalls brachte diese Erfahrung das Ehepaar darauf, sich nicht einzelnen Menschen oder Familien, sondern Aufgaben zu widmen, die einer ganzen Dorfgemeinschaft – wie eben Kitulikizi – zugutekommen.

Naheliegend war zunächst der Bau eines Kindergartens, in dem heute etwa 200 Kinder ab dem 4. Lebensjahr eine Art Vorschulbildung erhalten. Wie die ältere Generation sprechen sie nur ihre Stammessprache Luganda. Im Kindergarten beginnen sie die Amtsprache Englisch zu lernen. Oft kommen sie von ihren bis zu zehn Kilometern entfernten Wohnstätten dorthin, ohne etwas gegessen zu haben. Um lernen zu können, erhalten sie kostenlos einen Porridge aus Mais. In der danebenliegenden staatlichen Schule kommen nur die Hälfte der etwa 750 Kinder in diesen Genuss, da die Eltern das Porridge dort selbst bezahlen müssen, viele das Geld dafür aber nicht haben. Daher musste und muss sich auch heute noch vieles ändern, damit die Eltern über die Selbstversorgung hinaus ein Einkommen erzielen können. In enger Absprache und Zusammenarbeit mit den Dorfbewohnern gründete das Ehepaar kleine Arbeitsgruppen. Es gibt eine Gruppe die Näharbeiten verrichtet, und weitere, die sich mit Bastverarbeitung und Nudelherstellung befassen. Darüber hinaus geht es um nachhaltigere Landwirtschaft. Ein Geschäft für Sämereien und einfachen landwirtschaftlichen Bedarf wurde eröffnet und darüber hinaus noch die Arbeit in einer Holzwerkstatt aufgenommen. Wenn wie vorgesehen noch die Schweinezucht und eine Bäckerei realisiert sind, soll das Projekt mit dem Stromanschluss an das nächste, fünfzehn Kilometer entfernte Dorf abgeschlossen werden.

Es bedurfte anfangs einer großzügigen Anschubfinanzierung des Ehepaares. Jetzt sollen sich die Gruppen nach und nach über gemeinschaftliche Mikrokredite finanzieren, die solange zur Verfügung gestellt werden, bis durch die Einnahmen aus den zu leistenden Zinsen eine eigene Finanzierung möglich wird. Ziel ist es, dass die Dorfbewohner irgendwann vom Sponsoring unabhängig werden. Zuvor galt es allerdings, die grundsätzlichen Lebensbedingungen zu verbessern. Dabei ging es um Wohnverhältnisse und Wasseranschlüsse, d.h. um Hygiene.

Inzwischen gibt es in Kitulikizi kaum mehr Lehmhütten. Die rote Erde macht es möglich, daraus Backsteine herzustellen. Es gibt in Uganda zwar eine entsprechende Fabrik, aber aus Kostengründen formen die Bewohner die Backsteine selbst. Sie lassen sie in der Sonne trocknen und bauen damit ihre Häuser, die zumeist bis zu 20qm Platz für Familien mit acht und mehr Kindern Schutz vor Regen und nächtlicher Kälte bieten. Gekocht wird traditionell in einem kleinen Verschlag außerhalb des Hauses. An Regentagen und zum Essen sitzt man im Haus auf Bastmatten. Am Abend wird der Boden mit Matratzen ausgelegt. Möbel sieht man selten und nur bei bessergestellten Familien. Unweit der Häuser gibt es, anders als früher, ein ummauertes Plumpsklo, und mindestens für immer zwei Familien steht ein gemeinsam zu nutzender Wasseranschluss zur Verfügung. Neu sind die Wasserbehälter, die 500 bis 5000 Liter fassen und eine Vorratshaltung zur Bewässerung der Felder gewährleisten. Am entfernten Dorfrand und in den anderen Dörfern laufen die Kinder noch immer mit Fünf- oder Zehn- Liter-Kanistern auf dem Kopf kilometerweit, um Wasser herbeizuschaffen; oft aus verschmutzten Tümpeln. Wenn es gelingt, das eigene Stück Land durch die regelmäßige Bewässerung ertragreicher zu bewirtschaften, kann sich die Familie besser versorgen und auch Erzeugnisse auf dem Markt in der näheren Umgebung verkaufen. Der Kaffeeverkauf erfolgt schon jetzt gemeinsam, um bessere Preise zu erzielen.

Hanna fühlt sich ermüdet. Ist es, weil sie den Text kennt, oder ist er einfach zu lang? Dabei ist von so vielem noch nicht die Rede gewesen, vor allem nicht … Sie beginnt den weiteren Text wenigstens anzulesen:
Franz und Heidi haben das Ziel, Kitulikizi in den nächsten ein, zwei Jahren von ihrer Unterstützung unabhängig zu machen. Dazu gehört die Anlage eines Fischteiches zur Aufzucht von Tilapias. Innerhalb eines Jahres kann das einen Gewinn abwerfen, mit dem sich der Kindergarten finanzieren lässt.
Die Last des täglichen Lebens wird vor allem von den Frauen getragen, die sich auch zuerst und immer noch mehrheitlich in den Projekten engagieren. Wie sie das schaffen? Neben der schweren Arbeit verbindet sie eine überschäumende Lebensfreude … ungeklärt blieb die weitgehende Abwesenheit der

Männer. Zum Teil sind sie auf Arbeitssuche in den Städten; oft vergeblich oder äußert schlecht bezahlt – der Tageslohn beträgt ein bis zwei Euro. Aber all die anderen? Ihre Abwesenheit ist so augenfällig wie die des Staates, wenn man von der hohen Präsenz von Polizei und Militär absieht. Ugandas Präsident Museveni wurde nach 30-jähriger Amtszeit gerade wiedergewählt. Nicht weil er so viel für die Bevölkerung tut, sondern weil das Trauma der Zeit Idi Amins noch nicht überwunden ist und man nicht weiß, was das Land von einem anderen Herrscher zu erwarten hätte. Aus diesem Grund halten sich auch Investoren weitgehend zurück, sodass selbst gut ausgebildete junge Menschen keine Arbeit finden. Einen Verdienst muss man allerdings selbst diesem Präsidenten zusprechen: Anders als andere afrikanische Staatsmänner hat er dafür gesorgt, dass sich Aids in Uganda nicht ungehindert ausbreiten konnte … Welch ein Glück für die nachwachsende Generation. Viele der Alten sind während der Regierungszeit Idi Amins umgekommen. Jetzt prägt die junge Generation das Bild des Landes. Und die Kinder. Die Geburtenrate ist hoch. Wegen der Kinder ist das Ehepaar, das mich erstmals nach Uganda mitnahm, dort aktiv geworden, statt ihren Lebensabend unbelastet zu genießen.

Ihr Engagement geht wohl in erster Linie auf eigene Erfahrungen in der Kindheit zurück. Beide haben Armut am eigenen Leib verspürt, doch anders als die Kinder und Jugendlichen in Kitulikizi, hatten sie die Möglichkeit, durch Aus –und Weiterbildungsmöglichkeiten voranzukommen. Sie haben hart gearbeitet und es zu einem gewissen Wohlstand gebracht. Nun sind sie bereit, von dem, was sie sich erarbeiten konnten, etwas abzugeben. Dabei geht es eben nicht nur um Geld, wie es auch durch die staatliche Entwicklungshilfe zur Verfügung gestellt wird …nur wenn man die Menschen bei der Entwicklung ihres Dorfes begleitet und dabei deren Lebensgewohnheiten berücksichtigt, kann nachhaltige Wirkung erzielt werden. Leider scheitern Institutionen häufig an ihren begrenzten Einsätzen. Es reicht nicht, einen Brunnen zu bohren und dann weiterzuziehen. Es geht darum, dass das Geschaffene erhalten wird. Es gilt, sich um die Wartung zu kümmern. Und die staatliche Entwicklungshilfe, die oft den Regierenden zufließt, kommt durch Korruption häufig gar nicht bei der Bevölkerung an. Es braucht endlich Projekte, deren Entstehung und Instandhaltung von den Geldgebern kontrolliert wird.

Heidi und Franz sind ein Beispiel für viele Privatinitiativen, die die Welt besser zu machen versuchen. Engagierte Menschen wie sie sind es, die versuchen, den Afrikanern das Überleben in ihrer Heimat zu ermöglichen. Dafür gebührt ihnen Dank und Anerkennung.

Vielleicht gibt es Menschen, die es ihnen gleichtun oder mit einer Spende zum Gelingen solcher Projekte beitragen wollen.

Während Hanna ihren Bericht las, verfolgte sie auch Inges rote Unterstreichungen, ihre Pfeile und Anmerkungen; zunehmend erregt, als folge sie ihrer eigenen Fieberkurve. Inges Rotstift weißt den Weg, wie man Menschen mitreißen kann. Hanna fühlt sich in einen Fesselballon versetzt, mit dem sie Uganda überfliegt. Dieses wunderschöne, weitgehend fruchtbare und doch noch immer so unentwickelte Land. Inge hat recht, so müsste die Wirkung des Aufrufs sein, so elektrisierend, wie sie ihn Dank der roten Änderungsvorschläge eben verspürt hat. Es wäre gut, den Bericht zusammen mit ihr umzuschreiben. Warum Inge nicht anrufen, sich verabreden? Hanna greift nach ihrem Handy.

»Inge Horst.«

»Hanna hier, ich wollte dir für die Änderungen danken, vielleicht …«

»Schön, dich zu hören.«

»… können wir uns treffen?«

»Aber ja, wäre großartig. Wie geht es dir?«

Hanna zögert, bevor sie von der Krebsoperation spricht. Aber es scheint ihr nur gut, wenn Inge vor ihrem Zusammentreffen davon weiß. Wie sollten sie sich sonst ehrlich miteinander austauschen, über Pläne oder deren Ende sprechen.

»Und wie geht es dir?«, fragt Hanna schließlich nach.

»Unverwüstlich wie immer, aber noch mal zu dir. Du brauchst wegen der Behandlungen natürlich eine längere Auszeit. Wäre doch gut, wenn du dich derweil um diese Spendenaktion kümmern würdest.«

»Der Bericht für die Spendenaktion … können wir den nochmals gemeinsam durchgehen? Vielleicht hast du auch noch Ideen, welche anderen Institutionen man ansprechen kann oder …«

»Aber klar. Und wenn dir dann noch Zeit und Kraft bleibt, ich könnte deine Unterstützung für mein Brillenprojekt gebrauchen: einsammeln, Sehschärfe überprüfen lassen. Wegen alter Modelle Kontakte zu Optikern nutzen und neue suchen. Entschuldige, ich will dich nicht bedrängen, aber diese Arbeit könntest du dir nach deinem Befinden einteilen, und …«

»Lass uns bei unserem Treffen darüber sprechen. Wann meinst du, wann hast du Zeit?«

»Am nächsten Samstag bei mir, wäre dir das recht?«, fragt Inge nach.

Hanna denkt kurz an Martin. Doch wie soll sie wissen, wann er kommen wird. Eher wird sie ihn wohl in seinem Atelier aufsuchen. Sie nimmt Inges Einladung an.

Als Hanna auflegt, fühlt sie sich erleichtert; auch weil sie nichts von den bisher zurückgewiesenen Behandlungen gesagt hat.

Inge ist sich treu geblieben. Sie hat sie nicht mit Anteilnahme und Bedauern deprimiert, sondern ganz pragmatisch daran gedacht, wo sie jetzt gebraucht werden könnte.

X. Viola

Das Telefon hatte mitten in der Nacht geläutet und Georg aus dem Schlaf gerissen. Violas Schwester Ilona teilte ihm mit, dass ihre Mutter im Sterben lag.

Viola hatte ihre Mutter viele Jahre nicht mehr gesehen. Das letzte Mal auf einer U-Bahn-Station, inmitten heruntergekommener Männer, die eine Wodkaflasche kreisen ließen. Eine Frau war dabei, mit einer Jacke bekleidet, deren einer Ärmel ausgerissen war. Die Finger wurden bis zu den Knöcheln von den Ärmeln eines verfilzten Pullovers gewärmt, den sie darunter trug. Ihr Haar war strähnig, glänzte fettig. Der glasige Blick der Frau ... ihrer Mutter. Das höhnische Lachen, als Viola sie erkannt hatte und stehen geblieben war, dröhnt ihr jetzt wieder in den Ohren. Sie hatte die Flucht in den einfahrenden Zug ergriffen. Das Gefühlsgemisch aus Ekel und trauriger Hilflosigkeit war geblieben.

Ilona hatte Georg das Krankenhaus genannt, in dem die Mutter eine Woche zuvor aufgenommen worden war. Und er hatte ganz selbstverständlich angenommen, dass Viola dorthin fahren würde. Doch sie hatte keine Anstalten gemacht aufzustehen. Sie hatte nur daran denken können, dass das eine gute Nachricht war – für alle, auch für die Mutter selbst. Schluss mit diesem elenden Leben zwischen Alkoholexzessen und Entzugskliniken. Um nichts in der Welt wollte Viola ins Krankenhaus fahren! Es grauste ihr vor dem erneuten Anblick dieser heruntergekommenen, aufgedunsenen Frau.

»Es könnte dir irgendwann leidtun, dich nicht von ihr verabschiedet zu haben«, gab Georg zu bedenken. Sie wusste, dass er keine Gelegenheit gehabt hatte, sich von seiner Mutter oder seinem Vater zu verabschieden. Aber das war es nicht, was sie nach einiger Zeit auf die Beine brachte. Auch nicht, dass Georg anbot, sie zu begleiten. Wieder einmal hatte Viola sich gefragt, ob diese Frau auf der U-Bahn-Station wirklich ihre Mutter gewesen war. Konnte das überhaupt sein? Hatte sie sich geirrt? Oder gehörte diese Begegnung in die Welt der Albträume, die sie immer wieder einholten. Zum einen die von der gefeierten Tänzerin, dann die über die heruntergekommene Säuferin. Vielleicht würde der Anblick der Toten diese Erinnerungen löschen, wenn nötig auch die an die Tänzerin.

Es war ein nebliger Oktobermorgen. Noch schickten die Laternen mattes Licht auf das Pflaster. Der Sturm am vorherigen Wochenende hatte die letzten Blätter von den Bäumen geweht, die nun, vom nächtlichen Regen durchnässt, die Straßen in gefährlich glitschige Flächen verwandelten. Sie zwangen den Autoverkehr ebenso wie die Fußgänger zur Langsamkeit. Wie für mich gemacht, ging es Viola durch den Kopf, und dass sie alles darum geben würde, erst im Krankenhaus anzukommen, wenn ihre Mutter nicht mehr am Leben war.

Aber wenn sie noch lebte? Viola fiel nichts ein, was sie ihr sagen könnte, wollte.

Der Eingang zum St. Marien-Krankenhaus war hell erleuchtet. Dass ihre Mutter hierher gebracht worden war, ließ nicht auf ihre Erkrankung schließen. In dieser Einrichtung wurden ausschließlich ältere Menschen aufgenommen; häufig nach einer Operation in anderen Kliniken. Im Eingangsbereich folgten sie dem auffordernden Schild, sich die Hände zu desinfizieren. Dann gingen sie zum Empfang, um Station und Zimmernummer zu erfragen. Der Pförtner gähnte mit weit aufgerissenem, fast zahnlosem Mund. Seine Bemerkung, dass keine Besuchszeit sei, war nur zu erahnen, während er nach kurzem Blick in seine Unterlagen die Auskunft von Station und Zimmernummer automatisch hervorstieß.

Georg und Viola beeilten sich den Fahrstuhl zu erreichen, bevor der Mann sie daran hindern konnte, der gerade die Tür zur Pförtnerloge aufstieß. Die Metalltür schob sich zwischen sie und ihn. Ihr Aufatmen vermischte sich mit dem leisen Geräusch der Aufwärtsbewegung. Das erwies sich aber nur als erste Klippe, die genommen werden musste; sie kamen nicht ungesehen am Schwesternzimmer vorbei. Die einzig anwesende Kraft stellte sich ihnen in den Weg, um zu fragen, wohin sie zu dieser Zeit wollten. Viola nannte ihren Namen und bekundete ihren Wunsch, ihre Mutter sehen zu wollen. Die Krankenschwester schüttelte abweisend den Kopf.

»Eine Patientin dieses Namens liegt nicht auf unserer Station«, sagte sie barsch.

»Sie irren sich«, protestierte Viola gereizt.

Georg begriff, worum es ging. Viola trug noch immer ihren Mädchennamen, aber die Mutter hatte nach dem Tod ihres Vaters diesen Alfred Bichsel aus Schwaben geheiratet.

»Die Mutter heißt Bichsel«, erklärte Georg der Schwester, die gerade Luft holte, um auf Violas Vorwurf zu reagieren.

»Was denn, Frau Bichsel hat bei ihrer Einlieferung angegeben, dass sie keine Angehörigen hat.« Die Krankenschwester hatte ihren unfreundlichen Ton nicht abgelegt, der sich nicht so recht auf die neue Situation einstellen wollte. »Und nun eine Tochter gestern und heute noch eine«, schnaufte sie, als hätten noch weitere Geschwister hinter Viola Aufstellung genommen.

»Wir haben gerade erst von ihrer lebensgefährlichen Erkrankung erfahren«, sagte Georg um einen begütigenden Tonfall bemüht, während sich Viola erschöpft gegen die Wand lehnte.

Sie würde keinen Schritt mehr gehen können. Schon gar nicht in besagtes Zimmer. Und wenn doch, was um alles in der in der Welt würde sie zu ihrer Mutter sagen? Sie empfand keine Liebe für diese Frau, die sie einmal zur Welt gebracht hatte, obwohl sie das Wunsch- und Sonntagskind ihrer Eltern gewesen war. Gewesen ...

»Frau Bichsel bleibt nur noch wenig Zeit, deshalb glaube ich ihnen das mit der Tochter mal«, sagte die Schwester mit herablassender Stimme und weiterhin skeptischem Blick. Mit energischen Schritten ging sie voraus, öffnete schließlich eine Tür und ließ Viola und Georg an sich vorbei das Krankenzimmer betreten. Viola sah sechs sehr alte Frauen in ihren Betten liegen, die gerade erst aufgewacht waren und auf das Frühstück warteten oder darauf, gewaschen zu werden. Ihr Blick glitt von einer zur anderen. Ihre Mutter war nicht unter ihnen. Georgs Arm, der sich um ihre Schultern legte, ermutigte sie, sich die Frauen, die unruhig zu werden begannen, nochmals aufmerksam anzuschauen. Sie beantworteten ihren suchenden Blick aus trüben Augen, zupften an Haarsträhnen, versuchten sich aufzurichten, sich der Bettdecke zu entledigen. Nur die letzte der Frauen in der rechten Ecke neben dem Waschbecken lag weiterhin reglos mit geschlossenen Augen da. Das Gesicht seitlich liegend, fast durchsichtig wirkend, darüber kurzes weißes Haar, das eine wunderschöne Kopfform erkennen ließ, als wäre der Kopf in einer Porzellanmanufaktur modelliert worden. Es dauerte eine Weile, bis Viola ihren Blick loszureißen vermochte, um die Gestalt der Kranken zu betrachten, die sich flach unter dem Bettzeug abzeichnete. Ein Arm neigte sich wie ein Zweig dem Boden zu. Die Hand verharrte in einer unendlich zarten Drehung, während die Finger auf eine ganz eigene Art graziös auf etwas zu zeigen schienen.

»Sie ist es«, flüsterte Viola und konnte nicht davon ablassen die Hand zu betrachten, die ihr die tanzende Mutter vor Augen holte, die federleichte Prinzessin auf Spitzenschuhen, geliebt und bewundert von vielen – vor allem von ihr. Lass die Augen geschlossen, bat Viola die Mutter in ihrem Innern. Sie könnten alles zerstören, was sie berührte, was in Sekundenschnelle die faszinierend schöne Frau, die ihre Mutter gewesen war, in ihr hatte lebendig werden lassen. Diese zugeneigte Geste ihrer Hand, die als Kind durch Violas Haar gefahren war ... Der Blick aber, den ihr die Mutter auf der U-Bahn-Station zugeworfen hatte: Bitte nicht!

»Sie ist es«, wiederholte Viola an Georg gewandt, der zustimmend nickte.

Wie das, er kennt sie doch gar nicht? Es war ihr all die Jahre gelungen, jede Begegnung der beiden zu verhindern.

Viola wartete, bis die aufgestiegene Röte aus ihrem Gesicht verschwunden war, bevor sie Georg fragte, woher er ihre Mutter kenne.

»Ihre Kopfform, der schlanke Hals, seine behutsame Drehung ... ihr seht euch unglaublich ähnlich.«

Viola wusste nicht, ob sie sich über die Ähnlichkeit mit der Mutter freuen sollte. Sie strich leicht über deren Hand, die Finger. Schaudernd, denn die Finger – für sie das einzige Zeichen des Erkennens – waren kühl und erstarrt, schon fast leblos.

Als sie das Krankenhaus verließen, war der Himmel von kaltem, klarem Blau. Der Horizont war kreuz und quer von hellen, sehr geraden Strichen durchzogen – angekratzt, zerbrechlich. Wie die irdenen Suppenteller bei der Großmutter in Oranienburg, in die jeden Tag der Sommerferien Gemüsesuppe geschöpft wurde. In der Zeit der Theaterferien kam manchmal auch die Mutter dazu. Unvorhersehbar herbeigeflogen wie ein Schmetterling. Hell und lächelnd, brachte sie lustige Geschichten und gute Stimmung mit, was selbst die Großmutter aufheiterte und dazu brachte, am Nachmittag noch Kuchen und Bohnenkaffee aus dem Westen auf den Tisch zu zaubern und für Viola Kakao; Köstlichkeiten, die es ohne die Mutter nicht gab. Viola streifte mit ihr durch den Garten oder saß neben ihr auf der Bank unter den Obstbäumen. Mutters Hand glitt durch ihr Haar, streichelte ihre Wangen oder strich über ihre Schultern, um sie gleich darauf in die Arme zu nehmen. Kindheit. Vergangenheit. Lange vorbei.

Als Georg bei ihrer Rückkehr den Schlüssel in die Haustür steckte, begann das Telefon zu läuten.

Viola ging an ihm vorbei und nahm den Hörer ab. Es war Ilona, die aus dem Krankenhaus anrief. Sie hatten sich um wenige Minuten verpasst.

»Unsere Mutter ist eben gestorben«, sagte Ilona mit ruhiger Stimme, der keine bestimmte Gefühlsbewegung anzuhören war. »Hier werde ich alles erledigen, aber wir müssen uns treffen, um das Notwendige zu besprechen«, hörte sie ihre Schwester sagen.

»Das Notwendige«, wiederholte Viola und fragte sich, was das sein sollte. Es klang so wichtig, so drängend. Und wozu das Treffen mit der Schwester, die sie nicht kannte?

»Das Begräbnis, wir müssen zum Bestattungsinstitut und danach mit dem Pfarrer wegen der Grabrede sprechen«, erklärte Ilona geduldig.

Viola schwieg, um den Sinn der Worte zu verstehen. Und während sie sich darum bemühte, wich die Betäubung, die sie am Krankenbett ergriffen hatte.

»Du hast recht«, sagte sie und fühlte sich so müde, dass sie nur noch daran denken konnte, dass die Begegnung nicht jetzt, nicht gleich sein sollte. Und wo überhaupt?

»Morgen ist Sonntag, da können wir ohnehin nichts erledigen. Lass uns morgen in Ruhe zusammensitzen und alles besprechen«, schlug Ilona vor, als hätten sich Violas Gedanken Gehör verschafft.

»Ja gut, und wann und wo?« fragte sie die Schwester und war dankbar, dass diese sich offenbar gut aufs Organisieren verstand.

»Um 15 Uhr zum Kaffee bei mir«, schlug Ilona vor, ohne zu zögern.

»Und wo ist das?« Viola dachte an eine Pension oder ein Hotel.

»Die alte Anschrift, du kennst ja den Weg.«

»Die von Mutter?« Viola konnte es nicht glauben, dass die so vernünftig klingende Schwester es aushielt, in der versifften Wohnung der Mutter zu übernachten.

»Also bis dann«, sagte Ilona und hatte aufgelegt, bevor Viola einen Einwand hätte äußern können.

»Deine Schwester muss ja nicht dort wohnen«, beschwichtigte Georg. »Es geht vermutlich darum, über die Wohnungsauflösung zu sprechen. Sachen auszusortieren, Erinnerungsstücke …«

»Auf keinen Fall! Ich will nichts davon«, protestierte Viola, musste aber einsehen, dass sie diese Aufgaben und auch die Bestattung nicht Ilona allein würde überlasen können. Sie tröstete sich damit, dass es das letzte Mal war, dass sie mit den Angelegenheiten der Mutter zu tun haben würde.

Viola konnte nicht einschlafen. Schließlich nahm sie ein Beruhigungsmittel, um wie in den Nächten vor der Abgabe einer Komposition oder einer Erstaufführung doch noch Schlaf zu finden. Es war ihr wichtig, ihrer Schwester freundlich gegenüberzutreten und konzentriert bei der Sache zu sein. Ilona hatte so zielgerichtet und ruhig gewirkt wie jemand, der sein Leben fest in der Hand hat. Viola wollte ihr darin nicht nachstehen.

Widerstrebend setzte sie Fuß vor Fuß, als sie sich dem Haus näherte, in dem die Mutter im Souterrain gewohnt hatte und ihre Schwester sie erwartete.

Nur noch dieses eine Mal! Sie war Georg dankbar, dass er ihr die Anschrift einer Firma mitgegeben hatte, die Wohnungen auflöste, entrümpelte und dann sauber dem Besitzer übergab. Dieser Zettel in ihrer Manteltasche machte ihr Mut. Sicher würde Ilona damit einverstanden sein.

Endlich vor der Haustür angekommen, drückte sie auf den untersten Klingelknopf zur Wohnung der Mutter, der anders als die anderen mittig angebracht war. Erst als sie die Stimme über die Gegensprechanlage hörte, die sie bat in den ersten Stock hinaufzukommen, fiel ihr die neue Tür auf und auch, dass sich statt der von Rost umrandeten Klingelknöpfe nun schwarze auf einer blankgeputzten Messingplatte befanden. Das Treppenhaus war renoviert worden. Der zerstörte Stuck wiederhergestellt, die halbhohen Jugendstilfliesen gegenüber dem Treppenlauf geschickt ergänzt, der blaue Teppich Stufe für Stufe von Messingstangen gehalten. Das brüchige Linoleum gab es nicht mehr und auch nicht dessen Wachsgestank, der durch jede Türritze gekrochen war.

»Du bist ganz richtig«, hörte sie rufen, »wir wohnen im ersten Stock.«

Wir? Ilona lebte also nicht allein. Viola fühlte sich ohne Georg plötzlich schutzlos, fragte sich, was sie zu erwarten habe. Sie blickte erst auf, als sie die letzte Stufe zum ersten Stock genommen hatte.

Im Türrahmen stand eine Frau, die sie sofort als ihre Schwester erkannte, denn sie war ganz und gar nach deren Vater Alfred geraten: groß und schlank, mit blauschwarzem Haar und auffällig großer Nase, weshalb man Alfred in dem Dorf, aus dem er stammte, Zigeuner genannt hatte. Über seine Herkunft war getuschelt worden. Von einem geflohenen Zwangsarbeiter war die Rede und Alfreds unehelicher Geburt. Eine Schande für die ganze Verwandtschaft, sagten die Leute.

Viola ergriff die kräftige Hand der Schwester, neben der sie sich wie eine Zwergin fühlte. Doch Ilona nahm ihr die Befangenheit, indem sie sie freundlich hereinbat und ihr die Wohnung zeigte, die auf dieser Seite der der Mutter im Schnitt entsprach, sich dann aber um einen zweiten unbekannten Teil erweiterte. Eine rundliche junge Frau sprang von ihrem Schreibtischstuhl auf und begrüßte Viola mit einem warmen Lächeln, das, wie sich später zeigte, aus ihrem Gesicht nicht wegzudenken war.

»Das ist Steffi, wir leben zusammen«, stellte Ilona sie umstandslos vor. Das gefiel Viola. Beide gefielen ihr.

Wie sich bei Kaffee und Kuchen herausstellte, hatten Ilona und Steffi fünf Jahre zuvor je eine der Wohnungen auf der ersten Etage gekauft und sie durch einen Durchbruch verbunden. Zuvor hatten sie dafür gesorgt, dass die Mutter im Souterrain wohnen bleiben konnte.

Damit waren sie bei dem Anlass, der sie zusammengeführt hatte. Steffi zog sich an ihren Schreibtisch zurück, wo sie noch Aufsätze ihrer Fünftklässler zu korrigieren habe, wie sie entschuldigend sagte.

»Ilona beneidet mich oft um meinen Beruf. Als Erzieherin hat sie keine Ahnung, wie anstrengend der sein kann und wie ungemütlich, wenn die Arbeiten schlecht ausgefallen sind. Jede schlechte Note tut weh«, fügte sie hinzu, während sie noch den Tisch abräumte. Nur die Tassen der Schwestern ließ sie stehen und kündigte frischen Kaffee an. Jetzt würde es zur Sache gehen, Besichtigung der Wohnung im Souterrain inbegriffen.

»Wie lange lebst du schon in Berlin?«, wollte Viola wissen.

»Fünf Jahre. Steffi habe ich bei einem der Besuche bei unserer

Mutter kennengelernt. Auf einem der sommerlichen Hoffeste. Steffi hat damals schon in ihrem Wohnungsteil gewohnt und kannte Mutters Situation. Aber auch meine, denn ich konnte ja nur gelegentlich von Stuttgart nach Berlin kommen.

Unsere Beziehung begann damit, dass sie bereit war, Mutter daran zu erinnern, ihren Briefkasten zu leeren. Dabei blieb es dann nicht. Sie half ihr bei amtlichen Angelegenheiten, beantwortete Briefe und sprach mit mir über eingehende Mahnungen. Wenn ich das Konto aufgefüllt hatte, nahm sie die Überweisungen vor. In besonderen Krisensituationen, die zumeist mit Mutters Alkoholproblem zu tun hatten, kam ich selbst nach Berlin. Das konnte ich Steffi nicht zumuten.«

»Aber mir«, unterbrach Viola sie, während sie gleichzeitig das alte Grauen überfiel. »Warum hast du zu mir keinen Kontakt aufgenommen?«

»Weil Mutter das nicht wollte. Und hinter ihrem Rücken … das liegt mir nicht. Ich verstand sie ja auch. Ich war gut bei den Verwandten untergekommen, aber du warst dir völlig selbst überlassen. Sie wollte, dass du eine Chance hast, und dachte, dass du die nur ohne sie haben würdest. Manchmal hat sie von eurem Leben in Ost-Berlin erzählt. Von Bühnenerfolgen, die sie sich wohl so sehr wünschte, dass sie am Ende selbst daran glaubte. Die Verwandten wussten nur von der Zeit mit Alfred im Zirkus. Und das klang eher nach Niederlagen, sodass ich es vermied nachzufragen.«

»Es gab sie wirklich, diese Erfolge. Große, gefeierte Bühnenauftritte. Die Berliner Oma verdrehte immer begeistert die Augen, wenn sie von denen vor Kriegsende sprach, und davon erzählte sie oft und gern.«

Ilona starrte Viola an, als käme sie aus einer anderen Welt, schüttelte dann aber den Kopf wie eine Heranwachsende, die sich energisch Flausen aus dem Kopf schlagen will.

»Davon gerne mehr, wenn wir das Unaufschiebbare erledigt

haben«, sagte sie und stand auf, während sie einen Schlüsselbund vom Tisch nahm, der zuvor von einer Blumenvase verdeckt gewesen war.

»Du hast recht.« Viola ging wie aufgezogen hinter der Schwester her – durch die Wohnung ins Treppenhaus, die Treppe hinunter. Dort roch es feucht und schimmelig. Als Ilona die Tür zur Wohnung der Mutter öffnete, stand Viola sofort ihr einziger Besuch hier wieder vor Augen, obwohl alles sauber war: das Bettzeug, das Nachthemd, der Bademantel. Aber alle Möbelstücke waren wie damals mit Tüten und Kartons vollgestellt, in der Badewanne lagen Berge von Zeitungen und Zeitschriften. Das Handwaschbecken war aber sauber, ebenso Handtücher und Waschlappen.

»Es sieht grauenvoll aus, aber mehr konnte ich nicht eingreifen. Und auch nur, wenn Mutter unterwegs war. Manchmal tagelang, bis wir sie irgendwo fanden oder benachrichtigt wurden. Mittlerweile kannten wir ihre Plätze, die meisten jedenfalls. Ohne Steffi hätte ich das nicht ausgehalten. Zum Schluss suchten wir mehr als eine Woche nach ihr. Sie war von der Polizei aufgefunden und, da sie nicht ansprechbar war, ins Krankenhaus gebracht worden. Den Rest kennst du, von wegen, dass sie keine Angehörigen habe. Immerhin warst du noch bei ihr. Ich glaube, sie hätte vorher nicht sterben können.«

Viola durchfloss ein Wärmestrom, von dem sie nicht hätte sagen können, wer ihn ausgelöst hatte – ihre Mutter oder Ilona. Sie bewunderte die Tatkraft der Schwester. Gar nicht auszudenken, wenn sie das hätte leisten müssen. Es war ihr bewusst, dass sie ihren Beruf unter diesen Bedingungen kaum hätte ausüben können – auf keinen Fall komponieren. Sie schämte sich bei diesem Gedanken, aber sie gestand sich ein, dass sie das nicht gekonnt hätte, weder diese Versorgung leisten noch das Komponieren aufgeben.

»Ich weiß gar nicht, wie ich dir danken kann«, brachte sie zögernd über die Lippen und legte Ilona leicht eine Hand auf den Arm. So standen sie einen Augenblick, jede wohl in Gedanken mit der anderen beschäftigt, bis die Toilettenspülung irgendwo im Haus ihr einvernehmliches Miteinander störte.

»Und du, hast du dein Musikstudium beendet?«, hörte Viola die Schwester fragen.

»Ja, aber woher weißt du davon?«

»Mutter hatte einen seltsamen Schriftwechsel mit einem Chico in Amerika.«

»Mit Chico!«, staunte Viola und spürte, dass sie das noch im Nachhinein störte, »und was meinst du mit seltsam?«

»Ob Mutter oder dieser Chico, sie schrieben sich bestenfalls ein, zwei vollständigen Sätzen. Als ich sie darauf ansprach, wurde sie unwillig, dabei bat sie mich selbst in schlechten Zeiten, die Antwort zu schreiben und aufzugeben.«

»Was zum Beispiel?«

»Ob du noch studieren würdest oder ob er wüsste, ob du gesund seist, ob du Arbeit hättest und Ähnliches. Irgendwann kamen seine Antworten nicht mehr, obwohl Mutter lange nicht davon abließ, ihm weiterhin zu schreiben. Nach einigen Monaten kamen die Briefe als unzustellbar zurück.«

»Er ist gestorben.«

»Wer war er eigentlich? Mutter wollte nie darüber sprechen.«

»Er war der einzige Mensch, der mich in jungen Jahren unterstützt hat«, sagte Viola und dachte bei sich, dass zu dieser Zeit nur er sie und sie ihn geliebt hatte. Die Mutter dagegen? Dass sie um ihretwillen in Kontakt mit ihm war, tat weh und holte die Verstorbene näher an sie heran, als es ihr erbarmungswürdiger Anblick im Krankenhaus getan hatte.

Ilona schaute auf die Uhr und wandte sich der Wohnungstür zu. »Der Pfarrer wird gleich kommen«, sagte sie und ging Viola voraus, die die Tür abschloss.

Bei dem Gedanken, dass Viola nie mehr hierherkommen musste, verspürte sie Erleichterung und doch auch Trauer darüber, dass sie das Leben der Mutter nicht hatte erträglicher machen können. Selbst Ilona hatte das nur bedingt vermocht. Eine nachhaltige Veränderung der Lebenssituation war auch ihr nicht gelungen, aber anders als sie hatte Ilona das wenigstens versucht, während sie vor der Verantwortung geflohen war. Doch wie würde ihr Leben heute aussehen, wenn sie das nicht getan hätte? Der Kontakt der Mutter zu Chico kam ihr wieder in den Sinn. Nie hatte sie sich vorgestellt, dass die Mutter sich um sie gesorgt haben könnte. Vielleicht hatte Chico recht, als er ihr einmal schrieb, dass ihre Mutter sie trotz allem liebe, zumal nur sie, Viola, die Erinnerung an ihr Leben als bewunderte Ballerina teile.

Die Fragen, die der Pfarrer wegen der Grabrede stellte, brachten die Schwestern in Verlegenheit. Sie hatten zwei extrem verschiedene Lebensläufe anzubieten, die sich nur im Schwabenland kurz überschnitten. Es war schwer festzulegen, was der Pfarrer ansprechen sollte, um der Verstorbenen gerecht zu werden. Sie einigten sich auf eine kurze Grabrede, nur eine Skizze gewissermaßen, in deren Mittelpunkt der tragische Verlust ihrer beiden Ehemänner stehen sollte. Mehr würde es nicht brauchen, um die Menschen, die sie in den so unterschiedlichen Lebensphasen gekannt hatten, zufriedenzustellen und ehrlich zu bleiben.

Noch ahnten Viola und Ilona nicht, wie bedeutsam die Zweiteilung dieses gelebten Lebens in Zukunft für sie sein würde.

Am Tag darauf trafen sie sich beim Bestattungsinstitut. Viola bemerkte, dass Ilona nach dem einvernehmlichen Verlauf des Sonntags ebenso wie sie wesentlich entspannter war. Die allgemeinen Formalitäten waren schnell erledigt, zumal sie der Mitarbeiterin alles amtlich Notwendige überlassen konnten. Erst dann schob diese ihnen einen Katalog über den Tisch zu, um einen Sarg oder eine Urne auszusuchen, und machte sie darauf aufmerksam, dass seit einiger Zeit vor allem anonyme Bestattungen gewünscht würden.

»Haben Sie daran schon einmal gedacht,« fragte sie und blätterte die Seite mit den Urnen auf.

Das Wort anonym traf Viola wie ein elektrischer Schlag. Anonym, ihre Mutter, die einst gefeierte Künstlerin?

»Für solche Beerdigungen gibt es auf jedem Friedhof ein dafür vorgesehenes Wiesenstück. Oder eine Waldbeerdigung vielleicht? Unter einem Baum?«

»Auf keinen Fall!«, stieß Viola viel zu laut hervor. Ilona zuckte zusammen.

»Natürlich ein Grab, wir wollen sie doch nicht verscharren, oder?«

Ilona sah Viola erschrocken an. Mit einer derart heftigen Reaktion hatte sie nicht gerechnet.

»Ich brauche kein Grab für unsere Mutter und ich denke, auch sie selbst – anonym, so hat sie doch gelebt. Aber wenn dir das wichtig ist, habe ich nichts dagegen«, versuchte Ilona sich zu erklären und die Schwester zu beruhigen.

»Auf dem Friedhof Stubenrauchstraße, sie wissen schon ...«, nahm Viola, von sich selbst überrascht, jetzt alles Weitere in die Hand.

Sie war sich ganz sicher, dass ihre Mutter, wenn schon nicht auf dem Dorotheenstädtischen Friedhof, nur dort würde begraben sein wollen. Was hatten ihr Wiesen oder Bäume bedeutet. Nie hatte sie im Sommer auf Omas Wiese gelegen, um sich zu sonnen oder die frische Luft zu genießen. Ihre Mutter hatte nur Theaterluft geliebt und die der Manege gekannt. Und Bäume, was hatten die mit der Mutter zu tun, die kaum mehr als Eichen und Kastanien, Tannen und Birken voneinander zu unterscheiden wusste. Für sie hatte es nur die Großstadt gegeben. Landschaft war uninteressant für sie, langweilig. Nicht umsonst war ihr das Dorfleben verhasst gewesen.

Viola steigerte sich Ilona gegenüber in die Beschreibung des von ihr genannten Friedhofs hinein: »Umgeben von Miethäusern, deren Fenster auf den Friedhof hinausgehen, der Hof für die Kinder zum Spielen. Mitten im Leben sozusagen.«

»Ich bin ja einverstanden«, versicherte Ilona und bat, bei der Friedhofsverwaltung nachzufragen, ob es dort eine freie Urnenstelle gebe.

Die Angestellte telefonierte sofort, während Viola einen Augenblick wie benommen auf ihrem Stuhl verharrte. Seit Jahren hatte sie sich nicht mehr so vehement für etwas eingesetzt. Und jetzt ausgerechnet für ihre Mutter.

»Auf dem gleichen Friedhof ist auch Marlene Dietrich beerdigt«, sagte sie schließlich wie zur Erklärung und lächelte über sich selbst, als ihr klar wurde, dass sie das ›auch‹ besonders betont hatte. Ilona war anzusehen, dass sie damit ebenso wenig anfangen konnte wie mit Violas unerwartetem Ausbruch, sich aber mit deren Entscheidung zufriedengab.

»Ich wohne ja nicht weit entfernt, sodass ich die Grabpflege übernehmen kann, dann musst du dich wenigstens nicht auch noch darum kümmern«, versuchte Viola ihre Eigenmächtigkeit abzumildern und die bisherige Leistung der Schwester zu würdigen. Ilona nickte. Ob Violas Angebot gemeint war oder die Mitteilung, dass eine Urnenstelle zur Verfügung stehe, wurde nur dadurch deutlich, dass sie begütigend eine Hand auf Violas legte.

»Alles in bester Ordnung, wie ich finde«, sagte sie, als sie das Beerdigungsinstitut verließen und sich auf den Weg zu Violas Zuhause in der Siedlung nahe der Grunewaldstraße und dem Botanischen Garten machten.

Für Ilona schienen Violas Erinnerungen an die Mutter faszinierend zu sein. Immer wieder ermunterte die Schwester sie, weiterzuerzählen und Fotos herauszusuchen. Es waren mehrere Alben. Als Georg dazukam, sahen sie sich gerade die Aufzeichnung eines der alten Filme an, in dem die Mutter in einer kleinen Rolle zu sehen war. Nach dem Krieg hatte sie damit immer etwas hinzuverdienen können, denn ein bekannter Drehbuchautor wohnte als Untermieter bei ihnen und empfahl sie Produktionsleitern und Regisseuren. Erst jetzt, als sie davon erzählte, wurde Viola bewusst, dass das seinerseits wohl nicht ganz uneigennützig geschehen war.

Träumt von einer Filmkarriere, wie dumm kann man nur sein, hatte die Großmutter manchmal kopfschüttelnd gesagt, wenn die Mutter stolz von einer neuen Rolle sprach, wo sie neben dem berühmten … an Namen erinnerte sich Viola nicht mehr … spielen würde.

Später hatte Viola begriffen, dass es der Versuch der Mutter gewesen war, sich vom Tanzen zurückzuziehen. Ihre Stellung als Primaballerina war durch nachrückende jüngere Tänzerinnen vermutlich gefährdet. Doch als nennenswerte Filmerfolge ebenso ausblieben wie der Untermieter, machte sie sich Hoffnung auf einen Neuanfang im Westen und endete beim Zirkus als ›Dritte von links‹.

Dieser Abstieg war im Zusammensein mit Ilona kein Thema. Bei all den Treffen, die folgten, präsentierte sie der Schwester die bewundernswerte Künstlerin. Von dem Leben danach wussten sie beide genug, warum diese düstere Zeit heraufbeschwören, wo es doch auch die andere gab. Nur so ertrug es Viola, an die Mutter zu denken und von ihr zu sprechen.

Ilonas harte Kindheit, das Gezerre zwischen Aufenthalten bei den Verwandten und der Mutter, hatte erst mit deren vierzehntem Geburtstag ein Ende gefunden, als die Mutter endlich einsah, dass die Verwandten mehr als sie für Ilona tun konnten. Nur in den Ferien musste sie die Mutter besuchen, wenigstens eine Woche, die genau geplant verlief und nur in einer der Ferienwochen, in der es der Mutter einigermaßen gut ging und ihre Wohnung zuvor ›von Amts wegen‹ entrümpelt und geputzt worden war. Aus Sicht des Jugendamts galt es dem ›Kindeswohl‹, den Kontakt zur Mutter zu erhalten.

Nur mit wenigen knappen Sätzen hatte Ilona davon gesprochen. Sie versicherte Viola, lieber zuhören zu wollen, wenn sie von der ihr fremden Mutter erzähle. Wenn sie so einander gegenübersaßen, versuchte Viola, im Gesicht der Schwester zu lesen. Ein Wechselspiel von Ungläubigkeit, Bewunderung und vielen ungestellten Fragen drückte sich darin aus. Viola wusste das nicht zu deuten. Nur einmal sprach Ilona einen Vorwurf aus:

»Warum bist du nie gekommen? Ich hätte jemanden zum Reden gebraucht wie jetzt.« Dabei hatte sie einen Arm um Viola gelegt.

Die Worte hatten wie ein Appell geklungen, mehr und mehr zu erzählen. Viola spürte, dass ihr selbst diese Sicht auf das Künstlerinnenleben der Mutter guttat. Und das war es, was sie sich auch für die Schwester wünschte.

Ilona beharrte darauf, alles zu erledigen, was mit der Beerdigung zu tun hatte. Sie begründete das damit, dass sie die Erinnerung an das kaputte Leben mit der Mutter abschließen wolle.

Viola bekam den Entwurf für die Todesanzeige zu sehen, die Liste derer, die benachrichtigt werden sollten, die Zeilen, die für die Kranzschleife gedacht waren. Alles war ganz in ihrem Sinn.

Die Beerdigung verlief ruhig und feierlich. Der Pfarrer hielt sich in der Grabrede an das Abgesprochene, auch wenn Viola die Mutter darin nicht wiedererkannte, weil deren einzig glückliche Zeit, die auf der Bühne im Friedrichstadtpalast, nicht vorkam. Aber von der Trauergemeinde hätte außer ihr nur noch Klärchen, die alte Freundin der Mutter aus dem Friedrichstadtpalast, etwas damit anfangen können. Die anderen hätten gedacht, sie wären auf der falschen Beerdigung. Wirklich berührt hatte Viola dagegen Georgs Beobachtung, der nach dem in Berlin üblichen Leichenschmaus – einer Kaffeerunde mit Streuselkuchen – davon gesprochen hatte, wie ähnlich sich Viola und Ilona waren. Nicht was das Äußere betraf, da konnten sie kaum unterschiedlicher sein, aber ihre leicht nach rechts geneigte Kopfhaltung, die von der Mutter ererbte schöne Kopfform, ihr Gesichtsausdruck und die Gestik, als sie die Beileidsbekundungen entgegennahmen. Es sei nicht zu übersehen gewesen, dass sie Schwestern seien.

Die Mutter verloren, aber eine Schwester gewonnen. Der Gedanke wärmte Viola. Sie war nicht mehr allein. Außer Georg gab es nach Chicos Tod niemanden, der ihr nahestand. Sie hatte durch ihr Studium und den Unterricht zwar viele Menschen kennengelernt, aber nie eine vertraute Freundin gehabt. Der Platz war frei – für Ilona.

Ihre Treffen wurden häufiger, je länger sie auf die Mitteilung warteten, wann die Urnenbestattung stattfinden könne. Wochen vergingen. Das Friedhofsbüro entschuldigte sich mit einem Engpass und verwies auf die grassierende Grippe, der gerade ältere Menschen oft nichts entgegenzusetzen hatten. Außerdem gebe es in Berlin zu wenige Verbrennungsanlagen und die im Umland seien überbeansprucht.

Viola dachte an das Krematorium auf dem Wilmersdorfer Friedhof. Wenn sie mit dem Auto aus dem untertunnelten Hauskomplex der Schlangenbader Straße hinaus Richtung

Hohenzollerndamm gefahren war, hatten die Rauchschwaden des Krematoriums sie immer an die Vernichtung der Juden denken lassen und bedrängende Bilder heraufbeschworen. Sie war erleichtert, als das Krematorium geschlossen wurde. Aber dass die Leiche der Mutter nun irgendwo außerhalb Berlins herumgekarrt wurde, war auch keine gute, eher eine grausige Vorstellung, die sie bis in den Schlaf verfolgte.

Sie steht am Randstreifen der Landstraße. Seit Stunden ist sie unterwegs. Die Autos, die in der Zwischenzeit an ihr vorbeigefahren sind, haben auf ihren Daumen nicht reagiert. Niemand hat sie mitgenommen. Und jetzt dreht sie sich nicht um, denn das Geräusch verrät einen LKW oder Bus. Solch ein riesiges Fahrzeug würde in der Kurve nicht einmal halten können. Sie schaut nicht auf. Läuft verbissen weiter. Zu ihrer Erleichterung sieht sie aber bald schon den Bus, der gegen jede Erwartung gehalten hat. Ein Arm streckt sich aus dem Seitenfenster und winkt sie herbei. Viola läuft an dem lang gestreckten Busteil mit drei kleinen Fensterreihen übereinander entlang, danach an normalen Busfenstern, hinter denen sie keine Fahrgäste erkennt.

»Na mach schon, wenn du mitwillst«, ruft ihr eine Männerstimme zu. Eine zweite schreit hinterher:

»He, beeil dich, oder hältst du das hier für einen idealen Parkplatz?«

»Eher einen Todesstreifen«, ergänzt die erste Stimme lachend, während die hintere rechte Seitentür aufgestoßen wird.

»Such dir einen Platz aus. Hier vorne ist alles frei. Ganz anders da«, sagt einer der Männer und zeigt mit der Hand nach hinten. »Da ist wegen Überfüllung geschlossen.«

Viola schwingt sich auf den hohen Sitz hinter dem Fahrer, der den Motor schon angeworfen hat, bevor die Tür sich hinter ihr schließt.

Trampen ist eigentlich nicht ihre Sache, aber zu Omas Garten gelangt man nicht mit öffentlichen Verkehrsmitteln. Sie verspürt ein wenig Angst. Vielleicht ist ihr deshalb plötzlich so kalt? Sie knöpft die dünne Strickjacke zu, die ihr draußen zu warm gewesen war. Die Männer sind an diesem sonnigen Herbsttag mit gefütterten Jacken und Hosen bekleidet. Tragen mit Fell gefütterte Stiefel, wie Viola erstaunt feststellt. Der Beifahrer hat ihre Blicke bemerkt, und wirft ihr eine Decke zu.

»Danke, es ist eiskalt. Warum eigentlich?«

»Wegen der Fahrgäste im hinteren Teil«, sagt der Beifahrer. »Na ja, die brauchen es so, wenn nicht, man stelle sich vor ...«, beginnt er zu erklären, während sich Viola in die äußerste Ecke ihres Sitzes drückt.

»Verstehe«, sagt sie schnell, will weiter nichts hören. So ist das also, die Mutter will sie wie früher in den Schulferien zur Oma begleiten.

»Meine Mutter ist doch dabei, oder?«, fragt sie und nennt deren Namen, den der Beifahrer auf seiner Liste sucht. Nach einer Weile nickt er.

»Frag mich aber nicht, wo. Es waren so viele, die mitsollten. Habe nicht geschafft, die Liegeplätze durchzunummerieren oder besser die Toten auf der Liste ... Egal, wenn du darauf bestehst, kannst du nachsehen, während wir tanken. Aber es muss schnell gehen. Du weißt, die Kälte ...«

»Wohin bringen Sie ihre Fahrgäste«, fragt Viola höflich, denn immerhin gestattet man ihr, die Mutter zu sehen. Bestimmt eine Ausnahme.

»Zur Einäscherung nach Meißen und dann wieder zurück. Eine letzte Reise gewissermaßen.« Der Beifahrer kichert.

Ihre Mutter ist gerne gereist, denkt Viola. In dieser Hinsicht hat ihr der Zirkus viel geboten. Und auch jetzt noch. Sie erinnert sich einer Reklame für Rotel-Reisen, in Dreistockbetten durch die Wüste.

»Aber in diesen Betten bekommt man ja keine Luft«, ruft sie erschrocken und fasst sich an die Kehle.

»Brauchen die doch nicht mehr«, hört sie die beruhigende Stimme des Busfahrers, der Viola mit seinem und seines Kollegen beruflichem Aufstieg abzulenken sucht, als er fortfährt: »Manchmal müssen wir bis nach Tschechien. Viel billiger für alle Seiten, aber für uns immer noch besser als früher, wo wir mit Frau Wichtig und Herrn Besserwisser ganze Kontinente durchstreifen mussten. Ständig Beschwerden und Fragen über Fragen. Die Reisenden hier schweigen.« Er weist erneut mit der Hand hinter sich.

Aus diesem eisigen Schweigen glitt Viola in eine Wachheit hinüber, die ihr fast die Luft zum Atmen nahm. Angstvoll öffnete sie die Augen. Erwartete, unter einem der gestapelten Hochbetten zu liegen. Obwohl sie die weißen Wände bis zur Zimmerdecke hinaufblicken konnte, war es nun diese weiße Stille ringsumher, die ihr den grausigen Traum bewusst machte. Sie rutschte tiefer unter das Bettzeug. So lag sie lange, ohne sich zu rühren, bis ein Wachtraum erneut Bilder heraufzubeschwören begann, die sie so verschreckten, dass sie auffuhr, aus dem Bett sprang und unter die Dusche eilte. Es brauchte viel Wasser, heißes, sehr heißes, um das kalte Entsetzen aufzutauen, abzuspülen, aus Kopf und Körper zu drängen, um anderen Empfindungen Raum zu geben. Aus Angst vor einer Wiederholung wehrte sich alles in ihr gegen den Schlaf. Und wenn sie sich seiner trotzdem nicht erwehren konnte, sank sie nur in einen Dämmerzustand, aus dem sie schon nach wenigen Sekunden wieder aufschreckte.

Übermüdet, wie Viola in diesen Tagen war, kam es ihr sehr gelegen, dass Ilona gar nicht genug von den Aufzeichnungen der alten Filme und der Durchsicht alter Fotoalben bekommen konnte.

Zu einem ihrer Besuche brachte Ilona endlich die Nachricht

mit, dass die Urnenbeisetzung am Freitag der kommenden Woche um elf Uhr standfinden sollte.

Sie waren alle pünktlich. Wie verabredet, nur der engste Kreis; neben Ilona und Steffi nur noch Klärchen, Georg und Viola.

Es wurde elf Uhr, ohne dass jemand aus dem Friedhofsbüro mit der Urne kam. Keiner sprach. Es vergingen weitere zehn Minuten.

»Ich frage mal nach«, sagte Georg und verschwand in dem kleinen Haus neben der Friedhofsmauer.

Mit leicht geöffnetem Mund und zusammengekniffenen Augen kam er kurz darauf zurück. Er starrte alle Anwesenden der Reihe nach kurz an, bevor er mühsam den unglaublichen Satz sagte: »Die Beisetzung der Urne war bereits um neun Uhr.«

»Aber sie haben mir doch als Zeitpunkt elf Uhr genannt«, sagte Ilona mit großer Bestimmtheit, als habe jemand das bezweifelt.

»Sie haben sich geirrt«, sagte Viola ganz ruhig.

»Aber was machen wir jetzt?« Sie sah Georg an, um sich zu vergewissern, dass sie sich nicht in einem erneuten Albtraum befand.

»Lasst uns doch erst mal zur Grabstelle gehen, die Ilona ausgesucht hat«, schlug Steffi vor, fasste Ilona unter den Arm und drehte sie behutsam in die Richtung, von der sie wusste, dass dort die Reihen der Urnengräber begannen. Die anderen folgten. Die ausgesuchte Grabstelle war unberührt. Hier hatte niemand eine Urne vergraben. Stattdessen steckte schräg gegenüber im frisch umgegrabenen Sand ein Schild mit dem Namen der Mutter. Man hatte sie ohne jede Begleitung einfach verscharrt, so jedenfalls empfand es Viola. Und Ilona? Sie starrten beide auf das Schild, konnten es nicht glauben.

»Ich erkundige mich im Büro, wie das geschehen konnte und

was man jetzt tun kann«, sagte Georg, schon im Begriff, sich zu entfernen. Es dauerte mehr als eine Viertelstunde, bis er mit einem Mann im grünen Overall erschien, der einen Spaten trug und ihm widerwillig folgte. Die Zurückgelassenen hatten in der Zwischenzeit kein Wort gewechselt.

Georg wies den Mann an, die Urne wieder auszubuddeln. Der weigerte sich.

»Det muss im Büro jeregelt werden. Antrag beim Amt und so. Außerdem hab ick Feierabend. Is Freitag, da ...« Bevor er weiterreden konnte, hatte Georg ihm einen Geldschein in die Hand gedrückt. Der Mann sah ihn an, zögerte, nickte.

»Aber uff Ihre Faantwortung!«

Es war kein großer Aufwand, die Urne auszugraben. Ilona und Viola hielten das Gefäß in den Händen und versicherten sich, dass wirklich der Name der Mutter eingraviert war, während der Mann schräg gegenüber ein Loch aushob. Georg versenkte die Urne darin. Der Mann bedeckte sie mit Erde. Dann war er auch schon verschwunden. Viola stand mit Ilona vor dem Grab, noch immer fassungslos und erstmals in Tränen aufgelöst. Steffi nahm Ilona in die Arme. Georg war zurückgetreten. Er ließ sie nicht aus dem Blick, während er einen großen Schritt von der falschen zur richtigen Grabstelle machte.

»Kein Albtraum, deine Mutter wollte nur noch einen letzten Spagat machen«, sagte er und nahm Viola in die Arme. Zustimmend senkte sie die Lider und hob sie wieder. Sie lächelte.

Und in diesem Sinn hatte Ilona dann den Grabstein nicht nur mit dem Namen der Mutter, sondern darunter mit dem Zusatz ›Tänzerin‹ beschriften lassen. Eine Überraschung für Viola – und doch ... Es gab noch ein, zwei gegenseitige Besuche, dann lag eine Nachricht von Ilona im Briefkasten, der Viola an den seltsamen Schriftwechsel zwischen Chico und ihrer Mutter erinnerte:

Liebe Viola,

Du hast Dich mit DEINER Mutter, der Künstlerin, aussöhnen können. Ich kann das mit MEINER nicht. Verstehe mich bitte, aber ich kann mich erst wieder melden, wenn mir das gelungen ist.

Ilona

Die Schwester hat sich seit damals nicht mehr gemeldet. Viola hält beim Tischdecken inne. Dieses Schweigen schmerzt mit jedem Jahr des Älterwerdens mehr. Damals glaubte sie, Ilona so nahegekommen zu sein, dass ein Miteinander möglich schien. Ja, sie war sich dessen sicher gewesen. Umso mehr, als sie mit ihren eigenen Erinnerungen an die Mutter für Ilona ein differenzierteres Bild zu schaffen versucht hatte. Doch gegen Ilonas Erlebnisse hatte das nicht ankommen können.

Zweimal hat sie auf den Zufall gehofft, dass sie die Schwester treffen würde, wenn sie ihre Straße entlangginge. Beim ersten Mal traf sie immerhin Steffi, die ihr riet, Ilona Zeit zu geben. Beim zweiten Mal, ein Jahr nach dem Tod der Mutter, wiesen die Namensschilder fremde Wohnungsbesitzer aus.

Wenn sie an die Schwester denkt, spürt sie wehmütige Verlassenheit. Gibt sich die Schuld daran. Ist zutiefst beschämt, denn anders als sie, hat Ilona unendlich viel für die Mutter getan. Dabei war sie es doch, die deren Versagen von Kind an zu spüren bekam. Dennoch hat sie der Mutter ermöglicht, bis ins Alter selbständig und vor einer Heimunterbringung bewahrt in ihrer eigenen Wohnung zu leben. Ilona hat versucht, ihr Geborgenheit zu geben, ungeachtet dessen, dass die Mutter sich der immer wieder entzog.

Die Worte ›Geborgenheit‹ und ›Entzug‹ bleiben haften, als ihre

Gedanken sich von Ilona und der Mutter entfernen und Georg zuwenden.

Ihr Plan. Der Umbau. Das Zusammenleben mit anderen Menschen in ähnlicher Situation wie Georg und sie. Dieses Miteinander und Füreinander-da-Sein kann Geborgenheit für die Kranken und die Pflegenden schaffen, davon ist Viola überzeugt. Vor allem, wenn sich die Kranken immer mehr den Gesunden entziehen. Allein kann man das nicht durchstehen. Sie zählt auf Hanna. Viola wehrt sich gegen den Gedanken, dass deren Erkrankung im richtigen Augenblick gekommen ist, auch wenn das ihr Vorhaben tatsächlich begünstigt. Sie weiß, dass auch die gesunde Hanna Georg nicht fremden Pflegekräften hätte überlassen wollen. Und für Hanna, die – sie kann es noch immer nicht fassen – ans Aufgeben denkt, wird das Geplante eine neue, lebensbejahende Aufgabe sein.

Vorerst geht es nicht darum, dass Hanna Hand anlegen müsste. Bis der Umbau durchgeführt ist, braucht es Monate. Zeit für Hannas Genesung. Aber schon jetzt braucht es ihren Rat, ihr Mitdenken. Ohne so einen Austausch ist das nicht zu schaffen. Es stehen zu viele Entscheidungen nicht nur für den Umbau, sondern auch für eine sinnvolle Ausstattung der Räume an. Und nicht zu vergessen: Georg, der seinen Zustand nicht immer richtig einschätzen können wird, muss einbezogen und überzeugt werden. Gemeinsam kann, wird das gelingen.

Erstmals seit Langem spürt Viola wieder so etwas wie Zuversicht.

Fast zärtlich streicht sie über das Tischtuch, versucht mehrfach, die Falten zu glätten. Die scharf trennende in der Mitte widersetzt sich ihrem Wunsch unerbittlich. Die anderen geben ein wenig nach. Die Servietten fehlen noch.

*

XI. Hanna

An deinen Geburtstagen hast du uns immer eine Erzählung vorgelesen. Hast du an eine für heute gedacht?«, fragt Viola.

»Da ist nur eine, noch nicht überarbeitet. Ich wollte, aber bisher ist daraus nichts geworden.« Georgs Hand macht eine abwehrende Bewegung.

»Begnügen wir uns also mit dem Entwurf«, übergeht Viola seinen Einwand, wobei ihre Stimme gewollt unbekümmert klingt.

»Auf dem Schreibtisch?«, fragt sie über die Schulter hinweg und steht schon an der Tür, als Georg das bejaht.

Der hat sich zu Hanna vorgebeugt, um ihr etwas zu sagen. Fixiert sie aufmerksam, um gleich darauf wortlos mit den Armen zu fuchteln, die er dann abrupt fallen lässt.

Wie hilflos er ist. Hanna presst die Lippen aufeinander, kämpft mit den Tränen, streicht mit einer Hand über die seine. Georg senkt den Kopf. So in sich gekehrt sitzt er noch da, als Viola zurückkommt und vorschlägt, statt seiner die Erzählung vorzulesen. Georg zuckt mit den Schultern und seufzt ergeben.

Viola beginnt die Erzählung ›Der Redner‹ vorzulesen. Die sarkastische Geschichte über den Ablauf der Beerdigung eines jungen Mannes, der an Aids gestorben ist. Aids! Das Wort hallt in Hannas Kopf wider. Sie spürt den Rhythmus wilder Herzschläge, meint ersticken zu müssen. Als die Erzählung endet, herrscht anhaltendes Schweigen.

Georg hat Hanna während des Vorlesens nicht aus den Augen gelassen. Wie erstarrt hat er dagesessen. Ganz so, wie sie sich fühlt.

»Wann hast du das geschrieben?«, fragt Hanna schließlich und wundert sich, dass ihr die Stimme gehorcht, denn Hals und Mund sind ausgetrocknet, als habe sie pulverisierten Sand eingeatmet. Das kennt sie nur von ihren Motorradfahrten in Uganda.

Violas Augen haften noch immer an den Blättern, die sie vor Georg auf den Tisch gelegt hat. Sie rührt sich nicht. Er rührt sich nicht. Hanna fragt sich, ob er sie nicht verstanden hat.

»Auf jeden Fall direkt nach Jürgens Tod«, würgt Hanna hervor und beantwortet damit selbst ihre Frage. »Nach Jürgens Tod!«, wiederholt sie, speit die Worte geradezu aus. Ihre Erstarrung ist aufkeimendem Zorn gewichen.

»Nein, später, nach der Beerdigung von Violas Mutter.« Georgs Stimme klingt monoton, als wüsste er nicht, warum er danach gefragt wird.

»Du hast nichts verstanden! Hast nie verstanden, worum es mir ging!«

Erschrocken von einem hohen Ton, ihrem eigenen Aufschrei, der wie berstendes Glas klingt, presst Hanna die Hand vor den Mund. Hysterisch? Sie? Nie im Leben …

Und dann geht alles ganz schnell. Sie springt auf, stolpert wie blind der Terrasse entgegen. Sie braucht Luft. Öffnet die Tür zur Terrasse, läuft in den Garten, auf die Kiefer zu. Nur weg von ihm. Eine Faust, zwischen den Zähnen geballt, hat ihre Schreie erstickt. Jetzt reißt sie sie aus dem Mund und schreit. Schreit! Schreit! Hört Töne aus einer Tiefe emporsteigen, die sie nie wahrgenommen hat. Spitze und grollende, gurgelnde Geräusche, die sie nicht aufhalten kann und auch nicht aufhalten will. Sie spürt, wie befreiend es ist, den Panzer aus Disziplin und Selbstverleugnung aufzureißen. Es dauert lange, bis sich ihr Mund schließt. Im Hals – ein wundes Gefühl. Und die eben noch trockenen Pupillen überzogen von einem Tränenschleier. Warme Tränen strömen. Das tut gut. Seit Jürgens Tod hat sie keine Tränen mehr gehabt. Davor zuletzt an dem Tag, der ihre Scheidung von Georg zur Folge hatte.

Wie gerade eben hatten ihre Gefühle sie damals überrumpelt, als Georg von seinem Plan zu schreiben sprach, von seiner Hoffnung, sich damit eine neue Existenz aufbauen zu können, und gleichzeitig seine Liebesbeziehung zu Viola gestand. Damals hatte sie in sich hinein geschrien. Statt um ihre Ehe zu kämpfen, hatte sie alles scheinbar gefasst hingenommen. Schlimmer, sie hatte deren Ende geradezu forciert, als sie nach durchwachter Nacht den ersten Gedanken, der ihr in den Sinn gekommen war, geäußert hatte: »Du musst sofort jede Beziehung zu Viola abbrechen, sonst können wir nicht zusammenbleiben!«

Damit hatte sie die Trennung unumkehrbar gemacht, denn Georg war schon so stark mit Viola verbunden gewesen, dass er sie brauchte, vor allem die Ermutigung durch den kreativen Austausch mit ihr. Das hatte Hanna nicht erkannt. Für sie hatte der Betrug, die sexuelle Beziehung im Vordergrund gestanden – nur das.

Georg hatte bei ihren Worten verzweifelt ausgesehen. Auch zweifelnd? Was hatte er von ihr erwartet? Sie weiß es bis heute nicht, denn ihrer beider Harmoniebedürfnis hatte jede Aussprache unmöglich gemacht. Sie waren beim Austausch von Erinnerungen hängen geblieben – von guten, die sie beide schmerzten.

Ihre Liebe war ihnen doch einmal so einzigartig erschienen, weil sie sich in dem anderen erkannt, gefunden und sich ihrer Körper und ihrer Lust erfreut hatten. Hanna war sich dieser Leidenschaft, die sie mit Georg ausleben konnte, zuvor gar nicht bewusst gewesen. Sie schienen wie geschaffen füreinander. Doch der Alltag? Da gab es Georgs aufreibende Arbeit, die ihn bis in die Nächte hinein beschäftigte. Und Martins problematische Entwicklung. Sie waren beide so stark gefordert, dass ihr Begehren hinter Vorwänden wie hinter immer dichter werdendem Nebel verschwand. Mal war Hanna zu müde. Mal war es Georg. Zuerst dann auf den Morgen verschoben, flohen sie auch dieser Gemeinsamkeit, hasteten aus dem Bett, sobald der Wecker klingelte.

Sie hatten gewusst, ein Kind würde ihr Leben verändern, sie auch belasten, aber sie hatten nicht erwartet, dass ihre Leidenschaft füreinander verloren gehen könnte. Im Gegenteil waren sie sicher, dass ihnen ihre intensive Liebesbeziehung aus bedrückenden Situationen heraushelfen würde. Und doch hatte Viola zwischen sie treten können.

Oder ›dazu‹, wie Georg es später einmal ausdrückte. Eine Bereicherung gewissermaßen.

»Für dich – gewiss«, hatte sie dem entgegengehalten. Heute weiß sie, dass er nicht völlig unrecht gehabt hatte. Allerdings hätte sie vor allem ihren Widerstand gegen sein Schreiben aufgeben müssen. Georg hatte ihr versichert, dass ihr Leben nicht Gegenstand seines geplanten Buches sein würde, doch sie hatte eine seiner ersten Erzählungen ›Begegnungen‹ gelesen und darin vermeintlich Martin erkannt. Sie weiß noch, wie vehement er sich gegen ihren Vorwurf zur Wehr setzte, aber eingestand, dass eigene Erfahrungen natürlich ins Schreiben einfließen würden. Die Vorstellung, dass ihr gemeinsames Leben in einem seiner Romane vorkommen würde, und sei es auch nur als Erfahrung, war ihr unerträglich. Und widerstrebt ihr bis heute. Die gerade gehörte Erzählung, die ihr den Bruder vor Augen führte, zeigt das nur zu deutlich.

Mittlerweile waren wohl ein Dutzend Bücher mit ›Kommissar Klüger‹ entstanden; einige davon wurden Bestseller. Bücher, die wie die von Sjöwall & Wahlöö den Hintergrund einer aufzuklärenden Tat mit kritischem Blick auf die Gesellschaft beschrieben. Die der beiden Schweden hatte Hanna früher so gern wie jetzt die seinen gelesen. Belletristisches, dem seine Sehnsucht galt, gab es nur als kleine Häppchen in Form von Erzählungen, die Georg in Zeitschriften und Literaturmagazinen unterbrachte. Der Verlag, an den er gebundenen war, zeigte sich nicht bereit, sie zu veröffentlichen, um die Erwartungen seiner Leser nicht zu enttäuschen, und man zwang ihn, das unter einem Pseudonym zu tun. Das tat Hanna leid.

Sie hatte ihn wegen seines Wissensdurstes und seiner vielfältigen Interessen – beides mit unglaublicher Energie verfolgt und mit entsprechenden Ergebnissen belohnt – geliebt und bewundert. Er war Brandung und Fels zugleich gewesen. Doch während ihres Zusammenlebens hatte er nach und nach immer mehr Raum eingenommen. Für sie war kaum mehr Platz geblieben, weder für ihr Fernweh noch für ihre Arbeit. Wie gerne hatte sie Fortbildungsseminare besucht, doch nachdem sie Martin adoptiert hatten und sie, statt im Krankenhaus zu arbeiten, nur noch gelegentlich Praxisvertretungen übernahm, blieb dafür, obwohl es besonders wichtig gewesen wäre, keine Zeit. Sie konnte Georg keinen Vorwurf daraus machen. Sie hatte nie etwas angemahnt oder eingefordert. Und schließlich war sie es gewesen, die ein Kind wollte. Und sie hatte Ja zu dem kleinen Martin gesagt, obwohl oder gerade weil er im Heim als verhaltensauffällig und sprachbehindert galt.

Hannas Wut über Georgs Erzählung verflüchtigt sich langsam, doch noch fühlt sie sich erhitzt, meint zu zerfließen: ihr Körper, ihre Gedanken. Auch ihre Empfindungen, die nach und nach in eine unglaubliche Sehnsucht nach Nähe, nach Berührung, nach einer Umarmung einmünden.

Sie sieht sich wieder unter den afrikanischen Frauen, die, in ihr traditionelles Festtagsgewand gehüllt, sich ihr zuneigen, sie umarmen und links und rechts mit der Stirn berühren, um sie gleich darauf aufmerksam anzusehen und ihr ein warmes Lächeln zu schenken. Ein eindrücklicher Augenblick gegenseitiger Zuneigung und Akzeptanz. Jahre zuvor, als sie als Fremde von den Frauen des Dorfes in Uganda so willkommen geheißen wurde, war ihr der jahrelange Verlust liebevoller Umarmungen erstmals bewusst geworden. Sie hatte sich des Morgens nach Georgs Geständnis erinnert, als er, bevor er zum Büro aufbrach, einen Moment abwartend vor ihr gestanden hatte, um sich dann anders als sonst ohne Umarmung zu verabschieden – nach gut zwölf Jahren des Zusammenlebens.

Viola ist neben sie getreten, legt ihr ein Wolltuch über, lässt einen Augenblick ihre Hände auf Hannas Schultern liegen.

»Komm wieder ins Haus, du wirst dich erkälten.«

»Und Georg?«

»Hat sich bis zum Abendbrot in sein Zimmer zurückgezogen. Das macht er immer nach dem Nachmittagskaffee.«

Erst als Viola die Terrassentür hinter ihr schließt, spürt Hanna die feuchte Kälte, der sie ausgesetzt war.

»Ein heißer Tee wird dir guttun«, sagt Viola und geht voraus in die Küche.

Hanna folgt ihr und schaut schweigend zu, während sie das Getränk zubereitet. Was soll sie auch sagen, wie ihr Verhalten erklären?

»Ich verstehe dich gut. Natürlich musste dich der Text an deinen Bruder erinnern. Deshalb war Georg wohl auch so zurückhaltend, als ich nach einer Erzählung fragte. Es gibt nur noch diese, hat er mir eben gestanden. Alle anderen hat er auf dem Laptop gelöscht und die ausgedruckten Texte zerrissen und in den Müll geworfen.«

»Aber diese Erzählung, warum hat er gerade die aufgehoben?«

»Es ist die Einzige, die er noch nicht überarbeitet hat.«

»Und das will er tun, um sie dann zu vernichten?«

»Das ist es ja. Es ist einfach absurd.«

Schon eine halbe Stunde später läutet Viola zum gemeinsamen Abendessen. Warum eigentlich, wenn niemand den geringsten Appetit verspürt? Gottlob nur Kartoffelsalat und Wiener Würstchen. Nichts, was man nicht auch am Tag darauf noch essen könnte. Georg winkt ab, als Viola ein zweites Würstchen aufschneiden und einen weiteren Löffel vom Salat auf seinen Teller geben will. Rundum Stille. Nur Kaugeräusche und die des Bestecks auf dem dünnen Porzellan. Die Mahlzeit ist schnell beendet.

»Die Fotos aus Afrika, worauf warten wir?«, fragt Georg.

»Erst abräumen?« Hanna sieht zu Viola hinüber.

»Nein, lass nur, vielleicht hat ja danach noch jemand Appetit oder …«

Während sie ihre Teller in die Mitte des Tisches schieben, denken sie wohl alle an Martin, fragen sich, ob er noch kommen würde. Hanna setzt sich auf und greift nach den Fotos. Vielleicht können sie damit der bedrückenden Stimmung entkommen.

Die Bilder haben das Format 13 x 18 cm, sodass man sie ohne Anstrengung betrachten kann. Während Hanna sich zu jedem der Fotos äußert, fühlt sie sich um zwei Tage zurückversetzt, als würden zwei Züge nicht in verschiedene Richtungen, sondern nebeneinanderher fahren. Die auf den Fotos abgelichteten Frauen hatten gewusst, dass Hanna diesmal nicht nur für die Regenzeit, sondern für immer Kitulikizi verlassen würde, und hatten ihr deshalb einen festlichen Abschied bereitet. Ganz wie es ihnen entspricht, einen fröhlichen, denn in ihrem Alltag war jede Gelegenheit, auch eine traurige, bei der man gemeinsam ausreichend zu essen hat und schwatzend, tanzend und singend beieinandersitzt, ein Geschenk.

Vor der Feier waren Hanna noch einige Besuche bei den Frauen wichtig gewesen, die nicht an dem Fest teilnehmen würden. Ärmste Familien, die mit vielen Kindern auf wenig Land nur mit Mühe als Selbstversorger überlebten; zumeist nur mit einer einzigen täglichen Mahlzeit am späten Nachmittag. Erkennbar an der Garderobe aus europäischen Altkleidercontainern, die Straßenhändler für wenig Geld anboten. Die jungen Frauen mochten diese Mode, doch die Alten fühlten sich unwohl darin, wie verkleidet. Diese Familien hatten noch keinen Zugang zu den Gruppen gefunden, die gemeinsam in einem der Projekte von Heidi und Franz arbeiteten und damit ein wenig Geld verdienten.

Der Morgen war noch frisch gewesen. Nebelschwaden hingen über dem breiten Sumpfgebiet zwischen den Anhöhen. Der für die Nacht gemietete Wachmann drehte seine letzte Runde. Die Hähne krähten, und Joseph, der Manager des verwinkelten Gästehauses, war schon dabei, ihr Gepäck auf den Pick-up zu laden, den die Caritas für ihre Fahrt zum Flughafen von Entebbe zur Verfügung gestellt hatte. Joseph war der unverzichtbare gute Geist des bescheidenen Flachbaues, der vor vier Jahrzehnten im Auftrag einer christlichen Organisation errichtet worden war. Und wegen der aufzunehmenden Gäste verfügte Joseph sogar über einen Computer. In Kitulikizi besaß nur noch die Rektorin der Schule ein solches Gerät. Das war sein ganzer Stolz, auch dass er für Hanna gelegentlich einen Handykontakt nach Berlin herzustellen vermochte.

Stramm gezogene Seile waren nötig, um Koffer und andere Gegenstände, die bei dieser Gelegenheit mit dem Pick-up transportiert werden sollten, fest miteinander zu verbinden, damit sie auf der unwegsamen Strecke nicht verrutschen und vom Fahrzeug hinunterfallen konnten. Nur Geländewagen und Motorräder, die Boda-Boda-Taxis, schafften es, auf den ausgewaschenen Wegen bis zur Autostraße zu gelangen. Und

Hannes ›Yamaha Mate 50‹, die sie an ihre Vespa zu Studienzeiten erinnerte. Damit fuhr sie an diesem frühen Morgen neun Kilometer die gegenüberliegenden Hügel hinauf. Wenn der Regen noch nicht versickert und die Wege glitschig waren, rutschig wie eine Ölspur, flößte ihr die Strecke immer noch ein wenig Furcht ein. Doch es hatte lange nicht geregnet, sodass sie die trockene rote Erde aufwirbelte und wie eine Wolke hinter sich herzog. Vor ihr die 1200 Meter hohe Hügelkette mit Bananenplantagen, die aus der Ferne Wäldern ähnelten. Auf dem weiten Wiesengelände dazwischen grasende Kühe und Ziegen wie im Allgäu. Bei diesem Anblick musste sie immer ein wenig lächeln, denn als Heranwachsende hatte sie immer nur die Savanne mit ihrem Tierreichtum oder endlos karge Wüstenlandschaft mit Afrika verbunden. Doch in Uganda, in der vermeintlichen Wiege der Menschheit, dominierte das Grün. Hier war es fruchtbar. Es gab zumeist vom Klima begünstigt zwei Ernten im Jahr. Und doch hatten nicht alle genügend zu essen.

Das seltene Motorengeräusch hatte zuerst die Kinder aus der winzigen Lehmhütte herausgelockt, dann auch Joana, ihre Mutter. Hanna musste aufpassen, damit niemand zu Schaden kam, denn noch bevor sie die Yamaha zum Stehen bringen konnte, wurde sie von der Kinderschar umringt.

»Zum Kindergarten, los jetzt!« Joana klatschte in die Hände, als wollte sie Hühner vor sich hertreiben, und genau so stoben zwei kleine Mädchen aus der Schar hervor und machten sich mit tanzenden Schritten und lebhaftem Winken auf den fünf Kilometer langen Fußweg. Wie Hanna wusste, mit nichts im Magen. Gottlob erwartete sie m Kindergarten ein Porridge.

»Und ihr«, wandte sich Hanna an die drei Jungen, »müsst ihr nicht in die Schule?«

Sie scharrten mit den Füßen und blickten ihre Mutter an.

Während Joana ihre Besucherin begrüßte, erklärte sie, dass die Jungen an diesem Tag auf dem Feld helfen und Wasser aus dem nächsten Tümpel herbeischaffen müssten. Bis hierher hatte es die Wasserversorgung – auch eines der Projekte des mit Hanna bekannten Ehepaares – noch nicht geschafft.

»Aber du wirst zufrieden sein.« Joana stellte sich sehr aufrecht vor Hanna hin und zeigte in die entgegengesetzte Richtung. Etwa fünfzehn Meter von ihnen entfernt stand ein Plumpsklo, das aus selbstgebrannten Steinen gebaut war. Ebenfalls ein Projekt von Heidi und Franz. Daneben hatten Joanas Söhne, die zwischen zehn und dreizehn Jahre alt waren, einen Wasserkanister so an den Ast eines Olivenbaumes gehängt, dass er sich, wenn man auf ein mit einer Schnur verbundenes Holzstück trat, neigte, sodass man sich dort waschen konnte. Eine Schüssel darunter fing das Schmutzwasser auf, um es für die Pflanzen zu verwenden.

»Toll, auch deine kleinen Erfinder«, lobte Hanna und drückte Joana zwei Stücke Seife und ein Päckchen Kondome in die Hand.

»Du weißt, Nachschub bekommst du jederzeit in der Krankenstation.«

Joana zeigte ein scheues Lächeln, nickte aber heftig.

Joana war eine der Frauen, die Hanna und Schwester Benedikta, eine in der Krankenstation arbeitende Ordensfrau, von der Notwendigkeit zu verhüten, hatten überzeugen können. Deshalb war es hier bei fünf statt der üblichen acht bis zu zehn und mehr Kindern geblieben. Doch von einem wirklichen Durchbruch ihrer gemeinsamen Aufklärungsaktionen konnte nicht die Rede sein. Nicht nur die offizielle katholische Lehre stand dagegen. Dazu kam noch die Tradition, die besagte, dass nur viele Kinder einmal die Alten würden ernähren können. Von der Pille hatte die Ordensschwester allerdings nichts wissen wollen. Tabletten wegen unerlaubter Lust? Und den Frauen damit durch Nebenwirkungen gesundheitlich schaden? Das wollte sie nicht verantworten. Nein, allein die Männer waren für die Verhütung zuständig. Schließlich waren sie es, die sich versündigten, weil sie sich nicht nur zur Fortpflanzung mit ihren Frauen zusammentaten, sondern sich darüber hinaus mit ihnen vergnügen wollten. Schwester Benedikta verschloss sich nicht der Realität, der Armut, die mit einer erschreckenden Überbevölkerung einherging und die Bildungschancen der Kinder verringerte. Doch Kondome, die sie im Gegensatz zu dem von ihr verehrten Papst segensreich gegen zu viele Babys und Aids fand, mussten genügen!

Das tat der Freundschaft zwischen Hanna und Schwester Benedikta keinen Abbruch. Benedikta war für Hanna unentbehrlich geworden. Obwohl sie eine Weiße aus den Niederlanden war, hatte sie im Laufe vieler Jahre die Traditionen des Stammes der Luganda recht gut kennengelernt und genoss große Wertschätzung. Hanna verdankte Benedikta nicht nur, sie nach und nach mit der Stammessprache vertraut gemacht zu haben, sondern vor allem mit einem Großteil ihrer traditionellen Lebensweise. Mit wem sonst hätte sie gerade am Anfang ihrer Tätigkeit in Kitulikizi so vertrauensvoll über die Erfahrungen sprechen können, die sie als Ärztin machte. Über ihre Ratlosigkeit, wenn Vorurteile oder Traditionen Frauen dazu brachten, ihre Hilfe abzulehnen und sich in die Hände ›weiser Frauen‹ zu begeben, selbst dann, wenn ihnen oder ihrem Baby der Tod drohte. Für die normalen Geburten war das in Ordnung, aber doch nicht bei Lebensgefahr!

Benedikta verstand es, ihr die Gründe der Frauen näherzubringen. Nach und nach hatte Hanna gelernt, akzeptierender, zugewandter und gelassener mit der Haltung der Einheimischen umzugehen. Ganz am Anfang ihrer Freundschaft hatte eine Lüge gestanden, die ihr ausgerechnet von dieser Ordensschwester empfohlen worden war. Befragt nach eigenen Kindern, hatte sie eindringlich dazu geraten, bei Nachfragen der einheimischen Frauen von vier Kindern, einem Mädchen und drei Söhnen, zu sprechen. Mit einem einzigen Kind würde sie nicht geachtet werden, nicht von den Frauen und erst recht nicht von den Männern. Eine Frau mit nur einem Kind gelte noch weniger als eine unfruchtbare, hatte Benedikta versichert. Verdorrt wie ein Garten ohne Früchte. Ein möglicher Reichtum, der nicht angenommen, nicht gepflegt worden war. Ein Vergehen geradezu! Während sie davon sprach, hatte sie immer wieder ihre rechte Hand mit gespreizten Fingern emporgehoben, eindringlich wie zu einem notwendigen Schwur.

Hanna hatte Benedikta vertraut und war ihrem Rat gefolgt. Mit ihr konnte sie fortan nicht nur über die Probleme in der Praxis oder in Kitulikizi reden, sondern ganz offene Glaubensgespräche führen. Die stieß sich nicht daran, dass Hanna nach ihrem Kirchenaustritt in den Siebzigerjahren nicht wieder in den Schoß der katholischen Kirche zurückgekehrt war, sondern sich einer progressiven evangelischen Gemeinde angeschlossen hatte. Sie akzeptierte Hannas Kritik an der Unfehlbarkeit des Papstes und den von ihr als weltfremd empfundenen Dogmen.

›Du glaubst an Gott, das allein ist wichtig. Dein Glaube weist dir deinen Weg und gibt dir Kraft‹, war Benediktas stehende Rede. Darin waren ganz selbstverständlich auch die wenigen Moslems dieser Gegend einbezogen, die in jedem Dorf eine kleine Moschee erbaut hatten. In Hannas Augen erwies sie sich gerade dadurch als Christin.

Vor der Abschiedsfeier hatten noch zwei weitere Besuche angestanden. Die letzte Untersuchung der sechzehnjährigen Christina ließ Komplikationen bei der Entbindung erwarten. Hanna traf die Schwangere vor der armseligen Hütte ihrer

Eltern, die sich um die acht Kinder ihres verstorbenen Sohnes kümmerten. Nach dessen Tod war seine Frau auf der Arbeitssuche in Entebbe oder Kampala verschwunden.

Christina hatte sich weit über eine Plastikschüssel gebeugt, den Rücken sehr gerade, den Po emporgestreckt. Daneben stand eine weitere Schüssel zum Spülen. Auf der Hecke dahinter trockneten bereits Wäscheteile. Hanna war klar, dass es vergeblich sein würde, gegen diese Arbeit in Christinas Zustand etwas einzuwenden, doch sie musste die Schwangere wenigstens davon überzeugen, dass eine weitere Kontrolluntersuchung bei ihrem Nachfolger, unbedingt in den nächsten zwei Wochen erfolgen musste.

»Das geht nicht«, protestierte Christina. Sie zeigte zuerst auf die Bananen- und Kaffeepflanzen, dann auf den Ziegelbau, dem noch das Wellblechdach fehlte.

»Wenn die Ernte verkauft ist, muss das Haus fertig werden, denn dann kommt das Baby. Das hast du selbst gesagt.«

Moses, ihr Mann, versuchte, als Hilfsarbeiter auf dem Markt von Masaka etwas zu verdienen, was nur unregelmäßig möglich war und wenige Uganda-Schillinge einbrachte. Sie erwarteten ihr erstes Kind.

Ja, das hatte sie gesagt, aber die Lage des Kindes machte Hanna Sorgen. Ihr blieb nur, an Christina zu appellieren und zu versichern, dass keine Arztkosten entstünden. Schwester Benedikta wisse Bescheid. Hanna hatte vorgesorgt. Sie hatte das Geld, das sie eigentlich für das ganze Jahr in die Landeswährung umgetauscht hatte, für solche Fälle bei Benedikta hinterlegt. Schließlich wusste sie nicht, wie ihr Nachfolger es mit der Bezahlung halten würde. Er kam mit seiner Frau und drei Kindern nach Kitulikizi. Er musste Geld verdienen. Es war sogar zu befürchten, dass er nach wenigen Wochen aufgeben würde, denn die Krankenstation wurde nur von wenigen zahlenden Patienten genutzt. Anders als er hatte sie es sich leisten können, auch kostenlose Sprechstunden anzubieten. Noch an einem schmalen Seitenweg an abgeernteten, im leichten Wind raschelnden Maisfeldern vorbei, fuhr Hanna ihrer letzten Patientin entgegen. Es ging um ein halbjähriges Baby, das an einer heftigen Bronchitis litt und der Erkrankung wenig entgegenzusetzen hatte. Einen Allgemeinmediziner oder Kinderarzt gab es weder in Kitulikizi noch in den Nachbardörfern. Und die Kosten für die Fahrt nach Masaka und die Behandlung dort konnte die alleinstehende Mutter nicht aufbringen. Was blieb Hanna übrig, als das Kind zu behandeln.

Schon als Hanna vorfuhr, winkte Barbara ihr freudig zu. Der leicht entblößte Oberkörper zeigte Rippe um Rippe ihres ausgezehrten Körpers. Das Baby saugte an ihrer Brust, die kaum etwas herzugeben hatte. Die glänzenden Augen der Frau gingen ängstlich zwischen dem Baby und Hanna hin und her. Unversehens lag Hannas Hand auf deren Stirn. Gleich darauf fühlte sie den Puls. Hanna bestätigte, dass es dem Kind erstaunlich gut gehe, sie jedoch bei Barbara eine Lungenentzündung vermute. Zum Glück gab es auch hier eine Großmutter, doch Barbara wollte nicht ins Krankenhaus, wollte sich nicht von ihrem Baby trennen. So schlecht gehe es ihr nicht, meinte sie und betrachtete stolz und glücklich ihr sechstes Kind. Noch vor eineinhalb Jahren, als ihr Mann sie verlassen hatte, hatte sie geschworen, keines mehr zu wollen. Doch kaum war der Mann wieder zurückgekehrt …

»Noch geht es dir leidlich, noch«, betonte Hanna. Im Augenblick würde sie nichts erreichen können. Es blieb nur, Medikamente zu verabreichen und dazulassen. Doch der neue Arzt musste von Schwester Benedikta unbedingt darum gebeten werden, gleich im Laufe seiner ersten Woche einen Hausbesuch zu machen.

Diese Abschiedsbesuche zeigten wieder einmal, wie begrenzt ihre Möglichkeiten geblieben waren. Tropfen auf dem heißen Stein. Und doch, sie dachte an den Spruch von Mutter Theresa, an den Benedikta bei Rückschlägen immer erinnerte: ›Was, wenn gerade dieser Tropfen im Ozean fehle‹. Und jedes Mal stand ihr dann auch der Spruch von Albert Schweitzer wie in Stein gemeißelt vor Augen:

›Nein, Gebete ändern die Welt nicht. Aber Gebete ändern die Menschen. Und die Menschen ändern die Welt.‹

Die Worte dieser von ihr sehr geschätzten Menschen hatte es immer wieder gebraucht, um weder die Zuversicht zu verlieren noch den eigenen Maßstab zu sehr zur Bewertung schwieriger Situationen heranzuziehen. Diese Welt hier war und funktionierte ganz anders, mit all ihren Vor- und Nachteilen für die Bewohner. Wie oft hatte Hanna sie um ihren Familiensinn und die ungeheure Fähigkeit, Freude zu empfinden und weiterzugeben, beneidet, der keine noch so schlechte Nachricht Abbruch tun konnte.

Zu berechtigter Hoffnung trugen auch die ersten Nutznießer der Arbeit von Heidi und Franz bei, die in den von ihnen gegründeten Gruppen arbeiteten und nicht mehr in akuter Armut lebten. Dazu kam der Umstand, dass mittlerweile alle Kinder geimpft wurden. Das würde längerfristig zu besseren Bildungs- und Berufschancen führen und dazu, dass der Kindersegen zum Überleben seine Wichtigkeit verlor.

Doch wie überall auf der Welt gab es auch in Kitulikizi Hierarchien. Warum die eine Frau in der Gruppe Geld verdienen durfte und die andere nicht, das hatte Hanna nie wirklich durchschaut. Das hatte nichts mit Arbeit, Besitz und Ansehen zu tun. Manches war offensichtlich von der Tradition des Stammes bestimmt; selbst die Sitzordnung in der Kirche. Die zuvor Besuchten Menschen, die zur ärmsten Schicht gehörten, hatte sie dort nie gesehen.

Bei dem Abschiedsfest war sie nur auf die Frauen gestoßen, die es nach afrikanischem Verständnis wenigstens in die unterste Mittelschicht geschafft hatten; nur eine von ihnen eine Stufe weiter. Doch wie war ihnen der Anschluss an die Gruppen gelungen, wo sie von gemeinsamer Arbeit profitieren? Heidi und Franz hatten sie nicht ausgesucht. Also wie hatten sie sich zusammengefunden? Wer durfte kommen? Wer nicht? Und warum?

Das war die letzte Fahrt mit ihrer Yamaha, die sie Schwester Benedikta überlassen wollte, damit sie ›Erste Hilfe‹ bei den Familien würde leisten können, die zu weit von der Krankenstation entfernt leben und kein Geld für einen Arztbesuch haben. Die Yamaha zu fahren traut sich Benedikta Dank ihres unbegrenzten Gottvertrauens zu. Nicht so die anderen Frauen in dieser fernseh- und autofreien Gegend, die Hanna, wenn sie vorfuhr, immer wieder bestaunten. In ihren Gesichtern spielte sich so etwas wie ein freudiges Erschrecken ab. Dabei waren sie die Fahrten mit dem Boda-Boda-Taxi, einem Motorrad, das hinter dem Fahrer Eltern mit zwei bis drei Kindern Platz bot, gewohnt. Aber eine Frau?

Doch eine der ihren, die fünfunddreißigjährige Cecilia, hatte es geschafft, es Hanna gleichzutun. Dazu brauchte es nicht nur Mut, sondern auch das nötige Geld, das die anderen Gruppenmitglieder nicht besaßen. Cecilia und ihr Mann waren mit ihrer Schweinezucht und der großen Anbaufläche für Kaffee eine Ausnahme. In deren Haus fand die Abschiedsfeier statt, denn es bot mit seinen zwei großen Zimmern und der Einbauküche ausreichend Platz. Die anderen Frauen lebten mit ihren Familien wie üblich in einem Raum von fünfzehn bis zwanzig Quadratmetern, und kochten außerhalb des Hauses. am offenen Feuer. Der Initiative von Heidi und Franz war es zu danken, dass die Familien inzwischen alle einen Wasseranschluss und ein gemauertes Plumpsklo hatten. Diese private Entwicklungshilfe hatte unter Einsatz der Männer im Dorf Jahr für Jahr zu diesen hygienischen Neuerungen geführt. Hanna konnte das gar nicht genug loben. Wer, wenn nicht sie, wusste, wie unendlich viel schwerer es sich da leben ließ, wo die Menschen davon noch abgeschnitten waren – wie auf der Anhöhe, woher sie gerade kam. Ebenso wie in den umliegenden Dörfern, aus denen die Schwangeren zu ihr in die Krankenstation kamen, wenn eine Geburt kompliziert zu werden drohte.

Hannas Weg führte an Maisfeldern vorbei, an gespenstischen Strünken in aufgebrochener trockener Erde. Selbst hier war diesmal die letzte Regenzeit fast völlig ausgeblieben. Sie verspürte heftigen Durst, als sie bei Cecilia vorfuhr. Ihre Kehle war ausgetrocknet, ihr Gesicht von einer dünnen Staubschicht wie von Puder bedeckt, die Lippen mit rotem Pulver, das nach nichts schmeckte. Hanna ließ den Motor noch einen Moment an, um die Frauen vor die Tür zu locken. Zuerst kam Cecilia, dann Maria und die Jüngste, Priscilla, mit einer Anzahl anderer junger Frauen. Danach Martha und die Alten, ausgemergelt und knochig, mit Gesichtern, die Totenköpfen ähnelten, wären da nicht die strahlenden Augen gewesen, das glitzernde Weiß der Pupillen.

Cecilia streckte die Arme in die Höhe, schlug singend die Hände ineinander und begann die Hüften zu schwingen. Die anderen folgten begeistert ihrem schneller werdenden Rhythmus. Ihre traditionellen Gewänder mit den spitzen Puffärmeln und den breiten Schärpen, die sie an diesem Tag Hanna zu Ehren trugen, leuchteten farbenfroh in der Sonne. Der Stoff rauschte und raschelte bei jeder Bewegung wie vertrocknete Maisblätter im Wind. Unvermittelt hielten die Tanzenden in ihren Bewegungen inne, ohne ihren Gesang zu unterbrechen. Hanna vernahm, eingebettet in die lugandische Stammessprache, ihren Namen, der sie in den Kreis der Frauen hereinholte, in ihre wieder aufgenommenen Bewegungen, dem Klatschen ihrer Hände, ihrem Lächeln, das auf sie übersprang. Dieses unauslöschliche Lächeln, diese Freude. Ein Wesenszug, der ihren Gesichtern eingeprägt war. Eine Freundlichkeit, die sich auch bei der nachfolgenden Begrüßung zeigte. Jede der Frauen legte Hanna die Arme um die Schultern. Dann berührten sie einander leicht mit der Stirn, rechts und links, um sich mit einem Lächeln aus der Umarmung zu lösen. Hanna war in diesem Augenblick eine von ihnen, fühlte sich zugehörig.

Kaum vorstellbar, in der rauen Atmosphäre von Berlin darauf verzichten zu müssen.

Es war Cecilia nicht zu nehmen, Hanna den Ehrenplatz auf dem mächtigen Sofa neben den zwei riesigen Sesseln anzubieten, die unbesetzt blieben, obwohl sie wie das Sofa mit frisch gebügelten weißen Spitzendeckchen geschmückt waren. Eine voluminöse Sitzgarnitur, die Wohlstand demonstrierte. Die Platzierung war Hanna bei ihren ersten Besuchen unangenehm gewesen, aber inzwischen hatte sie sich daran gewöhnt. Den Ehrenplatz abzulehnen, hätte Cecilia beleidigt und wäre auch von den anderen Frauen nicht verstanden worden. Die saßen zusammen mit Cecilia, die sie uneingeschränkt bewunderten, auf den Bastmatten, mit denen der Boden ausgelegt war. Ebenso die Alten, die zu Hannas Erstaunen nicht nur ohne sichtbare Anstrengung stundenlang dort hocken konnten, sondern sich danach mühelos wieder aufrichteten.

Zwei der jüngeren Frauen hatten sich der Waschzeremonie angenommen. Maria hielt Hanna eine Schüssel hin, während Agnes aus einem Krug Wasser über ihre Hände goss und ein Tuch zum Abtrocknen bereithielt, um dann von einer zur anderen weiterzugehen.

Mehrere der Frauen holten Speisen aus der Küche und trugen damit ein Gemisch von Gerüchen heran: Schweinebraten, Bohnen und Süßkartoffeln. Zuletzt die unverzichtbare

Matukka mit Erdnusssauce. An der alten Feuerstelle neben dem Haus hatte Hanna eben noch Cecilias Schwester gesehen. Offenbar war es deren Aufgabe gewesen, die Matukka, den in Bananenblätter gewickelten Teig aus Kochbananen und Jambo, noch auf ganz traditionelle Art dort stundenlang zu dünsten. Geschmacklich erinnerte die Speise, die bei keiner Mahlzeit fehlen durfte, an Kartoffelbrei.

Als sie sich bedient hatte, wurde die Schüssel von Hand zu Hand weitergereicht. Für sie hatte es ein Besteck gegeben, während die anderen mit den Fingern aßen. Dabei diente die Matukka dazu, Flüssigkeiten aufzunehmen. Getrunken wurde Wasser, das schon am Morgen abgekocht worden war. Kaum waren alle bedient, kam ein Stimmengewirr auf, das immer wieder von herzlichem Lachen unterbrochen wurde. Babys wurden an die Brust gelegt, eines, an deren Geburt sie mitgewirkt hatte, herübergereicht. Hanna beeindruckte immer wieder, dass keines der mitgebrachten zwei- bis dreijährigen Geschwisterkinder quengelte, schrie oder weinte. Das hatte sie in Kitulikizi nur bei schmerzgeplagten kranken Kindern erlebt. Es musste an der liebevollen Sicherheit liegen, die die Kleinen spürten. Ihre Mütter waren stets bei ihnen, selbst bei der Feldarbeit.

Durch die offene Tür lugte immer mal eines der älteren Kinder herein. Dem Geräusch nach zu urteilen, waren es nun viele, zu denen auch Cecilias drei Jungen gehörten – nur drei! Sie bedeutete Hanna, dass die Kinder schon gegessen hätten, und verriet, dass sie später noch eine Überraschung für Hanna bereithielten. Doch bis dahin brauchte es Zeit. Erst einmal standen Essen und Schwatzen im Mittelpunkt. Zum Abschluss des Festmahles gab es Ananas- und Melonenstücke, deren Duft die verbrauchte Luft mit Frische durchzog. Erst danach wurden die neuesten Arbeiten der Gruppen gezeigt: Bastmatten, Körbe und Taschen, in vielfältigen Farben und Mustern geflochten, abgepackte Nudelpakete und Näharbeiten. Und es wurde über die geplante Bäckerei und die begonnene Schweinezucht der Männer und den Verkauf in Masaka, der in Josephs Händen lag, gesprochen. Auch von der neu gegründeten Bank für Mikrokredite war die Rede.

Wie Hanna von dem befreundeten Ehepaar wusste, war die Zahlungsmoral gut. Inzwischen begann sich die Arbeit auszuzahlen. Manche der Frauen bekamen erstmals etwas Geld in die Hand.

Am Tag zuvor war Hanna in den Gruppen gewesen, wo sie sich zum Abschied einiges aussuchen sollte. Ihr Zögern und der Hinweis auf ihr Gepäck galten nicht. Flugzeuge sind groß, das wussten die Frauen, auch wenn niemand von ihnen je bis zum Flughafen in Entebbe gekommen war.

Zumeist nicht einmal in die nächste Kleinstadt nach Masaka. Dahin gab es weder Busse noch Bahnen oder Autos. Und was sollten sie da überhaupt – ohne Geld?

Die Männer waren auf Arbeitssuche per Anhalter dort und weiter bis Kampala gelangt. Wenn überhaupt, fanden sie nur schlecht bezahlte Hilfsarbeiten. Das galt sogar für gut ausgebildete Kräfte. Darüber hatte der ortsansässige Schneider geklagt, der stolz darauf war, dass er einen seiner Söhne hatte studieren lassen. Der Sohn musste froh sein, Lastwagen zu fahren, denn es gab kaum Industrie und andere Großbetriebe, die ihn mit seinem Studium der Betriebswirtschaft beschäftigen konnten. Die im Dorf zurückgebliebenen Männer waren mit dem Aufbau der Schweinezucht und der Herstellung von Türen, Fenstern und Bettgestellen beschäftigt. Davon bot sich gottlob nichts als Geschenk für Hanna an, als sie sich von ihnen verabschiedete.

Die Kinderschar vor der Tür schwoll hörbar an.

»Sie werden ungeduldig«, sagte Cecilia und gab damit das Zeichen, die Essensreste und Teller wegzuräumen und nach draußen zu gehen. Ein kurzes Gewusel, dann standen vor Hanna acht Kinder in einer Reihe. Sie hatten ihre besten Sachen oder ihre Schulkleidung an und hielten Früchte als Geschenk für sie in den Händen. Die zwei Kleinsten wurden von ihren Müttern auf dem Arm getragen. Cecilia musste nichts erklären. Für jedes Jahr, in dem sie den Frauen bei einer besonders komplizierten Geburt geholfen hatte, war ein Kind ausgesucht worden, eines, dessen Überleben an ein Wunder grenzte; oft auch das der Mutter. Hanna ging von einem Kind zum anderen, strich gerührt über ihre Köpfe – welch ein Glück, dass ihr das gelungen war.

»Wir danken dir von Herzen«, sagte Cecilia und stimmte ein Lied an, in das alle einstimmten, um sie endgültig zu verabschieden – wippend, klatschend und schließlich lächelnd nachwinkend. Sie fuhr schnell davon, um ihre Tränen zu verbergen, denn in Kitulikizi trennt man sich mit strahlendem Gesicht.

Hannas Erinnerungen reißen abrupt ab, als Georg ihr das letzte Foto dicht vor die Augen hält, als würde er sich schon mehrfach vergeblich an sie gewandt haben, und fragt, ob die Weißen inmitten der Gruppe Heidi und Franz seien. Sie bestätigt das und ergänzt, dass man ihnen als Dankeschön eine kleine geschnitzte und bemalte Holztruhe überreicht habe, und zeigt darauf. Georg holt eine Lupe, die neben der Zeitung auf dem Couchtisch liegt, und betrachtet die Truhe eingehend.

»Gute Arbeit«, sagt er. »Woher kennst du sie eigentlich?«

Zwischen Hanna und Viola geht ein schneller Blick hin und her. Das hat sie schon vor Jahren erzählt, als sie sich entschied, eine Krankenstation in Kitulikizi aufzubauen, wo es keinen Arzt, sondern nur die Kranken- und Ordensschwester Benedikta gab. Bei jedem ihrer Besuche war von ihnen die Rede gewesen. All das hat er vergessen, schaut Hanna jetzt aber interessiert an.

»Habe sie über das Internet kennengelernt.«

»Unter Parship?« Georg zeigt sein verschmitztes Lächeln. Hanna und Viola freuen sich daran. Und wie aus einem Munde kommt ihrer beider:»Na, sieh mal an!«, dem ein herzhaftes Lachen folgt.

» Ja und?« Georg lässt nicht locker.

»Bin auf das Ehepaar gestoßen, als ich nach meiner Pensionierung im Internet nach einem Projekt in Afrika suchte, dem ich mich anschließen konnte.«

»Aber wie kamen die dazu, so eine private Entwicklungshilfe aufzubauen?«

Viola gießt Tee nach. Ihnen beiden ist klar, dass das ein langer Abend werden wird, denn Georg erinnert sich weder an Kitulikizi noch an die Begebenheiten, von denen Hanna bei ihren Besuchen erzählt hat. Nicht einmal an den schriftlichen Bericht, den sie ihm bei ihrem letzten Besuch mit den Worten ›Schau doch mal rein, ob sich mein Geschreibsel für einen Spendenaufruf eignet‹ in die Hand gedrückt hatte.

Viola hatte, Hannas Einverständnis vorausgesetzt, das Geschriebene nach einem Telefonat mit Inge an sie weitergegeben und schon wieder zurückerhalten. Wer könnte den Artikel besser beurteilen als sie?

Hanna verrührt unendlich langsam den Zucker in ihrer Tasse, als könnte sie die Traurigkeit, die sie über Georgs Zustand verspürt, auflösen – und auch das Warten auf Martin, das wie eine dichte Wolke über dem ganzen Tag schwebt. Solange sie erzählen würde, wäre das vergessen. Und wie der Erzähler von ›Tausend und einer Nacht‹ beginnt sie, Georg die alte, doch für ihn neue Geschichte zu erzählen, die damit begann, dass Heidi und Franz sie einluden, mit ihnen nach Kitulikizi zu reisen, um ›ihr‹ Dorf kennenzulernen.

Hanna schaut lächelnd vor sich hin. Spürt aber gleich darauf Georgs fragenden Blick.

»Als wir ankamen, wurden die beiden von den Dorfbewohnern empfangen, als wären sie – ich drücke es vielleicht am besten so aus, wie es Joseph heimlich tut – das Königspaar von Kitulikizi.« Georg schreckt bei dem Wort ›Königspaar‹ auf, schüttelt sich wie ein Hund, der aus dem Regen kommt, streckt sich und lehnt sich dann fest gegen die Lehne seines Stuhls, der statt seiner einen ächzenden Ton hören lässt.

»Ihre Wohltäter eben.« Damit hat Viola in der Zwischenzeit Verständnis bekundet, während Georg, plötzlich hellwach, mit zornigen Worten reagiert. Eine Suada wie zu alten Zeiten, bei der Viola und Hanna erstaunt feststellen, dass nun doch ein Erinnerungsfaden sichtbar wird. Georg wählt das Beispiel der geschnitzten Truhe, die doch zeige, dass die Dorfbewohner sehr wohl etwas zu leisten vermöchten, auch wenn sie von technischem Gerät keine Ahnung hätten. Der Umgang damit sei ihnen eben nicht vertraut. Hanna freut sich darüber, dass Georg offenbar doch ihren Bericht gelesen hat. Er lobt zwar die Bereitschaft von Franz und Heidi, Geld für Projekte zu spenden und sich aktiv für deren Verwirklichung einzusetzen, aber er spricht auch davon, dass solche Vorhaben intensiv betreut werden müssten, um den Dorfbewohnern technische Kenntnisse oder auch solche für eine ertragreichere Landwirtschaft zu vermitteln. Das sei nicht von ein, zwei Menschen zu stemmen, die sich vier Wochen im Jahr in ... – Georg ringt vergeblich mit der Erinnerung an den Ortsnamen, gibt die Suche auf, um seinen Gedankenstrom nicht abreißen zu lassen.

»Da soll es keine deutschen Rentner geben, die das im Wechsel übernehmen können?«, fragt er erbost. »Gibt doch immer welche, die noch fit sind und gerne was tun und erleben wollen. Bestimmt auch unter den Freunden von diesem Franz.«

Hanna nickt, zuckt aber gleichzeitig mit den Schultern.

»Davon wollte Franz nichts wissen, fürchtet vielleicht Fehlentscheidungen.«

»Wie schade, eine so gute Sache, aber wenn man Erfolge nicht teilen kann ... « Georg hob und senkte die Hände. »Nun ja, ... anerkennenswert ..., aber es könnte ...« Georgs Stimme ist während der letzten Worte immer abgehackter und leiser geworden.

Seine Hände wedeln durch die Luft, als suchten sie etwas. Sein ermüdeter Blick schaut Gedankenbildern nach. Viola nimmt seine Hände in die ihren und bittet Hanna fortzufahren, wobei sie auf eines der Fotos zeigt, auf dem ein großer rechteckiger Teich zu sehen ist.

»Afrika, das Wasser. Woher?« Viola wundert sich.

»Es gibt weite Sumpfgebiete zwischen den Hügelketten.«

»Das heißt, sie züchten Fische?«

»Ja, Tilapias. Noch ein Projekt von Heidi und Franz. Es gibt etliche solcher Teiche des gleichnamigen ›Tilapia-Vereins Niederrhein‹, wovon mir Mary berichtet hat, die ich im Gästehaus kennengelernt habe. Mit den Erträgen und weiteren Spenden werden im kargen Norden Ugandas Großeltern unterstützt, die ihre Enkel versorgen. Diese Idee, Fische zu züchten, hatte Marys Onkel, ein Missionar im Kongo. Der las in den Sechzigerjahren davon, dass es zur besseren geistigen Entwicklung der Kinder dort an Eiweiß fehle. Zusammen mit dem niederländischen Botschafter machte er sich daran, diese Fischzucht ins Leben zu rufen.«

Die Standuhr schlägt Mitternacht.

»Wir sollten schlafen gehen«, sagt Viola.

Einen Augenblick verharren sie noch in unbewegter, lauschender Haltung, dann nicken sie einander wortlos zu. Martin wird nicht mehr kommen.

Viola trägt das Geschirr hinaus. Kurz darauf hört Hanna, die an der Terrassentür stehen geblieben ist, das ›Gute Nacht‹ beider, die sich die Treppe hinauf in ihre Zimmer begeben.

Hanna tritt auf die Terrasse hinaus. Der hohe Himmel gleicht einem gefrorenen See – schwach eingeritzte Sternbilder, winzige helle Punkte. Ganz anders als der Himmel in Uganda – tiefschwarz mit leuchtenden Sternen, die riesiggroß zum Greifen nahe scheinen.

Zum Greifen nahe schienen!

Sie sind es so wenig wie die Sterne hier am Horizont. Und dieses ›Hier‹ wird jetzt ihr Zuhause sein.

Sie atmet die kalte Luft tief ein, mehrfach, wie zur Bestätigung, und spürt Klarheit, die guttut.

*

XII. Georg

Er liegt bekleidet auf seinem alten Ledersofa. Bis dahin hat er es gerade noch geschafft. Der Abend ist lang gewesen. Zu lang für ihn. Das vergebliche Warten auf Martin hat ihn erschöpft.

Die Frauen haben ihm zuliebe lange durchgehalten. Ahnten wohl, dass er sich mit Martin aussprechen wollte. Beim Gute-Nacht-Sagen haben sie grau vor Ermattung ausgesehen. Jetzt huschen sie als vertraute Schatten durch sein Hirn. Nicht so Martin. Können ihm die Erinnerungen an ihn und seine Empfindungen verloren gegangen sein? Georg spürt die eisige Kälte, die sich über seinem Körper ausbreitet. Stöhnend beugt er sich vor. Sein Arm schmerzt, als er eine Decke über sich zieht. Trotz der Kleidung friert er bis ins Herz, obwohl das rasend schlägt.

»Martin … Martin …«, beschwörend stößt er den Namen hervor. Um ihn her ist nichts als Leere und Dunkelheit, die er zu durchdringen sucht.

Das Licht der Straßenlaterne scheint matt durch das Fenster. Die vom Wind bewegten Zweige der Kastanie werfen Zeichen auf die Scheiben, verwandeln sich, bekommen Struktur. Festigkeit. Zeigen Martins Gesicht. Das des Abiturienten. Bei der Abschlussfeier ist er ihm zum letzten Mal begegnet, hatte er Martins Hand zur Gratulation in der seinen gehalten. Bald dreißig Jahre ist das her. Georg lauscht in sich hinein, sucht Verbindung zu dem heutigen Martin aufzunehmen. Empfängt nur schwache Signale, zu schwache. Diese Sprachlosigkeit …

Als der Siebenjährige sich erstmals selbst Martin nannte, begann er seine Sprache wiederzufinden. Georg sieht den kleinen Jungen vor sich, dem etwas nicht gelungen ist. Spürt dessen wuschliges Haar zwischen seinen eiskalten Händen, als würde er darüberstreichen.

»Das wird schon. Irgendwann kannst du das ganz bestimmt«, hört Georg sich sagen.

Ein Glücksgefühl breitet sich aus, das er festzuhalten sucht, sich aber beim Gedanken an den erwachsenen Martin wieder verflüchtigt. Flucht aus ihrem gemeinsamen Leben. Warum? Womit kann er ihn so nachhaltig verletzt haben?

Auch an seinem achtzigsten Geburtstag: keine Klärung. Erklärung. Das Warten – umsonst. An seinem nächsten Geburtstag in vier Jahren – selbst wenn er ihn erleben wollte – er würde Martins Gründe nicht mehr verstehen, ihn womöglich nicht einmal mehr erkennen. Sinnlos …

Georg wendet den Kopf zur Seite, stützt sich auf. Er schaut auf den Mörser. Die pulverisierten Tabletten. Die Whiskyflasche. Er schraubt den Verschluss auf. Hält inne. Keine Klärung – keine Erklärung. Vielleicht ist die einfach nicht möglich? Das ist ihm doch nicht unbekannt.

Er sieht Hanna am Morgen nach dem Geständnis seiner Liebesbeziehung mit Viola im Türrahmen zur Küche stehen. Ein Bild, das ihn sein Leben lang nicht losgelassen hat: Wie an jedem Arbeitstag ist er mit ausgebreiteten Armen einen Schritt auf sie zugegangen, um sich mit einer Umarmung und einem Kuss zu verabschieden. Eine lange Sekunde stehen sie einander Blick in Blick gegenüber.

Hanna sieht ihn ganz anders als sonst an – abwartend, todtraurig. Hannas Augen, die er so liebt … noch immer liebt und doch … Von einem Moment auf den anderen lässt er die Arme sinken und wendet sich ab. Mit einem lapidaren ›Auf Wiedersehen‹ schließt er die Wohnungstür hinter sich. Für einen Moment hat ein Kampf in ihm getobt, den er nur mit steif herabhängenden Armen überstehen konnte. Sie nur nicht ausstrecken. Hanna nicht an sich und damit in sein inneres Durcheinander hineinziehen. Sie nicht spüren lassen, wie zerrissen und unentschieden er ist.

Sein Geständnis war eine Verzweiflungstat. Ausgerechnet von Hanna hatte er eine Lösung – Erlösung – erhofft. Hanna hatte das mit ihrer Forderung, dass er jede Verbindung zu Viola sofort einstellen müsse, wenn er an ihrer Ehe festhalten wolle, unmöglich gemacht. Seine kreative Seite, die ihn mit Viola verband, war ihm unverzichtbar, lebenswichtig geworden.

Und Viola? Die hatte nicht geahnt, wie schwach und wankelmütig er war. Nur die Eile überraschte sie, mit der er sich für sie entschieden hatte. Sie war es sogar gewesen, die ihn aufzuhalten versuchte, indem sie ihn wissen ließ, dass sie ihn niemals heiraten würde. Georg sollte seine Freiheit behalten, sollte sie, Viola, jederzeit verlassen können. Wie kam sie nur darauf?

Damals verstand er sie nicht.

Das Zusammenleben mit Viola war ihm unerwartet schwergefallen. Als Familienmensch fühlte er sich lange Zeit geradezu vereinsamt. Violas Lebensrhythmus war fest programmiert: immer zur gleichen Zeit ihre morgendliche und abendliche Meditation, der Unterricht von musikalisch Hochbegabten am Tage, und dann um 20.15 Uhr ihr Rückzug nach dem Nachrichtenprogramm im Fernsehen, um zu komponieren; nicht selten bis in die Nacht hinein. Gemeinsam gab es die Mahlzeiten mit intensiven Gesprächen über ihre und seine Arbeit; dazu kam der Besuch kultureller Veranstaltungen an den Wochenenden. Es war ihm nicht leichtgefallen sich darauf einzustellen.

Allerdings war ihm bald klar geworden, dass eine Veränderung für Viola unmöglich war. In ihrem Tagesablauf drückte sich eine Disziplin aus, die vor allem in ihrer Zirkuszeit verankert und auch später zur Lebensbewältigung unabdingbar notwendig gewesen war. Dieses Verhalten konnte sie nicht mehr aufgeben. Er dagegen war gerade erst dabei, sein zukünftiges Leben als Schriftsteller zu planen. Noch blieb er zwei Jahre an die Dienstzeiten seines Arbeitgebers gebunden. Er schrieb an den Abenden und im Urlaub, wenn Viola komponierte. Georg war überzeugt davon, dass er sich an ihren Lebensrhythmus würde anpassen können. Doch es stellte sich heraus, dass eine ganz andere Anpassungsleistung von ihm gefragt war: Ihr Liebesleben erwies sich als äußerst schwierig.

Georg hatte darüber mit niemandem sprechen können. Nur mit Klaus tauschte er sich beim Tagebuchschreiben darüber aus. Wie schon damals, als keiner von ihren Spielen wusste: Hinter der Mauer eines zerbombten Hauses lag ihr geheimer Spielplatz. Der Einblick war durch Schutt und wildes Gesträuch verwehrt. Zur Straße hin war noch die Kücheneinrichtung zu sehen. Als habe man ein Kinderbuch geöffnet, hingen Schrank und Spüle in der Luft, sprangen einem entgegen. Daneben das Bad mit Toilette und Handwaschbecken. Die Badewanne war auf den Gehweg gestürzt und mit Sand zum Löschen gefüllt worden.

Ihre verbotenen Spiele – sie dachten, niemand sonst würde sie kennen. Klaus zog mit einem Stock eine Linie in vereinbartem Abstand zur Mauer. Dann ging es los. Erst Klaus, dann Georg. Wer schaffte es, gegen die Mauer zu pinkeln? Wenn nicht, wie verhielt es sich mit dem Abstand? Sie hatten einen Zollstock dabei. Es sollte ehrlich zugehen. Georg nannte seinen Penis ›Spielverderber‹, denn zumeist verlor er gegen Klaus. Um genau zu sein wurde nicht nur der Abstand zur Mauer, sondern auch ihr ›wertvollstes Stück‹, wie Klaus seinen Penis nannte, vermessen. Jeden Tag wieder, als könnte er Stunde um Stunde wachsen. Das hoffte jedenfalls Georg, der es mit Klaus‹ Länge nicht aufnehmen konnte. Später, in dem Sommer, als sie schon Pimpfe waren, legten sie sich ins Gras und bearbeiteten ihre Pimmel, um sie wachsen zu sehen. Georg war Klaus weiterhin unterlegen. Doch dieses Spiel war mit einem komischen Gefühl verbunden, das er irgendwie mochte und auch wieder nicht. Und spritzen konnte er besser als der Freund.

»Na bitte, gut so«, kommentierte Klaus das stets eifrig, um Georg dazu zu bewegen, weiter mitzuspielen.

»Ist ein komisches Gefühl, oder?«, fragte Georg und gestand dem Freund, dass er am Abend unter der Bettdecke übe. »Und du?«

»Ich auch«, gab Klaus zu. Sie kicherten.

»Aber dann kann ich ja nie gewinnen«, gab Georg zu bedenken.

»Stimmt, aber ich will gar nicht Sieger sein, ich will nur dieses Gefühl.«

»Wenn wir erst eine Freundin haben … was meinst du, ob Jutta …« Georg sah Klaus fragend an.

Der schüttelte heftig den Kopf. »Die bestimmt nicht.«

»Woher weißt du?«

»Hab‹ ihr mal unter den Rock gefasst. Die hat gekreischt, als würde sie abgestochen. Na ja, Zicke eben.«

Klaus wuchs für Georg ob dieser Dreistigkeit um zehn Zentimeter.

In der kurzen Zeit, die ihnen bis zu Klaus‹ Tod blieb, versuchten sie immer wieder, ein Mädchen zu finden, das sie berühren durften. Georg musste sich vorerst mit Händchenhalten mit einer Schulkameradin begnügen. Im Kino glitt die Hand schon mal auf dem Weg vom Knie bis zum Schlüpferrand hinauf. Währenddessen erlebte Klaus mit dem Hausmädchen seiner Eltern eine Lektion Erotik nach der anderen, wovon er

Georg gewissenhaft berichtete. Seitdem gab es nichts, was sie einander nicht hätten anvertrauen können.

Georg tat es sein Leben lang, indem er durch das Tagesbuchschreiben mit Klaus verbunden blieb. Nachdem er mit Viola zusammenlebte, war in den Tagebüchern immer wieder von seinem ›Spielverderber‹ die Rede. Doch es ging nicht mehr darum, dass sein Penis nicht tat, was er wollte – es ging um das Gegenteil. Er sollte Ruhe geben. Ihn nicht mit unerfüllbarem Verlangen peinigen. Doch oft genug blieb Georg der Verlierer. Nicht dass er Viola bedrängt hätte. Er blieb sich selbst überlassen oder suchte ab und an Befriedigung in Bordellen. Dort sah er sich Frauen von weit unter zwanzig Jahren gegenüber, die aus westdeutschen Kleinstädten oder irgendwoher aus Asien und Afrika kamen. Mädchen, die ihn an seine Klientel erinnerten; einsame verlorene Wesen. Sein Helfersyndrom meldete sich. Was würde werden, wenn er sich einer dieser jungen Frauen ernsthaft annehmen wollte? Dazu kam die Furcht, dass er einem der ihm bekannten Mädchen aus seiner Einrichtung begegnen könnte. Ausgeschlossen war das nicht. Bei alledem war ihm seine Bedürftigkeit nur zu bewusst, doch die Sorge, er könnte sich womöglich in eines dieser Mädchen verlieben, trieb ihn endgültig davon. Nein, das würde sein geordnetes Leben mit Viola in Gefahr bringen; auch das Schreiben.

Eine Affäre mit Lena, der Psychologin in seiner Einrichtung, brachte bald darauf sein Sexualleben ohne Risiko ins Lot. Er hatte sich bei ihr gar keine Chancen ausgerechnet, obwohl er von mancher ihrer Episoden hatte flüstern hören. Er schätzte ihre kollegiale Freundschaft, die nach dem Desaster in seiner Abteilung entstanden war. Sie hatte zu den wenigen Menschen gehört, die keinen Beweis für seine Unschuld brauchten, sondern sein bisheriges Verhalten in den Fokus ihrer Einschätzung der Vorgänge gestellt hatte. In dem Zusammenhang waren sie erstmals nach Dienstschluss zusammen nach Hause gefahren, da sie in der gleichen Gegend wohnten. Bei einem Kaffee hatten sie sich über die Angelegenheit ausgetauscht. Danach war diese für Lena zu seinen Gunsten geklärt. Nach und nach war es zur Gewohnheit geworden, in einem kleinen Café den Dienst ausklingen zu lassen. Zuerst mit Gesprächen über gemeinsame Fälle. Irgendwann kam es auch zum Austausch über Wochenend- oder Urlaubspläne, interessante Bücher und Filme. Erst später stellte Georg verwundert fest, dass er Viola davon nichts erzählt hatte. Sie wiederum hatte keinen Grund nachzufragen, denn er beendete seit jeher seinen Dienst je nach Erfordernissen zu den unterschiedlichsten Zeiten.

Lena lebte in einer Wochenendbeziehung mit ihrem Mann, der eine Professur in Bremen innehatte. Völlig überraschend für Georg schließlich Lenas Worte am Straßenrand, als sie sich wie so oft vor dem Café verabschiedeten:

»Ich habe mich in Sie verliebt.«

Kein Wort mehr oder weniger. Georg war überrumpelt und stumm zurückgeblieben, aber auch erleichtert, dass er ihre Gefühle nicht erwiderte. Nur keine weiteren Komplikationen. Dennoch hatte er vor dem Einschlafen ihren Worten ungläubig nachgelauscht. Dem Klang ihrer etwas heiseren tiefen Stimme. Ihr Gesicht war beim Sprechen unverändert geblieben. Nur ihre Augen … auf gleicher Höhe von 185 cm vor ihm … er konnte es nicht fassen. Hatte er sie zu dieser Äußerung herausgefordert? Wie sollte er sich verhalten?

Bei der Abteilungssitzung am darauffolgenden Tag, an der Lena wegen eines schwierigen Falles teilnahm, sprach er sie erstmals mit ihrem Vornamen an. Unbemerkt von den anderen blickte Lena bei der Nennung ihres Namens auf. Während alle Köpfe über Akten gebeugt waren, starrte er sie an, als sähe er ihr Gesicht zum ersten Mal: das markante Oval. Energisch zweigeteilt durch eine große Nase. Darüber zwei tiefe Kerben. Darunter ein riesiger Mund mit kräftigem Zähnen. Wie kann man solch einen Mund küssen? Dass er sich das fragte, beunruhigte ihn. Sobald Lena lachte, war ihr Geständnis vom Tag zuvor wieder da. Und Lena lachte gern und herzhaft. An diesem Tag mehr denn je.

Am späten Nachmittag der Besuch des Cafés. Lena verhielt sich, als habe sie am Tag zuvor diesen Satz nicht gesagt, der seinen Blick immer wieder auf ihre Lippen lenkte. Ihre anstehende Dienstreise mit drei weiteren Kollegen ins Schwäbische kam zur Sprache. Nicht weit davon in Stuttgart hatte Lena lange gelebt. Sie wollte zwei Tage an das Arbeitstreffen anhängen, um sich dort wieder einmal umzuschauen. Ob er etwas dagegen habe, wollte sie wissen. Während er das verneinte, spürte er der dahinterstehenden Frage nach, ob er sich ihr anschließen wolle. Sie sprach lebhaft über ihre Lieblingsorte in Stuttgart, während er ihre großen gestikulierenden Hände betrachtete, ihre schmalen Finger, die ihn, als sie ihre Tasse abstellte, berührten. Elektrisierend, sodass er fast unsanft nach ihrem Handgelenk griff und das Gegenteil dessen sagte, was er eben noch gedacht hatte: »Wenn du willst: Ich bin dabei.«

Sie waren nach dem Café-Besuch zum weitab geparkten Auto gelaufen, als ein heftiger Gewitterschauer sie in die Telefonzelle am Rüdesheimer Platz flüchten ließ. Ihr erster Kuss. Ein gegenseitiges Verschlingen. Noch leidenschaftlich oder schon brutal der hastige Akt in der Enge, geschützt von einbrechender Dunkelheit und beschlagenen Scheiben. Die verliebte Lena und er, der sich bis dahin für einen einfühlsamen Mann gehalten hatte. Lena hat ihn genauso wie bei diesem ersten Zusammensein immer gewollt. Ihr Verlangen kannte keine Tabus. Sie steigerte sich in rauschhafte Hysterie, brauchte Ekstase. Danach die Gier nach Zärtlichkeiten – erwartet, erbettelt, erfleht –, die Georg aber nur flüchtig gewährte. – Zärtlichkeiten blieben Viola vorbehalten.

Zwei Jahre dauerte ihre Liaison. Von Anfang an waren sie sich einig gewesen, dass es mehr nicht sein sollte. Nachdem Georg sein selbständiges Leben als Autor aufgenommen hatte, trafen sie sich seltener. Als dann sein erster Kriminalroman einen vorderen Platz auf den Bestsellerlisten fand, begannen Lenas Sticheleien.

»Das also ist deine große Literatur?«

»Ich muss erst bekannt werden und auch Geld verdienen, versteh' doch!«

»Geld hast du auch vorher verdient, ohne dich mit solch einem Quatsch zu verbiegen.«

»Noch bin ich für die Verlage ein Niemand!«

»Bekannt werden, einen Namen haben bei renommierten Verlagen«, sie lachte höhnisch, »als Krimiautor!«

Sie lachte ihn aus. Georg war verletzt. Fühlte sich unverstanden. Zog schließlich die Reißleine.

Darauf ist er nicht stolz, denn ohne seine Lesereisen und die Bewunderinnen, von denen die eine oder andere so an ihm interessiert war, dass sie auch die Nacht mit ihm verbrachte, hätte er die Trennung von Lena bestimmt noch hinausgezögert. Georg wusste, dass er ihr nicht gerecht geworden war. Er hatte sie benutzt. Ausgenutzt, um sein sexuell unbefriedigendes Leben mit Viola ertragen zu können. Ein beschämendes Eingeständnis. Daran hatte ihn noch Jahre danach die Telefonzelle erinnert, die sinnigerweise längst in eine Bücherbox umfunktioniert worden war.

Im Nachhinein besehen war Lenas Einschätzung richtig gewesen: Einem bekannten Krimiautor öffnen sich nicht automatisch die Türen zu den Verlagen, die anspruchvolle Belletristik veröffentlichen. Er hatte auf die falsche Karte gesetzt. Sein Ziel verfehlt – auch das, Viola glücklich zu machen. Hat sie von seiner Beziehung zu Lena gewusst? War sie von Abenteuern auf seinen Lesereisen ausgegangen? Wie mochte sie sich gefühlt haben? Er hat sich, wenn er nach Hause kam, immer mies gefühlt. Wusste nicht, wohin mit seinen Händen. Fand keine Worte. Musste erst unter die Dusche, bevor er zu Abend essen wollte. Viola hatte sich darauf eingestellt. Schob ganz selbstverständlich erst, wenn er kam, einen Auflauf oder eine Pastete in den Ofen.

Warum fällt ihm erst jetzt auf, dass sie an diesen Abenden etwas Besonderes kochte? Sie, die sich in dieser Hinsicht für gänzlich unbegabt hielt. Viola war es, die seine Rückkehr stets zu einem kleinen Fest werden ließ, indem sie sogar von ihrem Rhythmus abwich und sich Zeit für ein langes Gespräch über seine Erfahrungen in Verlagen, Buchhandlungen und bei seinen Lesungen nahm. Er vergalt es mit Zärtlichkeiten, die er für sie allein aufsparte und von denen sich Viola nicht bedrängt fühlte. Dieses Heimkehren wäre noch schöner gewesen, wenn er sich von ihrem liebevollen Verhalten nicht beschämt gefühlt hätte.

Als Viola gestern zu einer Unterrichtsstunde unterwegs war … oder hatte sie etwas anderes vor? Er weiß nur noch, dass er alle Romanentwürfe im Kamin verbrannt hat. Nacheinander die abgeschlossenen Kapitel aus den Ordnern, die in mehreren Schuhkartons geordneten Karteikarten mit Notizen, die Papierrollen vom Flipchart. Schließlich hat er vor dem Feuer gesessen und gewartet, bis alles zu einem Häufchen Asche verbrannt war, was er einmal für sein Lebenswerk gehalten hatte.

Die Erschöpfung vom Treppenlaufen um all das zusammen zu

tragen, hat jede Art von Trauer über den Vorgang überdeckt. Doch auch jetzt, wo er sich daran erinnert, ist er mit seinem Vorgehen sehr einverstanden. Er wird als Krimiautor sterben und nicht als anerkannter Schriftsteller eines epochalen Romans. Er hatte nach den Sternen gegriffen. Wie anmaßend seine Selbsteinschätzung gewesen war.

Georg hört die Frauen die Küche aufräumen. Zusammen, das beruhigt ihn. Mit Hanna an ihrer Seite, braucht er sich um Viola keine Sorgen zu machen.

Erschöpft lehnt er sich zurück, meint zu fallen, in Nebelschwaden zu versinken. Er sieht Hanna schemenhaft vor sich, deren Stimme er eben noch von der Küche herauf gehört hat. Was will sie ihm sagen, welche Vorwürfe erheben?

Statt etwas zu sagen, lächelt Hanna und nickt ihm aufmunternd zu.

»Nun sag schon«, fordert Georg sie auf.

»Da ist nichts, was ich dir nachtragen würde«, gibt Hanna zurück, »alles war gut, wie es war.«

»Aber unsere Trennung …«

»Zuerst sehr schmerzhaft, aber im Laufe der Jahre habe ich meine Aufgaben gefunden und gleichzeitig mein Fernweh gestillt.«

»Du meinst, ich hätte dich daran gehindert?«

»Nun ja, nach Martins Abitur hätte ich sicher auch sonst wieder ganztags im Krankenhaus gearbeitet. Aber die Tätigkeit bei ›Ärzte ohne Grenzen‹ und andere Aktivitäten hätte ich mir deinetwegen sicher verboten.«

»Ich wollte dich nicht einschränken. Wie kommst du darauf?«

»Du warst selbst stets voller neuer Ideen. Dagegen kam man gar nicht an. Ich habe das bewundert und ganz in Ordnung gefunden. Klappte ja auch immer. Nur gefragt worden wäre ich manchmal schon gerne.«

»Verstehe ich nicht. Gib mir ein Beispiel«, bittet Georg.

»Der VW-Bus, den du gekauft und für Campingreisen ausgebaut hast.«

»Ich verstehe nicht … das waren doch wunderbare Reisen.«

»Mit dem Kauf des Busses hast du Fakten geschaffen. Fortan keine Fernreisen mehr. Und selbst in die Planung des Ausbaues hast du mich nicht einbezogen. Wie immer sollte es eine Überraschung werden.«

»Stimmt, aber warum hast du nie etwas gesagt?« Georgs Finger fahren aufgeregt durch die Luft.

»Doch einmal, als du meine zwei Malerböcke mit der langen Schreib- und Ablagefläche gegen einen eleganten kleinen Damenschreibtisch ausgetauscht hast. Du hast gar nicht bemerkt, dass meine Bildbände, von denen ich gerne einige aufgeschlagen liegen ließ, keinen Platz mehr hatten.«

»Ich habe es nur gut gemeint. Wollte dieses primitive Möbelstück …«

»Ich weiß, gut gemeint, aber nicht gut durchdacht und auch nicht besprochen.«

»Aber du hättest ja nur etwas sagen müssen, dann …«

»Habe ich doch auch, jedenfalls in diesem Fall.«

»Wir hätten mehr reden müssen … unser beider Harmoniebedürfnis … heute würde man eine Paartherapie machen.«

»Da spricht der Coach, und er hat recht.«

»Zu spät. Aber wenn du mir noch etwas sagen möchtest – nur zu.«

»Ich habe nie aufgehört, dich zu lieben und mich auch immer von dir geliebt gefühlt, nur das zählt am Ende.«

»Am Ende«, wiederholt Georg, richtet sich ein wenig auf und sucht Hannas Blick, sucht sie, sucht vergebens.

Georgs Kopf fühlt sich an, als wäre er zu prall mit Luft angefüllt – schwer, schmerzend vor Anspannung. Immer wieder der
Widerhall seines Rufes nach Martin, dem keine Antwort folgt.
Georg fragt sich, was er erwartet hat. Dankbarkeit? Kinder
haben ihr Leben nicht erbeten. Sie verdienen um ihretwillen
geliebt und umsorgt zu werden. Doch Gemeinsamkeit, bei
der man miteinander teilt, was das Schicksal schenkt und was
es dem einen oder anderen auflädt, hat er sich gewünscht. Er
seufzt, strengt sich an, den Gedanken nicht zu verlieren. Wie
soll er ihn wiederfinden in dem von Erinnerungen vollgestopf-
ten Kopf. Was ist gewesen? Was ist geblieben? Was kann noch
sein?

Ein friedvoller Abschied von Martin? Doch der ist nicht gekommen, warum auch immer. Wäre es an ihm gewesen, dem
Jungen entgegenzugehen?

Georgs Augen gleiten über den Nachttisch, erfassen den
Mörser, den Whisky. Langsam bewegt er seinen Kopf hin und
her … nicht jetzt … später … morgen … nach dem Besuch
bei Martin. Doch dafür braucht er Kraft. Braucht Schlaf. Georg gibt nur einen knappen Teelöffel des Pulvers in ein halb
gefülltes Glas Whisky. Verrührt es lange. Trinkt Schluck um
Schluck. Er will nicht mehr denken. Will in wohltuenden
Schlaf sinken. Tief und tiefer – traumlos.

*

XIII. Martin

Martin zuckt zusammen. Sein Kopf fällt in den Nacken zurück. Gleich darauf vornüber. Er muss ihn mit den Armen abstützen, hält ihn in seinen Händen geborgen. So möchte er sitzen bleiben – endlos.

Am Abend war er in die Galerie gekommen, um seine Bilder zu hängen. Darüber ist es Morgen geworden. Das überrascht Martin nicht. Vor jeder Ausstellung nimmt ihn das lange in Anspruch. Hilfe lehnt er grundsätzlich ab, verlässt sich nur auf sich selbst. Doch diesmal hat er einfach zu spät angefangen. Eigentlich war schon der gestrige Tag dafür vorgesehen, aber dann hatte sich Viola bei ihm eingeschlichen. Das musste der selbstbewussten Frau schwergefallen sein. Und das nur, damit er zu Georgs achtzigstem Geburtstag kommen sollte. Er dachte nicht daran, war ihr gegenüber jedoch irgendwie vage geblieben. War er vielleicht deshalb von Erinnerungen eingefangen in einen Wachtraum versetzt?

Vor seinen Augen die Skizze aus seinem letzten Schuljahr:

Rechts das Porträt seines leiblichen Vaters. Auf der linken Seite das Georgs. Mit wenigen Strichen kenntlich gemacht. Darunter eine Tafelwaage. Die rechte Schale von Geldstücken herabgedrückt. Erhöht die linke. Darauf ein riesiges Buch, auf dem Paragraphen und Ziffern zu erkennen sind. Am Waagebalken hängt ein winziger Hampelmann mit ausgebreiteten Armen und Beinen. Der Kopf, an einem laschen Faden baumelnd, lässt nur Blicke ins Bodenlose zu.

Martin weiß noch sehr gut, worauf seine Zeichnung zurückgeht.

Georg und Viola waren für vier Wochen verreist gewesen.

Es galt, das Haus zu hüten, die Pflanzen zu versorgen, den Rasen zu sprengen. Auf diese Gelegenheit hatte Martin lange gewartet. Geduldig. Fast stoisch. Das Einzige, was ihn bei seinem Vorhaben belastete, war Hannas Dankbarkeit, weil er die Arbeit statt ihrer übernahm. Natürlich war ihm bewusst, dass es nicht korrekt war, die Gelegenheit zu nutzen, um Georgs private Aufzeichnungen zu lesen. Doch er hatte keine Wahl. Und dass Georg ausgerechnet Hanna für die Versorgung von Haus und Garten vorgesehen hatte, fand er unglaublich. Warum hatte man ihn nicht darum gebeten?

Er sollte die Schulferien nutzen, um für das Abitur zu lernen. Nicht verkehrt. Er war ein Wackelkandidat. Trotzdem war Martin davon überzeugt, dass er die Schule im Frühjahr verlassen würde. So oder so. Aber was dann? Er wusste es nicht. Weit mehr als das Lernen beschäftigten ihn seit Monaten die Umstände, die zu seiner Adoption geführt hatten. Dazu war ihm nur wenig bekannt:

Der Name seiner Eltern, ihre ehemalige Anschrift, der Todestag der Mutter, der Beruf des Vaters – Musiker in einer Band.

War der Vater zu viel unterwegs gewesen, um ihn nach dem Tod der Mutter bei sich zu behalten?

Hanna und Georg hatten ihm das nicht beantworten können. Sie wussten es nicht. Oder gaben sie das nur vor? Jedenfalls erzählten sie ihm ausschließlich von der Zeit, als sie ihn kennengelernt hatten, und von den ersten ein, zwei Jahren bei ihnen, an die er sich kaum erinnern konnte. Als er vor einem Jahr volljährig wurde, hatte das Jugendamt ihn zur Akteneinsicht einbestellt. Das wenige, was er erfuhr, war schockierend: Seine Mutter war kaum dreißigjährig an Krebs gestorben; sein Vater drogenabhängig. Ob schon vor ihrer Erkrankung oder erst danach, stand nicht in der Akte. Nur noch zwei weitere lapidare Vermerke: Entzugsversuche gescheitert. Wohnort unbekannt.

Zu wenig für Martin, um sich damit zufriedenzugeben. Seine Bemühungen, den Wohnort seines Vaters herauszufinden, waren erfolglos geblieben. Doch der Wunsch, ihn zu finden, mehr zu erfahren, hatte sich mit jedem Misserfolg nur noch gesteigert. Eingebrannt wie der Gedanke, dass Georgs Tagebücher vielleicht eine Quelle wären, die seinen Wissensdurst stillen könnte. Immerhin war nicht auszuschließen, dass Georg und Hanna mehr über seine Herkunft wussten, ihm ihr Wissen aber, um ihn zu schützen, vorenthielten. Verdammt, er wollte nicht geschützt werden! Er wollte seinen leiblichen Vater kennenlernen. Wollte wissen, woher er kam. Warum er neue Eltern bekommen hatte. Erfahren, welche Eigenschaften ihm mitgegeben worden waren. Herausfinden, ob er geliebt worden war. Diesen letzten Gedanken korrigierte er sofort.

»Unsinn«, schimpfte er aufgebracht vor sich hin, »dann hätte sich sein Vater längst gemeldet.«

Ungewöhnlich zügig hatte Martin in jenen Wochen die Pflanzen in Haus und Garten versorgt, den Rasen gemäht und gesprengt, um dann ausreichend Zeit für seine Recherche zu haben. Als er Georgs Arbeitszimmer zum ersten Mal nach der Scheidung wieder betrat, vermittelte ihm der Geruch nach Leder dessen Gegenwart so deutlich, dass er erschrocken stehen blieb. Er betrachtete den ausladenden schwarzen Ledersessel zwischen den Fenstern, den blaugrundigen Teppich und die dazu passenden Vorhänge. Der aufgeräumte Schreibtisch unterstrich die kühle Atmosphäre. Vergessen wirkte das Schreibpapier, das gewohnheitsgemäß bereitlag, um sicherzustellen, dass keiner von Georgs Geistesblitzen verloren gehen konnte. An der rechten Wand stand ein uraltes Ledersofa; ein Erbstück. Auf dem Nachttisch daneben stapelten sich Bücher, die voller Zettel steckten und bei jedem noch so leichten Luftzug raschelten. Die Regale an den Wänden ringsumher waren mit hunderten Büchern gefüllt. Auf dem neben dem Fenster blieb Martins Blick haften. Dort standen Georgs Kalender.

Nie zuvor war er ohne dessen ausdrückliche Aufforderung in diesem Zimmer gewesen. Martin zweifelte nicht daran, dass das auch für Hanna und Viola galt. Deshalb hatte Georg keinen Grund gesehen, seine Aufzeichnungen unter Verschluss zu halten. Wegen dieses uneingeschränkten Vertrauens war sich Martin seines Tabubruchs sehr wohl bewusst. Doch er fühlte sich im Recht.

Der erste Kalender war aus dem Jahr 1946. Davor steckte ein Schulheft. In das kleine weiße Feld auf dem schwarzen Umschlag war die Jahreszahl 1945 eingetragen. Den Inhalt kannte er. Von den dort festgehaltenen Kriegserlebnissen hatte Georg an Martins vierzehntem Geburtstag mit dem Heft in der Hand sehr eindrücklich gesprochen – vom Tod seines damals fast gleichaltrigen Freundes.

Ab dem Zeitpunkt seiner Adoption folgte Martin akribisch allen Eintragungen, sobald sein Name auftauchte. Die Schlaufe, mit der Georg den Abwärtsstrich des großen ›M‹ versah, hatte ihm die Auffindung entsprechender Notizen erleichtert.

Aber erst im Kalender von 1983 war er auf ebenso wichtige wie verstörende Eintragungen gestoßen. Seltsam, zu eben dieser Zeit hatte er begonnen, seinen Vater zu suchen. Konnte Georg davon erfahren haben? Unmöglich. Er hatte mit niemandem, auch nicht mit Hanna darüber gesprochen.

Georgs großes M: Schlaufe. Schleife. Schlinge. Zum einfangen, festhalten, strangulieren. Tötet, wenn sie um den Hals gelegt und festgezurrt wird. Genauso hat Martin es damals empfunden.

Die betreffenden Kalenderseiten hat Martin nicht kopiert, sondern abgeschrieben. Bei aller Sorgfalt wäre kaum zu vermeiden gewesen, dass sie, von dem Kopiergerät zusammengepresst, Georg irgendwann den fremden Zugriff verraten hätten.

Georgs Notizen zwischen dem 3.5.und 26.5.1983:
- Anruf von Martins Vater. Will den Jungen sehen. Habe ihn auf die rechtliche Lage hingewiesen. Der Mann drängte weiter darauf. Habe ihn aufgefordert das Jugendamt aufzusuchen und aufgelegt.
- Erneuter Anruf des Mannes, der als Erstes versichert, dass sein letzter Entzug gelungen sei. Der liege schon zehn Monate zurück. Er habe sich einer Gruppe des Antidrogenvereins angeschlossen. Er würde Martin nicht als Streuner entgegentreten. Was geht mich das an? Warum sollte ich den Jungen unnötig seiner Vergangenheit aussetzen? Was bringt das? Konnte mich nur wiederholen: Kein Treffen.
- Abstimmung mit dem Jugendamt. Da ist man ganz meiner Meinung. Hanna will ich aus alledem heraushalten, habe ich die Sozialarbeiterin wissen lassen. Sie hat die Trennung gerade verkraftet. Und das würde sie beunruhigen, auch wenn es keinen Grund dafür gibt.
- Die Anrufe hören nicht auf. Noch weiß er nicht, dass der Junge bei Hanna lebt. Doch wenn er das herausfindet? Was hindert den Kerl daran, Martin aufzulauern? Ich muss ihn loswerden.
- Er versichert, dass er Martin nur einmal sehen möchte. Wie aber würde der darauf reagieren? Es könnte doch sein, dass er sich seinem Vater mehr widmen wollen würde. Das kann man doch nicht ausschließen. Kennt man ja aus der Praxis. Zuerst große Freude, dann die Enttäuschung mit unabsehbaren Folgen. Undenkbar!
- Diesmal sprach er nur über sich. Berichtete von wunderbaren Erfahrungen mit einem indischen Guru. Der habe ihm einen spirituellen Erkenntnisweg aufgezeigt. Weitrei-

chender als alles, was der Antidrogenverein zu bieten habe. Allerdings brauche es spirituelle Praxis. Dann nur noch Gefasel von neuen Zielen, gefolgt von der alten Leier: Er wolle Martin nicht schaden. Ihn nur sehen. Mit ihm sprechen. Alles erklären. Mit erstickter Stimme, als wäre er dem Weinen nahe. Nur nicht weich werden. Hat alles selbst zu verantworten. Habe ihn einfach reden lassen, während ich einer Idee folgte, die mich, uns, von ihm befreien könnte.

- Der Gedanke, der mich seit dem letzten Anruf beschäftigt, bringt mich tatsächlich einer Lösung näher. Erstmals habe ich auf seinen Anruf gewartet und ihm ein Treffen nicht mit Martin, sondern mit mir vorgeschlagen. Was das bringen solle, fragte er aufgebracht. Warum so ungeduldig, gab ich bewusst leise und langsam zurück. Und dann machte ich ihm deutlich, dass es um ein Angebot gehe, das ihn interessieren könne. Schließlich stimmte er zu. Dabei verschluckte er sich und hustete keuchend, bevor er die Kneipe ›Zum Hecht‹ am Stuttgarter Platz mit dem Hinweis nannte, dass dieser Ausflug aber auf meine Rechnung gehen müsse. Hatte ich erwartet. War okay. Hätte nur nicht gerade am ›Stutti‹ sein müssen. Egal. Immerhin weit genug weg von unserer Wohngegend.

- Habe nochmals in Ruhe überlegt. Der Plan ist gut. Werde ihm 5.000,- DM für den Fall anbieten, dass er seinem Guru nach Indien folgt. Natürlich unter der Bedingung, dass er auf jedes Treffen mit Martin verzichtet. Und schnell muss es gehen. Die Sache hindert mich am Schreiben. Bindet Energie. Der Lektor hat das letzte Kapitel schon zweimal angemahnt. Der Verleger sitzt ihm im Nacken. Das ist mir noch nie passiert.

- Große Erleichterung. Mein Angebot, zu einem Retread in Indien zu fahren, um die fehlende spirituelle Praxis nachzuholen, hat ihn begeistert. Der Kerl war tatsächlich skrupellos genug, sich auf das Geschäft einzulassen. Geschäft, ein hässliches Wort dafür. Aber was hätte ich tun sollen? Gut, dass ich die Frauen nicht eingeweiht habe. Deren Mitgefühl wäre nur hinderlich. Was es braucht ist Erfolg auf ganzer Linie. Indien ist weit. Der Aufenthalt in einem Tempel kann lebenslang dauern. Jedenfalls ist mein Vorhaben gelungen, wenn auch nicht ganz in meinem Sinne. Der Kerl hat die doppelte Summe verlangt. So ein Geschacher! Ekelhaft! Und wenn man dann noch bedenkt, dass es um seinen Sohn geht – abstoßend, kaum zu glauben. Heute die erste Hälfte, die ich dabeihatte. Auf dem Flughafen die andere. Also noch zwei Tage Unsicherheit, aber dann endlich Ruhe. Im Grunde eine miese Geschichte. Aber gut für Martin. Für uns alle.

• Mit einem Sektglas in der Hand habe ich dem Flugzeug lange nachgesehen. Prost, und nun nichts wie zurück ins gewohnte Fahrwasser und vor allem an den Schreibtisch.

Martin hatte den Kalender heftig von sich gestoßen, war aufgesprungen. Im Bad lehnte er seinen erhitzten Kopf gegen den Spiegel.

Georg hat seinen leiblichen Vater auf dem Gewissen. Er hat ihn einfach verschwinden lassen. Und der hat das für ein Kopfgeld hingenommen.

Martin ließ heißes Wasser ins Spülbecken laufen. Seifte unendlich lange seine Hände ein. Wusch und wusch sie. Musste sich zwingen damit aufzuhören, um sich stattdessen erst warmes, dann kaltes Wasser ins Gesicht zu schaufeln. Und wieder brauchte es eine gewisse Anstrengung, davon abzulassen. Erschöpft wischte Martin sein Gesicht an den Ärmeln seines Pullis trocken, bevor er in Georgs Arbeitszimmer zurücklief. Er riss einen Bogen vom Papierstapel und griff nach dem erstbesten Stift, einem Edding, schwarz und kräftig. Schon als er

ihn in der Hand hielt, beruhigte er sich. Den ersten fest aufge-
drückten Strichen folgten dünnere Schattierungen. Seine Empfindungen führten den Stift. – So war die Skizze entstanden.

Was er gelesen hatte, war grausam gewesen. Zwei Männer hatten über ihn wie über einen Gegenstand verhandelt. Verkauft.
Gekauft. Abscheulich. Beide. Auch der Gutmensch Georg. Für
Martin hatte sich die Bedeutung des Wortes schon damals ins
abschätzige Gegenteil verkehrt.

Hatte er das mit den wenigen Strichen zum Ausdruck bringen
können? Sein Zweifel trieb die Verzweiflung noch an. Kaum
dass Martin zu Hause war, ließ er rote Farbe über das Blatt
laufen, um die Skizze zu vernichten. Das Papier wellte sich abwehrend. Die schwarze Zeichnung trat nun erst recht hervor.
Und die Unebenheiten, die auch nach dem Trocknen blieben,
drückten aus, was er empfand – hier war nichts zu beschöni-
gen, nichts zu glätten. Die Zeichnung passte so wenig in einen
Rahmen wie er. Doch gab sie den Ausschlag für sein Studium
der Malerei. Für Martin war es die einzige Möglichkeit, die
Suche nach sich selbst statt mithilfe seiner zwei Väter allein
fortzusetzen.
    Die ablehnende Haltung seinen Vätern gegenüber blieb al-
lerdings ein Problem. Statt der Väter waren es bald darauf die
Professoren, die totale Gefolgschaft verlangten. Martins Eigenwilligkeit führte folgerichtig dazu, dass er ohne Abschluss
als Meisterschüler die ›Hochschule der Künste in Berlin‹ nach
vier Semestern verlassen musste.
    Geschadet hatte ihm das nicht. Neben den Jobs für seinen
Lebensunterhalt hatte er Tag und Nacht gemalt, um seinen
ganz eigenen Stil zu finden und weiterzuentwickeln. Erst als
eine beachtliche Anzahl von Bildern entstanden war, kümmerte er sich um Ausstellungsorte: Cafés, Banken, kleine und

neu entstehende Galerien, von denen es nach dem Mauerfall an die tausend gab. Kleinere Formate ließen sich ab und an verkaufen. Was die großen Leinwände anging, hatte er durch Freunde von Freunden Gelegenheit gehabt, sie in einer baufälligen Kirche auszustellen. Und er hatte Glück: Zwei der Bilder wurden von einem Sammler, einem namhaften Architekten, gekauft. Dieser Mann verfügte über Kontakte in der Kunstwelt und verstand sich fortan als sein Förderer.

Martin konnte es kaum glauben, aber es brauchte im Grunde nur drei, vier renommierte Persönlichkeiten – einen in allen Medien bekannten Kritiker, einen bedeutenden, weltweit vernetzten Galeristen und eine kreative Werbeagentur – dann lief alles wie von selbst.

Er hatte ihnen Zugang zu seinem Atelier, seinem Refugium gewährt. Für sie selbstverständlich. Für ihn ein Martyrium. Die kleine Gruppe lief schweigend von Bild zu Bild. Ihren Mienen war nichts zu entnehmen. Keine Gefühlsregung. Kein erkennbares Interesse. Nach dem ersten Rundgang bot Martin Espresso an. So gehöre sich das, hatte ihm sein Förderer zu verstehen gegeben und entsprechendes Gerät mit allem Zubehör herbeigeschafft. Wortlos nahmen die Herren die winzigen Tassen in ihre Hände. Beugten sich vor. Schnupperten. Nippten. Danach ein einziger Schluck. All das mit in sich gekehrtem Blick. Als sie die Tassen auf das von Martin gehaltene Tablett abstellten, klirrte das Porzellan gegeneinander. Ein heller Ton, außer dem kein einziges Geräusch zu hören war. Martin fragte sich, wer wohl zuerst aus der Deckung kommen würde. Schließlich war es sein Förderer. Er war neutral. Fast, denn als Käufer hatte er natürlich schon Position bezogen, aber er machte den Experten ihren Platz nicht streitig.

»Habe ich zu viel versprochen?«

Räuspern. Bedächtige Kopfbewegungen. Schultern hoben und senkten sich. Der letzte ruhige Augenblick, denn dann brach ihr Urteil aus allen gleichzeitig hervor. Ob positiv oder nicht, konnte Martin nicht ausmachen. Sie schienen sich in einer ganz eigenen Sprache zu verständigen. Unerwartet dann, ohne für Martin hör- oder sichtbare Abstimmung, machten sie einen zweiten Rundgang; blieben hier und da stehen, gingen nahe heran, entfernten sich wieder. Ein nachdenkliches Tänzeln mit hochgezogenen Brauen über verengten Augen. Außer von dem Architekten von den anderen völlig ignoriert, folgte Martin in einigem Abstand.

»Unauffällig für Fragen bereitstehen«, hatte der ihm zugeflüstert.

Gerade blieben sie gestikulierend vor einem der Großformate stehen, kommentierten die Komposition, die Farbgebung, den kräftigen Strich. Begeistert oder kritisch? Martin war froh, dass sie sich nicht an ihn wandten. Er hätte kein Wort herausgebracht. Für einen Moment erinnerte er sich seiner Kindheit. War wieder das stumme Kind, von dem ihm Hanna und Georg erzählt hatten.

Der nächste Rundgang nach einem weiteren Espresso machte aus Martin, dem bisher unsichtbaren Kellner, einen Maler, den sie zu einem ›gefragten Künstler‹ machen wollten. Oder auch nicht. Das würde sich wohl erst noch entscheiden. Martin konnte das noch immer nicht einschätzen. Es war ihm inzwischen völlig egal. Er sehnte nur noch den Augenblick herbei, wo sie gehen und ihn mit seinen Leinwänden allein lassen würden.

»Warum keine Titel?«, wurde er unvermittelt gefragt.

»Jeder soll die Freiheit haben zu sehen, was er wahrnimmt, was er beim Anblick eines Bildes empfindet, was ihn interessiert.«

»Das erschwert die Vermarktung«, gab der Werbefachmann zu bedenken.

»Das mit den Titeln ist nachzuholen. Das sollte doch wohl

kein Hinderungsgrund sein«, sagte sein Förderer und sah Martin dabei fest an.

Er hielt seinem Blick stand. Martin wusste, dass er Kompromisse würde machen müssen. Aber gerade bei den Titeln? Der Hinweis ›OT‹ war doch nicht ungewöhnlich. Der Kritiker machte eine abschwächende Handbewegung, als habe er seine Gedanken lesen können.

Die Gesichtszüge der diskutierenden Experten waren verbissen wie die von Marathonläufern auf den letzten Metern. Martins Kopf füllte sich mit Worten wie eitel, überheblich und selbstgerecht. Seinen Förderer und den Kritiker nahm er aus. Letzterer verhielt sich zurückhaltend und extrem konzentriert. Das war Martin recht. Dessen Urteil würde letztlich den Ausschlag geben und wäre dann auch die Rechtfertigung für diesen Kuhhandel, wie Martin die Aktion bei sich nannte. Es dauerte lange, bis sich die Gesichter der Männer entspannten. Ihre Schultern sich senkten. Sie in den Kniekehlen fast unmerklich einknickten.

Sein Förderer gab ein Zeichen. Martin holte die Sektgläser. Es war geschafft. Jedenfalls der erste Schritt, denn bis zur Ausstellung in dieser allseits bekannten, renommierten Galerie sollte es noch bald zwei Jahre dauern, auch wenn der Galerist schon wenige Wochen nach ihrer ersten Begegnung eines seiner großformatigen Bilder ausstellte und verkaufte. Ein weiteres im Jahr darauf an ein Niederländisches Museum. Für Unsummen, wie Martin fand. Der Lohn für mehr als zweieinhalb Jahrzehnte unermüdlichen Schaffens, meinte der Architekt schulterklopfend. Die Presse war auf ihn aufmerksam geworden. Nicht nur die Fachzeitschriften berichteten. ›Die Zeit‹ brachte einen halbseitigen Artikel über das in die Niederlande verkaufte Bild. Seine Förderer hatten ihn ›gemacht‹. Zu ihrer aller Nutzen hatten sie einen erfolgreichen Coup gelandet. Der erwies sich allerdings als Dorn in Martins Fleisch. Es blieb ein ungutes Gefühl, wie er es seinen Vätern gegenüber empfand; auch die hatten über ihn verfügt. Erst die selbst gefundene Ausstellungsmöglichkeit wenige Monate nach dem Treffen in seinem Atelier im Herbst 2008 in einer kleinen Galerie in Berlins Stadtmitte – ein Tipp für Insider – brachte mit dem Erfolg die für ihn notwendige Bestätigung, die sein Selbstbewusstsein stärkte. Zumal man dort an seiner Serie übermalter Titelbilder des Spiegels und des Sterns aus den Jahren 1968 mit Bezug zu 2008 interessiert gewesen war, die ihm besonders am Herzen lag.

All diese Gedanken befreiten ihn nicht von der beklemmenden Endlosschleife seiner Erinnerung an die Umstände, die zu seiner Skizze von den Vätern geführt und ihn zum Maler bestimmt hatten. Denn die waren es gewesen, die ihn gestern vor die Staffelei gedrängt und zum Griff nach dem Pinsel gezwungen hatten. Aber es ging ihm nicht mehr um eine Abrechnung mit seinen Vätern, die ihn angetrieben hatte. Es war sein Wunsch nach Anerkennung und Aussöhnung. Drei Jahrzehnte hatte er keinen Weg dafür gefunden.

Martins gesenkte Lider flattern. Als habe er gegen eine Betäubung anzukämpfen, hebt er langsam den Kopf. Erst aufrecht sitzend öffnet er die Augen und schaut auf das ihm gegenüber hängende Bild. Das neueste und letzte der Ausstellung, das im Katalog nicht zu finden und auch nicht zu verkaufen sein wird. Das geht nur Georg und ihn an. Ohne den geforderten Titel oder eine Aussprache wird Georg sehend verstehen, was ihr Vertrauensverhältnis einst zerstört und ihn vertrieben hat. Doch auch, wie er heute zu ihm steht.

Kaum war Viola gegangen, hatte er die grundierte Leinwand aus der Materialecke herausgefischt. Ein schmales Querformat

120 cm lang und 80 cm hoch. Die Leinwand stammte aus seinem ersten Studienjahr, als sich seine Wut auf die Väter erneut einen Platz suchte – festgehalten sein wollte. Er hatte das Zehnfache eines Tausendmarkscheines mit dem Doppelporträt der Gebrüder Grimm als Maß genommen und die blassgrüne Farbe des Geldscheines als Grundierung gewählt. Doch die Gestaltung war ihm nicht gelungen. Alle Versuche waren im Plakativen stecken geblieben. Unbemerkt hatte irgendwann die Intensität des Malens seinen Zorn verdrängt. Auch besagte Leinwand, die er nach Violas Besuch herausgesucht hatte. Die Grundierung zog ihn erneut an. Das matte, spätsommerliche Grün, das ihm noch von seiner letzten Bahnfahrt vor Augen stand. Ein Farbgemisch aus Wald- und Wiesenlandschaft und abgeernteten Feldern, das die Schnelligkeit des Zuges hatte entstehen lassen. Vor seinen Augen entstanden die Porträts seiner Väter, die ihn vor die Staffelei zwangen, die mittlerweile viel zu groß war für das, was in ihm vorging, was ihm wichtig war. Er löste die Leinwand vom Keilrahmen, verkürzte sie auf 40 x 40 cm und spannte sie auf einen entsprechenden Rahmen. Er malte wie in Trance die Porträts zweier Männer. Greise mit ausgezehrten Gesichtszügen. Links sein Vater mit fast geschlossenen Augen. Rechts Georg mit klarem Blick, die hohe Stirn in nachdenkliche Falten gelegt; seine Lippen voll und weich. Der Kopf seines bärtigen Vaters wurde von einem locker fallenden Tuch bedeckt, das ein Gewand andeutet. Seine erschlafften Wangen hängen wie seine Mundwinkel energielos herab. Es ging nicht mehr um den Zorn von vor dreißig Jahren. Es ging um zwei entgegengesetzte Seiten, deren Zwiespältigkeit er nachspürt: hier Anfang, dort Ende. Weder gut noch schlecht. Warum sonst hätte er intuitiv einen Januskopf gemalt. Auf den ersten Blick wirkte das Bild wie ein ausgeblichenes Foto, das man ansieht, um sich einer bedrückenden Geschichte zu erinnern, und feststellt, dass sie ihren Schrecken verloren und

sich jeder objektiven Bewertung entzogen hat. Mit Mühe hat sich Martin am vergangenen Abend von der Arbeit an dem Bild losreißen können. Die Farbe war noch feucht gewesen, als er in den Ausstellungsräumen ankam. Er erinnert sich daran, dass den Taxifahrer der Geruch störte, den er selbst gar nicht mehr wahrnimmt. Die Bemerkung des Fahrers hatte er deshalb zuerst gar nicht verstanden. Es brauchte dessen angeekelt verzogene Mundwinkel und den Zeigefinger, mit dem der Mann an seine Nase tippte, um zu verstehen.

Martin hob und senkte die schmerzenden Schultern. Schon der Anfang der Hängung war anstrengend gewesen, sodass die Unterbrechung vor der Staffelei nicht nur eine seelische, sondern auch körperliche Entspannung bedeutet hatte. Martins Malerfreund Sven hat ihm beim ersten Durchgang geholfen. Aber auch er durfte nur die Leiter verschieben und Leinwände an der Stelle zu ihm hinaufreichen, wo sie zuvor gemessen und eine Markierung angebracht hatten. Die Aufhängung nahm Martin eigenhändig vor. Zuerst nach Svens Augenmaß. Der korrigierte einmal, mehrmals. Rief ihm irgendwann sein Okay zu, das Martin von der Leiter holte, um einen eigenen Eindruck zu gewinnen. Spontan gleich wieder hinauf und verbessert oder weiter zum nächsten Platz. Als alle Bilder auf diese Weise an der Wand hingen, begann für Martin die eigentliche Arbeit. Dabei war er lieber allein. Doch zuvor war er nochmals vor die Staffelei geeilt. Für einen letzten Blick. Danach hieß es erneut unendlich viele Male die Leiter hinaufsteigen, um Höhe und Abstände zu vermessen und Korrekturen um Millimeter vorzunehmen, die Arme kopfüber und den Schädel im Nacken. Schließlich eine letzte Runde an allen Bildern entlang, wobei er nicht nur auf die Abstände der Rahmen, Linien und Winkel achtete, sondern erneut prüfte, ob und wie sie miteinander korrespondierten; vor allem die, die übereinander hingen. Er blieb unfähig einzuschätzen, ob sie den Ausstellungsbesuchern gefallen würden und was der Kunstbetrieb davon halten würde. Dennoch, er war zufrieden. Er hat sein Bestes gegeben. Auch was das letzte Bild betraf.

Erstmals blickt Martin auf die Uhr. In etwa zwölf Stunden würden sich die Kunstexperten, wofür sich auch viele Besucher halten, und Geladene aus Politik und Gesellschaft zusammen mit den Medienvertretern einen Eindruck verschaffen. Er verspürt keine Nervosität. Nur Erschöpfung.

Es ist noch finster, als er sich auf sein Fahrrad schwingt. Der Nebel legt sich erfrischend wie ein feuchtes Tuch auf sein Gesicht. Das Licht der Straßenlaternen scheint matt wie durch Milchglas auf die Straße. Er fährt ungehindert vom Straßenverkehr in Richtung Friedrichstraße und dort am trotz der Ausleuchtung vom Nebel fast verschluckten Historischen Museum und an der Universität vorbei. Die Oper gegenüber ist hinter einem Gerüst versteckt. Immer wenn er in der Gegend ist, fährt er diesen Umweg, weil er die freie Fahrt durch das Brandenburger Tor mag. Er kennt es noch, als dort kein Durchkommen war. Erst nach dem Fall der Mauer ... er hört noch das Tick, Tick, Tick der Mauerspechte ... sie haben an dem kolossalen ›Friedenswall‹ Honeckers so lange gepickt und gehämmert, bis nichts mehr übrig war. Vor ihm die Straße des 17. Juni und die in diffuses Licht getauchte ›Goldelse‹. Er biegt Richtung Gedächtniskirche ab. Aber dann ... Links Richtung Atelier? Oder an der Urania vorbei halbrechts nach Steglitz? Es ist, als habe er den Lenker jemand anderem überlassen, als er der Bundesallee entgegenfährt. Während er an der ›Hochschule für Musik‹ vorbeikommt, meint er schon die Häuser der Siedlung nahe dem Botanischen Garten vor sich zu sehen. Licht in Georgs Haus, das in der Küche brennt. Er kennt die Abläufe. Nicht aus eigener Anschauung, aber er hat sie als Jugendlicher nach dem einen oder anderen Gespräch wie Puzzleteile zusammengesetzt und abgespeichert. Er ist sicher, dass sich daran nichts geändert hat. Um sechs Uhr ist Viola aufgestanden, um zu meditieren. Eine halbe Stunde später ist sie im Bad. Gegen sieben Uhr, kurz vor Sonnenaufgang, wird sie den Frühstückstisch im Wintergarten decken, hin- und hergehen zwischen dort und der Küche. Er hat Hanna vergessen, die aus Afrika angereist ist. Sie wird Viola natürlich helfen. Nur Georg schläft noch, bis die Glocke und der pfeifende Wasserkessel ihn herbeirufen. Bis das Frühstück komplett ist, vergeht noch genügend Zeit, damit Georg ins Bad gehen und sich ankleiden kann.

Noch vor Sonnenaufgang hält Martin vor dem Haus und sieht in die hell erleuchtete Küche. Alles ist genauso wie gedacht. Eine Weile schaut er Viola und Hanna zu. Sie bewegen sich bedächtiger als früher. Er stellt mit leichtem Erschrecken fest, wie stark beide gealtert sind. Schon bei Violas Besuch war ihm das aufgefallen, aber durch die überraschende Situation hatte der Gedanke ihn nur gestreift. Jetzt aber ... Violas Kurzhaar schmiegt sich wie eine weiße Kappe an den Kopf. Hannas halblange Friseur hat sich nicht verändert, wohl aber die Farbe; auch sie eisgrau. Ihr Rücken ist ein wenig gerundet. Oder entsteht dieser Eindruck nur, weil sie ihre linke Schulter nach vorn zieht, als wolle sie etwas verbergen? Viola ist so schlank wie eh und je, scheint jedoch kleiner geworden zu sein. Sie muss sich noch mehr als früher emporrecken, um an das Geschirr im Küchenschrank heranzureichen. Die Frauen scheinen nicht zu sprechen. Jede geht ihrer Aufgabe nach.

Martin fährt mit der Hand über sein feuchtes Gesicht. Hält einen Moment im Schauen inne. Diese Gemeinsamkeit zwischen Viola und Hanna und auch Georg, der gleich dazu treten wird. Martin fragt sich, ob für diese drei Menschen nicht alles hätte anders sein können, weniger schmerzlich, um sich jetzt in ganz ähnlicher Situation zu befinden. Und er? Wo ist sein Platz?

Er steht draußen in der Kälte und schaut auf die Frauen und sein ehemaliges Leben in diesem Haus wie auf einen Stummfilm.

Seit er das Bild seiner gealterten Väter gemalt hat, ist eine große Ruhe über ihn gekommen. Sie haben ihr Leben gehabt. Jetzt sind sie alt und krank – sein leiblicher Vater vielleicht schon tot. Mittlerweile kennt Martin anders als der Heranwachsende, der in Georgs Tagebüchern las, eigenes Fehlverhalten, spürt ihm nach:

Wie schnell gibt er auf. Weicht klärenden Gesprächen aus. Pflegt lieber sein Harmoniebedürfnis. Sucht häufig die Schuld bei anderen, die seine Verhaltensweisen nicht berücksichtigen. Kein Wunder, dass er keine Beziehung leben kann.

Bei dem Gedanken an die Ausstellung weiß er, wie viel er Georg trotz allem zu verdanken hat. Doch eben deshalb hat er sich all die Jahre extrem abhängig von ihm gefühlt. Die Einladung zur Vernissage wird sein Geburtstagsgeschenk und ein Dankeschön sein – zugleich auch Befreiung und Aussöhnung.

Martin greift über den niedrigen Jägerzaun, um die durchhängende Gartentür zu öffnen. Deren Schaben über den kurzen gefliesten Weg zum Haus lässt die Frauen in ihrem Tun innehalten und ihn wie eine Erscheinung anstarren. Es dauert einige Sekunden, bis sich fast synchron ein Lächeln auf ihren Gesichtern ausbreitet und sie ihn hereinwinken. Mit wenigen eiligen Schritten steht er vor der sich öffnenden Haustür Viola und Hanna gegenüber. Umarmungen. Keine Fragen. Sie ziehen ihn in die warme Küche hinein an den Tisch. Erst als er eine Tasse heißen Kaffee in den Händen hält, spürt er, wie kalt es draußen gewesen ist. Mit jedem erwärmenden Schluck nimmt er seine Umgebung wahr. Die Zeit scheint stehen geblieben zu sein. Er ist nach Hause gekommen.

Die Glocke wurde geläutet.

Wo bleibt Georg?

Viola reckt horchend den Kopf. Hanna knetet die ineinander verschlungenen Finger. Von oben ist nichts zu hören. Martin sieht Viola und Hanna an, dass sie am liebsten aufspringen und nach oben eilen würden, sich aber zur Ruhe zwingen.

»Ich werde nach ihm sehen, einverstanden? sagt Martin, schon im Aufstehen begriffen.

Viola und Hanna nicken zustimmend. Martin spürt ihre Blicke im Rücken. Er bemüht sich die Treppe in normalem Tempo hinaufzugehen. Diese erste Begegnung. Wie würde er Georg antreffen? Würde es zu einer Aussprache kommen? Jetzt oder später? Viola hatte ihm mit wenigen Worten Georgs Gesundheitszustand zu verstehen gegeben.

Obwohl er früher immer zwei Stufen auf einmal genommen hat, ohne außer Atem zu geraten, steht er jetzt nach Luft ringend vor Georgs Zimmer. Bis sein Atem wieder ruhiger fließt, wartet er vor der verschlossenen Tür. Erst dann öffnet er sie vorsichtig, kann aber ihr hochtöniges Quietschen nicht verhindern. Martins Herz hämmert gegen seinen Brustkorb. Doch als habe ihm Georg den Zugang verwehrt, bleibt er auf der Schwelle stehen.

Georg liegt ausgestreckt auf seinem Sofa, unbewegt. Die Hände liegen übereinander auf dem Bauch. Der Kopf ist Martin leicht zugewandt. Seine kantigen, ausgezehrten Gesichtszüge, der Kranz weißer Haare, genauso hat er ihn gemalt. Nur die Augen sind jetzt geschlossen. Auf gleicher Höhe mit Georgs Gesicht steht der Nachttisch. Darauf sieht Martin ein Stillleben: Eine angebrochene Whiskyflasche, deren goldgelbe Färbung im Morgengrauen ihren Glanz nur erahnen lässt. Daneben ein kupferner Mörser. Ein Durcheinander von Medikamentenschachteln. Silberfarbene Tablettenlagen mit herausgedrückter Folie. Ein halb leeres Wasserglas mit Schlieren bis zum oberen Rand.

Martin steht reglos im Türrahmen. Betrachtet die Gegenstände auf dem Nachttisch, ohne deren Bedeutung an diesem Platz zu erfassen. So konzentriert, als überprüfe er ihre Anordnung für ein Bild.

Eine Berührung schreckt ihn auf. Hanna schiebt ihn behutsam zur Seite. In die entstehende Lücke zwängt sich Viola, die angesichts dessen, was sie sieht, stocksteif stehen bleibt. Hanna beugt sich zu Georg hinunter. Eine kaum wahrnehmbare Kopfbewegung verrät, dass sie die Gegenstände auf dem Nachttisch taxiert, während ihre rechte Hand über Georgs Arm bis zu seinem Handgelenk gleitet, sich ihre Finger gleich darauf seiner Halsschlagader nähern, dort liegen bleiben. Lange. Sehr lange.

Dichte Stille füllt den Raum. Nur die Wanduhr zerteilt sie wie ein Metronom in ein Jetzt und ein Danach.

*